W0267369

Lancelot, le premier chevalier

Un roman de
Elizabeth Chadwick
d'après un scénario de
William Nicholson
d'après une histoire de
Lorne Cameron & David Hoselton
et William Nicholson

Lancelot

le premier chevalier

Traduit de l'américain
par Catherine Paris

Éditions J'ai lu

Titre original :

FIRST KNIGHT

1

Lancelot apparut au sommet de la colline. Le matin s'épanouissait, éclairant les champs de blés mûrs. Le cavalier relâcha les rênes de Jupiter, un étalon plus noir qu'ébène, et embrassa d'un long regard le bourg niché au creux du val. Le fier destrier profita de l'immobilité de son maître pour paître, arrachant l'herbe gorgée de sève avec des chuintements musicaux.

Le soleil montait dans l'azur, nimbant Lancelot d'un halo d'or blond. Cette caresse attiédit sa peau et son cœur, et l'homme, le regard perdu sur une contrée inconnue, esquissa un sourire.

En un geste harmonieux déjà mille fois accompli, Lancelot tira soudain sur la rêne droite, obligeant Jupiter à arrêter sa besogne, et, s'assurant de la présence de son épée à sa hanche, il vira en un gracieux mouvement. L'étalon dressa les oreilles. « Doux… tout va bien… doux », et, disant ces quelques mots rassurants à son compagnon, sa main flattait l'encolure douce comme le satin. « Tout va bien… » Maintenant, les lèvres de Lancelot étaient closes comme tombeau. Il avait tant chevauché, depuis tant d'années, si loin de chez lui, en vain, qu'il n'avait plus à se soucier de tenir à distance les fantômes de son passé. Les spectres le suivaient respectueusement à quelques pas, dans le brouillard de sa mémoire.

Comment se réjouir des bégaiements de l'été, lorsque l'hiver toujours vous mord le cœur…

Lancelot rassembla les rênes, s'affermit sur son destrier et, lui talonnant les flancs, descendit vers les hommes.

Le village bruissait de vie. C'était jour de foire et Lancelot dut se frayer chemin parmi les vagues humaines et animales tenaillées par la faim, la joie et le commerce. Ce n'étaient que vachers enjoués et maquignons marchandant âprement, des gardiennes d'oies côtoyant des petits bergers et leurs maigres troupiaux, des fermiers et leurs femmes. Un jeune garçon avait grand-peine à tirer de sa bauge une truie rose, aussi grosse que lui, qui jonchait le sol de ses immondices paillées. Une femme se vanta d'annoncer à Lancelot sa fortune pour quelques sous, ce qu'il refusa avec un rire amer. Une autre lui offrit des joies plus immédiates, qu'il rejeta pareillement.

Lancelot se dirigeait droit vers une obscure remise. Le forgeron arrêta d'actionner l'énorme soufflet dans l'air brûlant et conduisit Jupiter vers une stalle.

– Quatre souliers neufs bien ferrés pour Messire ! Nous venons de fort loin et nous avons encore maintes routes à parcourir.

– Où vas-tu, étranger ?

Lancelot sourit et, regardant l'horizon par la porte grande ouverte de la forge…

– Où la route me porte, ami…

Son regard sombre suivit un instant la courbe ondoyante des hanches d'une femme supportant un panier rempli de poissons épais et argentés.

– Je me mets à la besogne. Revenez dans une heure…

Lancelot sortit à pied dans la clameur du marché.

Son esprit chagrin égrenait les maigres possibilités de sa bourse de plus en plus plate. Avec les nouveaux sabots de Jupiter, ne lui restait au plus que l'argent pour une miche de pain noir et un gros morceau de fromage.

Un jeune homme apparut à la porte de la forge. Lancelot ne perdit pas une oscillation de la bourse de cuir lourde et large qui lui pendait au côté.

– Mon épée est prête, Weland ?

– Oui-da, Thomas, voilà ta pucelle !

L'artisan tourna la tête vers le tréteau tout au fond de la forge où attendaient plusieurs objets sortis de ses mains : bêches, fourches et faux pour la plupart, mais aussi quelques lances, épées et poignards pour qui souhaitait la présence rassurante d'une arme en son foyer.

Le jeune homme s'y dirigea à grands pas, saisit sa lame par le pommeau avant de la faire voltiger et fendre l'air vicié de la pièce.

Lancelot regardait la scène d'un air amusé. « Les hommes achètent les épées comme des jouets de prix, mais ne connaissent pas les règles du jeu de la vie et de la mort. »

– Une bonne lame, assurément… Puis-je ?

Le damoiseau parut surpris, résista un instant, puis lui tendit son trésor.

Lancelot enserra lentement la poignée et effectua quelques moulinets à son tour. La lame répondait bien, mais pas aussi bien que la sienne. À la réflexion, une épée ordinaire pour un garçon ordinaire.

– Savez-vous vous battre ?

Lancelot avait posé sa question en rendant l'épée au fier puceau, maintenant cramoisi par l'offense.

– Je combats et je gagne sur mes frères dont je suis pourtant le cadet. N'est-il pas vrai, Weland ?

– Oui-da, Thomas, ça vous le pouvez !

Le forgeron avait répondu sans lever les yeux des fers qui rougissaient dans la forge.

– Messire, je m'exerce au combat chaque jour et j'ai déjà été le champion du village une couple de fois.

– Ah ! Un champion !

Lancelot lança un regard très impressionné au jeune Thomas.

– Voudriez-vous me faire l'honneur de lancer votre nouvelle amie contre ma lame pour le poids de votre bourse ?

– Contre vous ?

Le jeune homme laissa glisser son regard de la tête aux chausses de l'étranger. Son air était noble, une lame de belle facture se balançait à sa hanche, certes, mais il n'avait pas les muscles renflés qui vont avec ce genre d'arme, et ses habits étaient poussiéreux et râpés à trame.

– Pensez-vous pouvoir me combattre ?

– Je suis aussi capable que vous ! Mais vous, qu'offrez-vous en gage ?

Lancelot rit franchement en observant le jeune offusqué tremblant de colère.

– Je crois que vous ne voudriez pas de ma bourse !

Thomas lança un regard par-dessus son épaule et la magnifique silhouette de l'étalon se révéla dans la lueur d'incendie de la forge.

– Dans ce cas, parions votre cheval !

Riant toujours, Lancelot tint le pari.

Les deux hommes se présentèrent face à face sur le seuil de la pièce. Thomas, son épée éblouissante, encore vierge de sang et de sueur fièrement empaumée ; Lancelot faisant jaillir la sienne d'un pauvre fourreau de cuir et de laine déchiré, dans la lumière crue du jour.

Elle n'étincelait pas moins que la lame neuve du puceau mais impressionnait bien davantage par les arabesques ouvragées, largement patinées par un mortel usage.

Weland avait quitté la forge et servait maintenant d'arbitre muet, les bras croisés sur la poitrine, regardant de tous ses yeux l'étrange combat qui se préparait. Pendant que Lancelot et Thomas se testaient du regard et du geste, décrivant de larges cercles dans la cour de la forge en soulevant des nuages de poussière, chalands, paysans et marchands s'attroupaient et les villageois encourageaient leur champion :

– Vas-y, Thomas, joue ton titre ! Vas-y ! Combats-le !

La lame heurta une première fois la lame dans un bruit net de métal. Lancelot parait avec aisance les attaques que le jeune Thomas lançait fougueusement contre lui. Marchant et tournant avec la fluidité d'un lutin, il promenait le champion au cœur du cercle de plus en plus serré des villageois, au sein duquel quelques prochaines victimes se tenaient.

Parade, parade, tourne, coupe et parade ! Le combat continuait et Thomas ne pouvait atteindre Lancelot.

Sachez qu'il est toujours utile de proposer une alternative à votre adversaire si vous voulez remporter glorieusement une éventuelle victoire.

– Veux-tu apprendre comment gagner un combat ?

– Quoi ?

Thomas, tout haletant, ressemblait maintenant à un jouvenceau perdu et incrédule.

– Sois le seul à tenir une épée !

À ces mots, Lancelot abandonna la danse défensive et attaqua. Une fente, un mouvement fulgurant du poignet, et la rutilante acquisition de Thomas voltigea dans la chaleur du matin avant de se planter dans la poussière. La pointe de l'épée de Lancelot vint aussi prestement s'appuyer contre la veine palpitante du jeune cou du puceau.

– Comprends-tu cela ?

Lancelot avait parlé doucement, ajoutant entre ses dents : « Doux, c'est bon… doux… » Puis, se tournant vers la foule, il s'écria : « Honneur à Thomas le vaillant, il a bien combattu ! » La foule battit des mains à tout rompre, partagée équitablement entre la sympathie pour le perdant et l'admiration pour son vainqueur. La face cramoisie, Thomas ramassa sa lame, perdit mise sonnante, et alla rejoindre des amis de son âge dans la foule. Lancelot soupesa la bourse et interrogea du regard les visages étonnés des villageois.

– Le vainqueur a de bons amis ! Quelle belle, lourde bourse que voici !

Et Lancelot palpait, balançait le lourd tribut tout en lançant un clin d'œil assorti d'un sourire enjôleur à une belle pucelle qui lui retourna son sourire tout en abaissant, gênée, ses longs cils.

Lancelot, toujours à l'orée du cercle de curieux, sondait le terrain. Il y avait un géant parmi les villageois, avec des muscles deux fois plus gros que ceux du forgeron, et une lourde rapière pendait à son côté.

– Une fois tous les cent ans vient sur terre un combattant si puissant, si rapide, si courageux que personne ne peut l'approcher.

Lancelot parlait avec force audace et la foule grossissait. Quand il fut assuré que son babil avait suffisamment fait enfler le cœur orgueilleux des hommes, il ajouta :

– Mais, en attendant que cet homme vienne ici prendre combat, vous pouvez vous entraîner… avec moi !

Puis, ôtant cape et tunique, il fit face à la gent villageoise à la lisière de cette arène improvisée.

L'immense garçon regardait Lancelot avec une insistance bornée. On pouvait sentir ses idées lourdes et lentes mettre en branle leurs rouages grippés par la désuétude. Son œil s'éclaira. Il estimait qu'il avait ses chances, malgré ce qu'il avait vu avec Thomas le champion. Une jeune femme se plaça à côté du géant, des étincelles de vanité brillant dans les prunelles. Elle toucha l'énorme bras, se haussa sur la pointe des pieds pour lui chuchoter quelque chose à l'oreille. La foule mugissait doucement, incitant le géant à se décider à montrer à l'étranger de quelle trempe on était, au village. Lancelot souriait intérieurement et continuait à attiser la combativité de sa prochaine victime…

– Aussi certain que le soleil se lèvera demain, il existe quelqu'un de meilleur que moi ; un jour, je vais le rencontrer. Et ce jour-là, il deviendra riche, très riche ! Ce jour, c'est peut-être… aujourd'hui, peut-être demain… Et cet homme… c'est peut-être… VOUS !

Il pointa son index en direction du géant.

Il n'était plus temps de tergiverser. Les hommes propulsèrent leur énorme compagnon vers Lancelot. La jeune femme rayonnait de fierté : « C'est mon Mark ! » criait-elle aux femmes de la foule. « C'est mon Mark, et il est fort, fort comme dix hommes, que je vous dis ! »

Lancelot se pinça les lèvres en pensant à son propre poids, à sa carrure qui paraissait si chétive face à cet ours de village qui s'avançait vers lui.

Il laissa son regard examiner de bas en haut le physique imposant de son adversaire.

– Ah !… fit-il comme si une idée venait de jaillir dans sa pauvre cervelle, et il pointa ses pupilles sur son adversaire en louchant.

» Holà ! Le soleil est déjà par trop haut et il fait bien chaud pour combattre. La sagesse ne voudrait-elle pas que nous remettions cette joute à un autre jour ?

– Couard !

Le mot infamant venait d'un des amis du géant. « Vous avez peur ? Hein, qu'il vous fait peur ! » Sifflets et hurlements fusaient de toute l'assemblée.

L'énorme villageois lança une pièce d'argent à Lancelot. C'était assez pour ferrer un cheval et acheter sa pitance.

« Ah ! » fit encore Lancelot, grimaçant de doute et de peur pendant qu'il arpentait l'arène, mimant le combat douloureux du pour et du contre. Puis il sembla avoir pris sa décision. Il attrapa le sou, le mit dans sa bourse et reposa celle-ci sur sa tunique et sa cape pliées puis, se tournant de nouveau vers la foule :

– Vrai, il a l'air fort comme un bœuf, mais on connaît des hercules endormis. Il est fort comment, votre champion ?

– Montre-lui, Mark ! Montre-lui donc la morsure de ta Lizzie !

Le géant Mark sourit de fierté, sortit sa rapière de son fourreau et la leva face au soleil. L'épée scintillait dans l'astre maintenant au zénith. Puis, la faisant tournoyer des deux mains à une vitesse vertigineuse, il l'abattit sur un poteau en un coup retentissant. Le bois ne résista pas plus que du beurre et se fendit de haut en bas avec une déconcertante facilité. La force du choc se répercutait en ondes visibles dans les muscles d'airain de Mark.

– Holà… fit Lancelot pour la troisième fois tout en se lissant le menton… Ça, pour sûr, tu es fort !

– Tu peux sortir du chemin de Lizzie, étranger ! Un baiser de sa bouche de fer et ton tombeau est scellé !

La femme de Mark n'avait pas la langue dans son panier !

Lancelot regarda la rapière. Il n'avait aucune intention de braver la tombe pour un baiser de cette « Lizzie » !

Mark ôta la lame du poteau et murmura à son épée : « Ma Lizzie » avec une affection paternelle.

– Il a moins peur de sa Lizzie que de belle-maman ! hurla un de ses amis, sous les rires énormes de la foule.

– Bien, dit Lancelot en faisant mine de se caresser nerveusement la nuque.

» Bien. À ce que je vois, il n'est pas nécessaire à Lizzie de travailler dur, vous n'aurez pas à me tuer pour gagner son cœur.

Le jeune géant opina du chef. Ses yeux cherchèrent sa mie dans la foule et la trouvèrent, le regard toujours avide d'émotions.

– Vas-y donc, mon Mark ! Je sais bien que tu le vaincras, seulement... ne le tue pas !

Elle lança alors à son champion un baiser d'encouragement, fort apprécié de la foule.

Lancelot dégaina à son tour son épée.

– Comme ça, vous êtes Mark ?

– C'est bien mon nom, et vous ?

– Je suis Lancelot. Êtes-vous prêt ?

Mark s'essuya grossièrement la bouche.

– Je suis prêt !

– Alors... attrapez-moi !

Mark avança et éprouva la pression de l'épée de Lancelot sur sa propre lame. Lancelot sourit et l'obligea à l'esquive, rendant son poignet plus mou qu'enfançon. Entendant la clameur violente de la foule qui le conspuait, Mark attaqua, lançant coup sur coup. Lizzie hurlait, mais Lancelot était plus rapide que la lame. Chaque coup que portait le jeune géant ne tranchait que ciel et vent. Lancelot sut qu'il pourrait s'amuser longtemps avec l'ours Mark. Essoufflé, étourdi, Mark demandait grâce pour son second souffle.

– Tu es sûr de ne pas tenir Lizzie trop serrée ?

Lancelot avait parlé à voix basse à son adversaire. Il pouvait voir le visage du géant, brute surprise et irritée, tentant de comprendre quelque chose à sa question.

– Ne vous souciez pas de ça !

Mark, excédé, lança un nouvel assaut.

Une fois encore, la belle Lizzie ne fendit que le soleil, tant Lancelot se mouvait souplement, esquivant les coups grossiers du villageois.

– Puis-je vous donner un petit conseil ?

– Quoi ?

Lancelot sourit. Sa voix était douce et amicale.

– Ne vous servez pas de votre épée comme vos amis vous disent de le faire.

Mark, ulcéré, souleva sa rapière aussi haut et violemment qu'il l'avait fait tout à l'heure pour l'épreuve du poteau et s'apprêta, violacé sous la brûlure du soleil, à frapper un de ses célèbres coups d'hercule.

– Je… ne… devrais… pas… tenir… ma… Lizzie… comme…

Le géant broyait les mots entre ses grosses dents serrées par l'effort et la colère. Mais la phrase ne trouva jamais sa fin. Lancelot, dans un mouvement trop preste pour être compris du novice, jaillit sur Lizzie, l'attrapa et l'envoya voler dans les airs, décrivant un parfait arc de cercle. Puis, changeant de main, le chevalier intercepta la rapière brillante du géant dans sa chute.

– Qu'est-ce que vous disiez, Mark ?

La foule, ivre de joie, riait et applaudissait sans retenue au spectacle. Lancelot souriait largement à cet accueil, réservant un sourire plus enjôleur pour la pucelle qui avait tout à l'heure abaissé ses longs cils pour lui.

Mark, sonné, s'approcha de Lancelot. Toute forme d'agressivité avait quitté son lourd visage. Le géant était cloué par l'étonnement :

– Comment avez-vous fait ça ?

Il insistait, la face butée.

Lancelot se tourna vers la foule et tendit la gentille Lizzie à son propriétaire, rouge et luisant de sueur.

Il était accoutumé à ces questions et à l'insistance des vaincus à connaître les secrets de l'épée.

Mark cherchait la réponse parmi ses compagnons.

– Comment il a fait ? Hein ? Comment il a fait ça ? C'est un tour ? Hein, c'est ça ? C'est un tour ?

– Il n'y a pas de tour… C'est le combat, c'est tout.

Lancelot avait parlé calmement et rengainait maintenant son épée.

– Mais je veux savoir comment vous faites ça. Je pourrais le faire moi aussi !

Lancelot hocha la tête…

– Je ne pense pas.

– Apprenez-moi. Je veux apprendre ça !

Lancelot resta coi. Le jeune géant avait maintenant l'air d'un petit enfant suppliant et innocent.

– Vous devez apprendre à observer et à comprendre la manière dont vos adversaires bougent. Ainsi vous saurez comment se déroulera l'attaque.

– Je peux apprendre ça !

– Vous devez aussi apprendre à reconnaître le moment où le combat bascule. Le moment où vous pouvez gagner ou perdre.

– Je peux apprendre ça si vous me le montrez !

La voix de Lancelot se fit alors très basse :

– Et tu dois te moquer de gagner, ou de perdre ta vie à chaque assaut. Cela, le peux-tu ?

Mark était silencieux. L'avidité d'apprendre avait quitté son visage.

– Non, ça, tu ne le peux pas, ajouta Lancelot à la place du géant et, posant sa main sur son énorme bras, il dit avec gentillesse : Tu as ta vie à vivre et moi je vis la mienne, c'est tout…

Lancelot reprit Jupiter chez le forgeron et paya avec une des pièces de sa bourse les quatre nouveaux sabots de l'étalon. Trouver une auberge où se désaltérer le retenait encore au village. Un sourire charmeur suffit à une accorte hôtesse pour inviter le cavalier à entrer et à laisser profiter Jupiter d'une bonne stalle et d'un épais et frais fourrage. L'endroit, à l'enseigne des Trois Pommiers, vibrait de la présence joyeuse et bavarde d'une trentaine de villageois venus étancher la soif terrible d'un jour de foire en été. La forte hôtesse, tout en sueur, son aubergiste de mari et leurs servantes pouvaient à peine suffire à servir la cervoise, le cidre, et un hydromel parfumé, fait maison avec le produit des ruches qui bourdonnaient derrière l'écurie.

De grosses écuelles de bois passaient, remplies de rôts nappés de sauce odorante où baignaient des tranches de pain. Lancelot avait faim. Le métier de croiseur de lames, si facile qu'il ait l'air parfois, affame tout de même son homme !

Lancelot trouva une table vacante dans un coin obscur et s'assit sur un trépied. Un énorme mais amical molosse s'approcha de lui, le flaira et posa sa grosse truffe rose dans sa paume. Lancelot s'attendrit un instant sur la bête, se souvenant des chiens de meute et de garde qu'il avait lui-même possédés… dans une autre vie. Son préféré était un énorme chien-loup que sa famille acceptait avec un enthousiasme bien moins grand que le sien, depuis qu'il perdait ses poils par boisseaux et bavait à gros bouillons sur n'importe quoi et n'importe qui. Sa famille… Peut-être qu'en regardant derrière son épaule, il pourrait la voir : sa famille… La famille… Celle des villageois était là, dans l'auberge, grondante et riante. Le molosse gémit lamentablement. Sur la table à tréteaux, gisaient des godets sales. Une jeune servante vint les ôter.

– Que désire Messire ?

Il la regarda. C'était la jeune femme qui avait reçu son sourire dans la foule. Sa blondeur relevée par un bonnet lui donnait un air frais, ravissant. Son cou était gracieux et son décolleté, profond, laissait deviner des appas soyeux et fermes…

– Que me recommandez-vous ?

Elle sourit, la tête inclinée et une mignonne fossette apparut dans sa joue.

– Bien… Le pain vient de sortir du four. Ma patronne dit qu'il n'y a plus de rôt, mais il y a un poulet au cidre, si vous voyez ce que c'est ?

– Pour sûr !

Et son regard sur la pucelle se fit bien moins innocent.

Elle le regarda encore en souriant, la nuque inclinée.

– Alors, je n'ai plus qu'à vous souhaiter un bon appétit ; je reviens dans une minute.

Elle s'esquiva, le chien sur ses talons.

Lancelot observa la clientèle. La plupart étaient des fermiers ou des maquignons, des hommes rudes à face jaune et rouge, comme les pommes qui abondaient dans la région. Leurs femmes avaient les même mines réjouies et grasses. Certaines étaient brunes, d'autres d'un blond pâle, comme la servante.

À une table, près de la porte, deux individus brutaux en vive discussion tranchaient avec la bonhomie des gens du cru. Ils étaient habillés de tuniques de laine noire et portaient d'énormes rapières dans des fourreaux de cuir. Leurs cheveux étaient coupés si près du crâne qu'on les eût dits fraîchement rasés après le passage de la vermine. Alors que Lancelot les observait, les deux hommes sortirent, dans un bruit d'épées martelant lourdement le sol. Quelques villageois attendirent qu'ils aient franchi le seuil pour murmurer. Et il sembla à Lancelot que l'atmosphère changeait, devenait soudain plus légère.

La jeune servante revint porteuse d'une assiette fumante, tentante comme la pomme d'Ève, d'un appétissant ragoût de volaille aux herbes qu'elle posa devant lui, accompagnée d'une miche de pain odorante et d'un pichet de cidre.

Lancelot montra l'emplacement vide.

– Qui sont les hommes qui se tenaient là ?

Elle renifla avec mépris.

– Les hommes près de la porte, là-bas ? Ils sont au Prince Méléagant de Gorre.

– Qui ?

Lancelot venait de prendre une grosse cuiller de ce poulet en sauce et de se la mettre en bouche. Le goût en était divin. Certes, il n'était pas esclave de son appétit : si souvent il avait dû se contenter de quelques baies et des prises de chasse qu'il cuisait comme il le pouvait que la frugalité lui était devenue une seconde nature. Mais il faut bien l'avouer, un plat cuisiné avec amour par les mains d'une femme est une des joies de ce monde !

La belle servante le regardait manger, figée de surprise.

– Vous n'avez jamais entendu parler du Prince Méléagant de Gorre ?

– Je devrais ?

– Vous êtes bien chanceux de n'en rien savoir. Ses gens sont toujours en train de semer le trouble dans nos villages. Depuis que Messire Léodagan est mort, l'année passée, ils sont devenus enragés. Méléagant voudrait être le maître de nos maisons et de nos fermes et nous mener à sa guise.

Lancelot haussa les épaules, estimant ces affaires de petites querelles de clocher qui ne le concernaient guère. La seule chose qui lui importait était de se maintenir en vie, hors de portée des brigands et des dangers des routes. Il se saisit d'une large tranche de bon pain et sauça gaiement. La jeune fille le regardait manger et, comme il ne faisait aucun effort pour maintenir la conversation, elle disparut vers d'autres tablées.

Pourtant, comme l'aimant retourne au fer, elle revint.

– Vous avez aimé ?

– Mon écuelle parle pour moi.

– C'est une recette spéciale de l'auberge. Il y en a encore si vous en voulez.

– Non point. Mon cheval va refuser de se laisser monter si j'avale encore un morceau !

– Vous partez ?

Lancelot ne répondit pas.

– Vous savez, vous pouvez rester la nuit. Nous avons une chambre pour vous.

Pendant un instant il fut tenté mais, il le savait, rester juste une nuit lui pèserait. Ce qu'il lui fallait, c'était la route. La route encore, rapide, libre, toujours...

– Je ne peux.

Une autre pièce sortie de la bourse de Thomas vint payer le repas. Il sourit à la servante.

– Quel est ton nom ?

– Orièle.

Il baisa sa joue.

– Il est temps, Orièle. Adieu.

Dès qu'il eut contourné l'auberge, il ouït un cri et le choc sourd d'un coup violent. D'où il se trouvait, il pouvait voir un des étrangers en noir à la solde du Prince Méléagant étendu de toute sa longueur, et la lourde face rouge de Mark penchée au-dessus de lui.

– Essaie, et tu goûteras de mon épée ! Le veux-tu ? Vous n'êtes que des brigands ! Partez d'ici ! Retournez dans votre pays !

La querelle ne concernait pas Lancelot, mais il n'était pas non plus dans son habitude de regarder paisiblement un homme se faire poignarder dans le dos. Souple et rapide, il arrêta le bras meurtrier du second homme du Prince Méléagant, et l'obligea, dans un hurlement, à rejoindre son ami dans la poussière. Une torsion du poignet peut réduire un homme à la plus grande confusion. Celui-ci se tordait de douleur. Lancelot regarda l'équipe malfaisante réduite à néant. Puis les hommes se relevèrent, l'un tenant son poignet disloqué, l'autre arborant un nez énorme et éclaté.

Le premier toisa Lancelot :

– Vous le regretterez. Le Prince Méléagant apprendra par nos bouches comment l'on traite les étrangers dans ce village !

Mark ne put s'empêcher de continuer sur sa lancée :

– Je ne vois que des voleurs !

Encouragé par la vue de Lancelot sans arme, Mark allait remettre Lizzie dans son fourreau, mais avant il la brandit bien haut et clama :

– Vous vouliez la voler, mais peut-être qu'avant vous devriez la laisser vous embrasser en premier !

Les hommes s'éloignèrent, cois et blêmes. Lancelot et Mark les laissèrent partir et Mark, cette fois, replaça Lizzie dans sa parure.

– Je vous dois la vie.

Lancelot accepta l'hommage du villageois en souriant.

– C'était un plaisir de voir votre homme mordre la poussière !

Lancelot poursuivit son chemin vers l'étable.

– Vous partez ?

La voix du géant avait les mêmes intonations tristes et enfantines que celle de la jeune servante de l'auberge des Trois Pommes.

– Alda… C'est ma femme… Alda et moi serions très honorés si vous acceptiez de rester chez nous ce soir.

– Merci, votre hospitalité me touche, mais je ne peux. Il est temps pour moi, grand temps de reprendre la route.

Mark le suivit vers l'étable, regardant Lancelot préparer le magnifique étalon pour le départ.

– Puisqu'il en est ainsi, que Dieu vous garde et garde sûre la route que vous prendrez !

Le géant esquissa un pâle sourire vers Lancelot.

– Puisse la route n'avoir de fin ! ajouta Lancelot en montant en selle.

Il chevauchait déjà hors du village, sans se retourner sur ses éternels poursuivants, les spectres de son passé, qui le regardaient avec leurs yeux impitoyables et patients.

2

Tous les villageois moissonnaient, sous la bannière éclatante du soleil, unis comme abeilles en ruche. Les faux lançaient des éclairs vers l'azur brûlant. Les hommes, armés d'énormes fourches, piquaient la paille tiède et la hissaient jusqu'au compagnon dressé sur la charrette. Peu à peu, celle-ci se remplissait de chaume doré, dans le bourdonnement des insectes. Femmes et pucelles n'étaient pas en reste et apportaient aux hommes ruisselants de sueur de lourds paniers. Il fallait faire bonne et grasse chère pour supporter l'épuisante et magnifique tâche. Déjà la cloche de l'église sonnait l'heure de rendre grâce à Dieu et à son estomac. Les pâtés embaumaient, sous leurs épaisses croûtes. Le pain, le fromage et les pommes attendaient les bouches avides de les croquer, et les bouteilles de cidre et de cervoise, bien fraîches sous leurs mantelets de cuir, de pousser toutes ces victuailles dans les gosiers.

Perché sur la haute et large meule de foin communale, Mark regardait un nouveau char rapporter son lourd et blond fardeau vers la grange. Il essuya son front ruisselant à l'avant-bras de sa chemise. Depuis l'aube, il suait à construire cette énorme meule. Le foin malicieux avait dressé en épis ses cheveux et rempli ses narines de sa poussière pâle. Le géant regarda un instant sous ses pieds. Là se trouvait assez de fourrage bien sec pour garder les bêtes saines et grasses pendant un long hiver. Une bonne année, par le Christ sauveur ! Un temps merveilleux et, grâce à Dieu, de quoi manger blanc gruau et brunes galettes jusqu'à l'été prochain. Avec les deniers du surplus, on pourrait même acheter quelques objets à Léonesse, et, qui sait... peut-être bien qu'on verrait passer la fière pucelle souveraine, la belle Guenièvre...

Mark jeta ses regards plus avant sur le sol de la grange, où sa femme bien-aimée avait déposé sur une toile de consistantes nourritures. Il sourit. Il voyait déjà Alda, emplie d'allégresse à l'idée d'aller à la grand-ville, puis Alda à la foire de Léonesse, marchandant la bonne affaire de l'année ! Pour sûr, avec ce temps clément et tout ce bon ouvrage, l'hiver les verrait tous deux à la ville avec quelques deniers en bourse ! Puis il songea à Dame Guenièvre. La damoiselle était leur souveraine depuis une année. On la disait gracieuse pucelle de vingt ans, à peu près l'âge de Mark lui-même. Une reine déjà, fière, la tête sage mais l'âme conquérante, tout entière éduquée à loyauté. Le peuple de Carmélide en était autant épris que de son père, le preux Roi Léodagan, mort au printemps de l'an passé. Quant à la Reine, sa mère, elle était retournée si jeune au ciel que peu s'en souvenaient. Pourtant les langues se déliaient vivement pour affirmer que Guenièvre avait son visage parfait et son port de tête altier. Mark n'avait pas vraiment idée de la beauté ou de l'héritage maternel de Guenièvre, mais ce qu'il sentait dans son cœur rude et simple, c'est qu'elle était aussi ferme et juste que son père. Quiconque de ses barons, vassaux ou serfs se trouvait en grand malheur, trahison ou iniquité pouvait l'approcher pour demander justice. Et cela il le savait, pour sûr ! Il repensa aux marauds du Prince Méléagant et son visage se contracta.

– Ohé, le Mark, tu rêves à ta belle !

Son compère hissait vers ses bras énormes une nouvelle masse de paille. Mark la poussa tout en haut et la pressa aux côtés de ses sœurs pour construire une solide meule.

En besognant, Mark se demandait si Lancelot, ce cavalier solitaire, surgi de nulle part, irait jusqu'à la cité de Dame Guenièvre provoquer les hommes de la ville au combat. Depuis une semaine que l'étranger avait quitté le village, Mark y songeait souvent. Mais plus il pensait à Lancelot, plus le mystère s'épaississait. Vraiment, était-il possible qu'un homme ne soit pas plus embarrassé que cela de vivre ou de mourir ? La vie était si riche, si pleine, comme ces tapisseries qu'il avait vues un jour dans une église de la ville, qu'il ne pouvait être question de la semer ou de la laisser faucher comme une brassée d'épis mûrs ! Pourquoi Lancelot n'avait-il peur de rien ? Peut-être parce qu'un jour il avait eu trop peur de quelque chose… ou de quelqu'un ?

Les cogitations de Mark furent interrompues par la cloche de la tour de garde sonnant à toute volée. C'était là signal de grande alarme. Se tournant, il regarda de son promontoire par-delà les champs en moisson. Des cavaliers fondaient déjà sur les premières maisons du village. Une troupe entière de ces mercenaires noirs comme l'enfer, armés de lourdes rapières scintillantes d'aiguisage et de meurtrières arbalètes. Sergents vêtus de la sorte et arrivant au galop s'apprêtaient certainement à commettre grandes vilenies, et ne pouvaient être que gens à la solde du Prince de Gorre. Depuis l'incident du jour de la foire, Mark n'avait pas revu ces noirs soldats, et une sueur d'angoisse le trempa de la tête aux braies. Les arbalètes ne semblaient pas convenir pour un combat rapproché, mais de pareilles rapières n'avaient qu'une fonction : tuer !

Se ressaisissant, Mark appela les femmes et les enfants qui se tenaient hors de la grange, sur la charrette :

– Les cavaliers noirs arrivent ! Venez ici ! Tous à l'intérieur de la grange !

Hurlant de peur, les femmes ramassèrent leurs vivres en grande hâte et se ruèrent, poussant et portant les enfants à couvert.

Mark dévala la gigantesque meule de foin, sa grosse fourche de bois toujours en main. Alda, folle d'angoisse, rangeait fébrilement les victuailles dans le panier, regardant d'un œil anxieux son mari. Mark cria encore :

– Fermez la porte, vite !

Les hommes qui travaillaient dans la grange barricadèrent l'énorme porte de chêne avec une poutrelle. Une obscurité inquiétante s'abattit sur la petite communauté qui se resserra, tremblante de peur, les femmes et les enfants formant un chœur transi d'angoisse.

Les gens d'ici avaient entendu parler de descentes sur des villages, de l'autre côté de la vallée, mais ce n'étaient que rumeurs et aucun cavalier noir n'avait à ce jour brigandé sur ce versant. Maintenant, en écoutant les vibrations du galop des chevaux de guerre, les bêlements affolés des moutons, et les vaches qui beuglaient sans répit, les villageois réalisaient à quel point ils étaient vulnérables, moutons eux-mêmes attendant passivement la morsure du loup.

– Peut-être qu'ils ne font que traverser le village ?

L'homme qui avait prononcé la naïve phrase tenait son petit couteau de paysan dans sa pogne… Mark le regarda en hochant sa grosse tête :

– Oui-da, mon compère, c'est cela, ils vont juste traverser… et ils ne laisseront que nos os blanchis derrière eux !

Mark parlait en connaisseur, se souvenant de la bagarre du village. Ces deux gibiers de potence lui auraient ôté la vie en toute déloyauté sans le secours de Lancelot. Et que représentaient quelques fourches de bois et couteaux à lier les gerbes face à des armes de guerre ?

Un enfant pleura dans la grange, que sa mère obligea au silence, le serrant contre son cœur et le berçant à l'ivresse. Mark errait dans l'édifice à la recherche d'une cache. Il se souvint de la réserve de pommes qui permettait par une trappe en hauteur de faire glisser la production de ces beaux fruits charnus, symbole du pays. Conservés selon la tradition entre les planches de bois, ils donnaient après pression le bon cidre de leur pays. Dieu merci, octobre était encore loin et la réserve presque vide. Tapant sur les planches, Mark entendit un son creux. Ses énormes mains attrapèrent une planche disjointe et la déclouèrent. En un rien de temps, un passage avait été ouvert.

– Les femmes ! Les gosses ! Tous, entrez ! Allez, entrez là-dedans ! S'ils viennent en amis, je serai ben aise de vous délivrer en riant dans une couple de minutes, sinon, vous serez ben à l'abri dans la cache aux pommes ! Allez ! Allez ! Entrez !

Une femme passa son petit garçon à Mark, qui le hissa dans la cachette, puis la mère passa à sa suite, puis une autre femme... Ce fut le tour d'Alda, qui serra son mari un instant contre son cœur et ses yeux si pétillants d'ordinaire étaient pleins d'anxiété. Il essaya de sourire. Puis il fut temps de sceller la réserve.

– Mark, sois prudent !

– Baissez la tête et poussez-vous, tous, je vais remettre la planche !

– Et toi, mon mari, cache-toi sous un bœuf !

Disant cela, avec l'assurance rieuse de la peur masquée, Alda lança un dernier baiser à son époux avant de disparaître dans l'abri.

Se glissant le long de la paroi de la grange obscure parcourue par les vibrations de la horde sauvage qui s'abattait sur le village, Mark découvrit deux planches disjointes et colla son œil à la lumière.

Le village ! Son village n'était que scènes d'apocalypse. Les vilains qui cherchaient à fuir étaient cloués au sol sans pitié par les flèches des arbalètes, dont les marauds se servaient à merveille. Les animaux déchaînés galopaient en tous sens en bêlant, hennissant, meuglant à la folie. Les flammes léchaient la tour de garde où la cloche restait muette, son sonneur pendant à un créneau, une flèche dégouttant de sang dans la poitrine. « Non ! non ! non ! » hurlait le cœur de Mark qui tambourinait, captif, dans sa poitrine. Et toute sa chair se liquéfiait de fureur et d'angoisse. Ce n'était pas possible. Non, tout cela était vide de sens. Pour sûr, il allait se réveiller. Évidemment, il avait trop bu de vin à la taverne la nuit passée. Il fallait se réveiller !

Le chef des démons avait lâché les rênes et parcourait le village, à la rencontre du moindre signe de vie. Son regard de faucon perçait les murs, ses oreilles de lynx écoutaient chaque soupir. Mark suivait cette face de cadavre pourchassant l'innocence. L'air, autour de lui, semblait vibrer sous l'emprise d'un maléfice. Mais sans doute était-ce le feu qui embrasait toute chose désormais, qui faisait onduler les gens et les objets dans le paysage dévasté. Les prunelles impitoyables se posèrent sur la grange. L'énorme grange. Les cheveux de Mark se dressèrent sur sa tête. Les yeux du chef des marauds s'étaient exactement posés à l'emplacement de son visage. Non ! il ne pouvait pas le voir, mais rien non plus ne pourrait l'aider à fuir ou à sauver ses proches si l'homme et sa troupe venaient en masse pour les faire périr. Un ordre de l'homme à tête de mort, et le gros de la troupe arriva autour de l'édifice. Les hommes heurtèrent la porte, essayèrent de l'ouvrir en faisant levier et clé avec leurs épées sans réussir à la bouger d'un pouce. Ils se tournèrent alors vers le cavalier.

– La porte est barrée de l'intérieur, Messire Ralf.

Le chef reprit les rênes de son destrier et chevaucha au pas, faisant le tour du bâtiment. Il revint devant ses hommes, un rictus aux lèvres :

– Brûlez-la ! Brûlez-la par la porte !

À l'intérieur, les hommes qui avaient entendu les mots fatals restaient cois, aussi gris et immobiles que des statues de sel. Aussitôt, une torche enflammée vola en haut de la porte et retomba par le large trou. Une vive lueur éclaira la pièce, puis la torche retomba sur la meule, et une épaisse fumée se dégagea. Les hommes retrouvèrent sang rouge et vigueur pour se ruer vers le sommet de la meule et tenter de saisir le brandon. Mais les escaliers de foin étaient meubles et glissants et les hommes dégringolaient dans la paille déjà tiède. La lueur était devenue un rai, le rai un foyer, et maintenant le cœur de la meule rougissait à l'écarlate. Mark regarda, en une seconde, partir en fumée tout le fourrage de l'hiver puis, dans un sursaut, il retourna coller son œil à la fente. Les flammes grimpaient au toit de chaque maison. Chaque échoppe, chaque écurie, chaque poulailler était la proie du feu dévorant. Ce maudit cauchemar n'en finissait pas de le tourmenter ! Se réveiller ! Il le fallait ! La fumée lui emplit la poitrine et la toux l'étouffa. Les flammèches commençaient à cuire ses bras. Se retournant encore vers la fente, il observa la troupe des marauds rejoindre ses arrières, au centre desquels, sur un étalon noir, se dressait un autre capitaine Ralf. Mais ce n'était pas Ralf. Sa tenue, son cheval étaient certes les mêmes, mais ses manières arrogantes, sa façon de monter, la déférence pleine de crainte des marauds à son égard certifiaient son autorité absolue.

« Méléagant ! » La bouche de Mark avait clamé ce nom comme une malédiction et ses yeux ne pouvaient se détacher du démon qui ravageait maintenant sa région, comme une peste noire.

Le propre fief de Méléagant, Gorre, était stérile et désolé, à peine assez riche pour faire paître des moutons. Aussi avait-il longtemps couvé d'un regard jaloux le pays de Léonesse. Et aujourd'hui, ce qu'il n'avait pu avoir par ruse, il le prenait de force et le ravageait.

Le feu avait pris à l'autre bout de la grange. La fumée envahissait maintenant tout le bâtiment, et Mark étouffait. Il se dirigea vers la cache, avisa un seau d'eau plein. Arrivé derrière le mur creux, il le jeta sur le bois et appela :

– Alda… Alda, ça va ? Vous tenez bon ?

Il attendit, rongé d'angoisse, puis une voix enrouée par la fumée lui répondit :

– C'est bon !

Il se tourna alors vers les hommes qui toussaient à perdre haleine et commençaient à débarrer la porte pour échapper à l'épaisse fumée.

– Fous que vous êtes, vous allez tous périr ! Attendez encore un instant qu'ils soient partis !

– Si nous restons, nous allons tous mourir carbonisés comme sorcières au bûcher !

– Si nous courons, nous avons une chance !

Mark tenta de les raisonner.

– Ne faites pas ça, ils vont vous occire !

Trop tard ! Les hommes fous d'angoisse avaient libéré la lourde porte et la grange s'ouvrait sur une vision d'horreur : leur village tout entier dévoré par les hautes flammes de l'enfer.

Les hommes sortirent de la grange. Mark vit les marauds de Ralf, restés à l'affût dans la fumée, suivre leurs traces comme chiens de meute ivres de sang. Les deux villageois qui avaient débarré la porte se mirent à courir à toutes jambes pour sauver leurs vies. Un troisième se précipita à l'abri des hautes roues de la charrette à foin. Mark se rencogna derrière un des poteaux de la grange, le seul encore tiède. Un recoin sûr, d'où il pouvait voir sans être vu. Et il vit, le cœur lui saignant dans la poitrine, les deux villageois premiers sortis se faire prendre en chasse joyeuse par les hommes de Méléagant, dans les lueurs rouges de l'hallali. Et il vit les marauds étirer les traits dans les arbalètes et viser ses compères l'un après l'autre. Et il entendit Edwin hurler puis couiner comme un lapin qu'on sacrifie. Puis il ne vit plus rien. Mark avait fermé les yeux et écoutait une voix sangloter dans sa poitrine. Pas une chance. Ils n'avaient pas une chance... Quand il rouvrit les yeux, Méléagant avait arrêté son étalon devant la grange et son œil froid attendait que l'édifice prenne feu, que la paille fumante se teinte de la couleur rouge qu'il affectionnait. Mark essaya de se dissimuler davantage, mais son dos heurta le pilier fragile. Immédiatement, la meule s'écroula tout entière. La fumée était maintenant dense, opaque comme un brouillard infernal. La toux lui montait de la poitrine. Il s'étouffait à la retenir avec le filtre de ses doigts. L'air était cuit et malsain. Des flammèches venaient lui zébrer la peau des bras, les joues, s'appliquer comme tisons brûlants à ses braies. La mort approchait. Plus que quelques secondes et tout serait embrasé, et leurs vies misérables réduites en cendres. La chose la plus simple était de courir, de sortir de la grange devant Méléagant. Mais l'orgueil de Mark était encore vaillant. Non, il ne fallait pas s'abaisser à se laisser tuer par ce suppôt de l'enfer. Non ! plutôt la mort sur le bûcher que par la dague de l'ennemi. Le dernier compagnon de Mark pensait tout autrement. Sortant précipitamment de dessous la charrette, il se jeta aux pieds de Méléagant et Mark entendit ses pauvres mots tout vibrants d'angoisse :

– Par pitié, Messire. Par amour de Dieu, ayez pitié !

Méléagant dégagea très lentement son arbalète de son ceinturon. Ses lèvres minces souriaient doucement, mais son œil glacé ne se mouillait d'aucune pitié.

– Dieu aime les vainqueurs !

Et sur cette sentence, il arma son trait, qui la seconde suivante fendit la poitrine du malheureux. Méléagant le regarda mourir, la face impassible, et retourna à sa dernière besogne.

Ses hommes de main avaient regroupé les villageois survivants. Quelques femmes en larmes, terrifiées, retenaient des enfants effarés contre leurs jupes. Des hommes ravagés par l'horreur et la colère restaient cois comme leurs fils et filles, car rien ne pouvait émouvoir l'impitoyable Méléagant.

Le seigneur de la mort les regardait, froidement, du haut de son cheval de guerre. Et quand il prit la parole, sa voix grave, hachée, caverneuse, sonna comme le cri du corbeau au-dessus du charnier :

– La nuit dernière, des hommes de votre village ont franchi la frontière de mes terres. En représailles, j'ai détruit vos foyers. Ma contrée ne peut être jetée en pâture à vos appétits. Puisque la loi, ici, n'existe plus, je m'y substitue. Désormais, sachez-le : je suis la loi !

Son poing rageur se leva vers le ciel. Aussitôt sa meute lui répondit en hurlant un cri de guerre à glacer le sang.

C'en était fini. Méléagant traversait le village, ses noirs mercenaires aux talons, et repartait vers ses terres stériles dans les gémissements des derniers incendies.

Mark, étouffant, échappant à la paille enflammée qui lui tombait sur les épaules, se rua vers le cellier à pommes. Ses grosses pognes fiévreuses soulevèrent les planches. « Alda ! » Son cri résonna comme une prière ou une incantation à tous les démons de l'enfer lancés contre eux. « Alda ! Alda ! » Sa voix cassée par l'angoisse devint un gémissement sangloté. « Alda... Alda... » Il était terrifié à l'idée de ce qu'il pouvait trouver derrière les planches longuement léchées par les flammes. « Alda ! »

Ce fut un enfant qui se manifesta le premier par ses pleurs.

Puis il entendit comme en un songe la voix, la merveilleuse voix d'Alda. Il l'extirpa du cellier comme une poupée et la serra dans ses bras. Une courte étreinte : la grange allait s'écrouler d'un moment à l'autre. Il fallait fuir plus vite que les flammes.

– Mark ! Qu'est-ce qui s'est passé ?

Alda aidait Mark à extirper les femmes et les enfants entassés comme des pommes chaudes dans le profond cellier. Une jeune femme, en sortant, heurta la charrette et découvrit le corps transpercé. Les autres se ruèrent dehors et virent les lueurs mugissantes de l'incendie ravageant les dernières poutres et les corps connus et aimés, çà et là, percés, cloués sur place.

– C'est Méléagant…

Mark avait cité le nom honni entre ses dents serrées.

– Il dit que nos hommes ont violé ses terres, et que nous en payons justes représailles. Mais aucun d'entre nous n'a de raison d'aller à Gorre. C'est juste une excuse pour se saisir de notre pays par traîtrise. C'est bien là son idée depuis que le Roi est mort.

Mark étouffa une toux profonde. Ses pas s'enlisaient dans les cendres chaudes et ses yeux tentaient de voir à travers la fumée. De larges brûlures rouges et brunes marqueraient à jamais ses avant-bras, son cou, ses joues, mais il était en vie. Un bras autour de la taille de sa femme, ils partirent vers la ruine fumante qui avait été leur maison. De la petite communauté pleine de vie et de rires, il ne restait que cendres et sanglots des rares survivants.

Alda tenait toujours son panier de victuailles à la main.

Mark le prit, détacha la moitié de son contenu qu'il enveloppa dans le linge pour en faire un baluchon et se saisit également d'une bouteille de cidre. Alda resta interdite :

– Mon Dieu, que fais-tu ?

– Je vais à Léonesse, Dame Guenièvre doit savoir !

Il reprit Alda dans ses bras et lui donna un profond baiser d'amour.

– Je ferai aussi vite que possible.

Alda mordit ses lèvres et regarda son homme partir vers leur unique espoir.

Mark lança un dernier regard à ce qui avait été son village et prit la route de la ville.

Dans la paix dorée de cette chaude après-midi du mois d'août, Lancelot chevauchait calmement sur une crête boisée surplombant une vallée magnifique. Il regardait le ruban blanc de la route en contrebas s'étirer sous le soleil. Des papillons blancs et jaunes virevoltaient aux oreilles de Jupiter qui les agitaient nerveusement dans la touffeur. Soudain, les papillons s'éclipsèrent et le soleil se cacha derrière les arbres. Les oiseaux se turent et le galop sourd d'une troupe à cheval martela le silence. Lancelot entendit un long cri au loin. Jupiter faisait pivoter ses oreilles. Lui aussi se tenait aux aguets. En dessous d'eux, dans la vallée, une horde noire galopait sur le ruban blanc. Ils chevauchaient follement, vers la forêt, puis les landes stériles du Nord. Lancelot les regarda attentivement, et reconnut la mise des marauds qu'il avait tenus sous sa lame derrière la taverne. « Il ne doit pas faire bon les croiser seul », pensa-t-il, mais il n'était ni troublé, ni effrayé. Si la lande de Gorre s'étendait jusqu'où il chevauchait à présent, il serait toujours temps de changer de direction.

Lancelot mit pied à terre pour réfléchir. Puis il remonta en selle et prit la route du Sud-Ouest, se guidant sur le soleil orange qui enflammait le jour finissant.

3

Après deux journées pleines de rude marche, une nuit sous les étoiles et une autre dans un village où lui avaient été donnés écoute, logis et nourriture, Mark arriva en vue de Léonesse. Le soleil était déjà haut. Il s'assit un moment sur un monticule, face à un petit moulin à vent dont la meule crissait sans s'arrêter jamais. Il lui restait un quignon de pain, des œufs et de la cervoise dont les villageois avaient rempli sa bouteille vide. Une vallée fertile s'étendait sous ses yeux, avec ses champs mûrs, ses prairies grasses et son blé abondant. Les vaches paissaient tranquillement et le foin cheminait dans les charrettes. Mark sentit son cœur se serrer de douleur devant une vision si paisible et si belle qui lui rappelait le début de la moisson, ce jour commencé en paradis et achevé en enfer. Il revoyait sans cesse Méléagant, souriant et plantant son trait d'arbalète dans le cœur de son ami, les marauds coursant ses frères paysans comme des lapins, son village en flammes, puis en cendres… Le feu ! Le feu obsédait ses pensées, taraudant sa chair. De noires et brûlantes pensées qui l'étouffaient de douleur et de rage, et qu'il avait grand-peine à refouler en suivant la route. Léonesse n'était plus loin maintenant. Son regard se porta sur le ruban d'argent sinueux de la rivière Léonne qui courait vers l'enceinte de la forteresse. Un pont de bois, gracile, reliait la ville aux champs du fief. On parlait de l'élargir et de le garder, mais pour l'heure, Mark ne voyait aucune trace d'activité. À l'extérieur de l'enceinte, menue et toute de bois dressée, quelques simples maisonnettes se groupaient sans protection. Léonesse n'était pas une grande cité comme Camelot, la capitale légendaire du royaume où régnait Arthur. Léonesse était à l'image de ses terres et de son peuple : une ville simple pour les vilains, les commerçants et aubergistes honnêtes et paisibles. La porte de la ville, assemblage de lourds troncs de chêne, restait ouverte, sans garde aucune, et Mark fut pris de peur en pensant à l'urgence de sa mission. Léonesse était-il conscient de sa faiblesse face à la horde de plus en plus sauvage de Méléagant ? Si ce seigneur de la guerre décidait de lancer ses troupes infernales sur la cité de Dame Guenièvre, il ne ferait qu'une bouchée de la petite citadelle et de sa royale pucelle. Mark rejeta à son épaule la bouteille rattachée par un lien de cuir et reprit sa marche d'un pas saccadé. La Dame de Léonesse devait tout savoir, et Mark priait en cheminant : « Ô Christ tout en gloire ! Ô Vierge glorieuse, plaise à Dieu tout-puissant que je voie Dame Guenièvre, qu'elle m'écoute et comprenne que le danger est à ses portes ! »

Dans la bonne ville de Léonesse, toute la gent était occupée à regarder une partie de soule. Face aux deux féroces équipes, la foule excitée hurlait. Le jeu se perdait dans le tréfonds de la mémoire du pays. Plusieurs barbes blanches, en bordure de l'aire de jeux, se rappelaient les bons moments passés à courir après la balle, la guidant vers le trou gardé par un solide adversaire.

Des cavités, de cinq pieds de diamètre pour deux pieds de profondeur, avaient été creusées à chaque extrémité du terrain. Le but de la soule était de taper du pied sur la balle, vessie de porc longuement bouillie et travaillée en sphère, pour l'amener dans le cratère adverse. Les équipes, reconnaissables à la ceinture de couleur, rouge ou noire, que chaque participant avait attachée par-dessus sa cotte, étaient constituées de douze joueurs, hommes et femmes mêlés. Les règles du jeu exigeaient que les mains soient tenues à l'écart et que seuls les pieds touchent la balle. Quiconque usait de ses doigts et paumes retournait dans la foule. Le jeu était rude, mais pas meurtrier. Les joueurs se heurtaient durement, se fâchaient, se heurtaient encore, tant et si bien que chacun en revenait couvert de bosses, tout taché et meurtri. Ces coups et ces chocs faisaient les délices de la foule vociférante.

Sur le terrain, parmi ce boisseau de corps déchaînés aux lourdes chausses boueuses, une jeune femme se faufilait comme une anguille et courait comme un lapin. Son visage irradiait la joie, la concentration et la férocité, tant le jeu lui faisait bouillir le sang. Ses dents éclatantes lançaient le feu de leur nacre à tout moment, et ses grands yeux noisette pétillaient de gaieté. « Oh, non ! Vous ne pouvez ! C'est à moi ! » gourmandait-elle une ceinture noire qui venait de lui dérober la balle sans pitié. La ceinture noire tapait la vessie vers un membre de son équipe en hurlant : « À toi ! Par ici ! » La balle vola, navigua à travers les joueurs frénétiques, puis atterrit tout près du cratère des noirs. Une voix hurla : « Vite ! Allez vers les rouges ! Allez ! Fondez sur les rouges ! », puis la jeune fille si rapide : « Richard ! Attention ! » Si les joueurs mâles couraient bien attifés pour le terrain, la jeune dame portait d'élégantes chausses écarlates.

« Gros balourd, vous l'avez laissé voler ! » Une ceinture noire poussait la vessie de porc et chargeait sur le terrain en direction du but opposé. La foule éructait, hurlante, vacillante, lançant des poings rageurs vers le chaos du terrain. La jeune femme se tenait elle-même au milieu du choc des équipes, déterminée à retrouver la balle et à l'expédier elle-même vers le but des noirs. Ses frêles épaules et sa taille menue ne la rendaient pas moins vaillante que les solides barons qui l'entouraient. Ses cheveux étaient dénoués et elle se battait sur le terrain comme un beau diable, des traces de boue sur le visage et ses vêtements maculés d'herbe. Voilà ! Elle tenait au bout de sa chausse la sautillante balle.

« Non ! Comment osez-vous ! » Et effectivement, un homme lui vola sa précieuse acquisition. « Oh ! Vous n'êtes qu'un bœuf ! Un rustaud ! » hurla-t-elle. « À moi les rouges ! Les rouges, on y va ! » Et elle replongeait avec son équipe en de nouveaux heurts furieux.

Malgré ses sens tout aiguisés par le jeu, la damoiselle aperçut deux vieux hommes approchant d'un pas rapide. Elle en conçut une vive irritation. Par le Christ sauveur, ne pouvait-on la laisser jouer une partie entière ?

Les deux hommes fendirent la foule et firent signe à la noble pucelle. Elle grimaça et leur demanda de patienter un moment. Sa rage de vaincre était décuplée par le peu de temps qu'on lui accordait. De son pied menu, elle tapa avec force habileté la balle brune en hurlant : « À moi les rouges ! À moi ! Richard, où êtes-vous ? Passez ! Passez ! » Un cruel adversaire envoya voler la jeune dame, qui chut de tout son long sur le sol boueux. « Brute ! » cria-t-elle en rassemblant ses esprits et ses jupes boueuses. « Brute ! Brute ! » Avec détermination, les hommes venant du château avaient abordé le terrain et s'approchaient de leur dame, leurs visages burinés tout empreints d'une gravité anxieuse. Le premier, avec ses cheveux d'argent et son large mantel de laine ressemblait à un magicien.

– Dame Guenièvre…

– Oui, je sais, Reginald ! Je ne serai pas longue si vous me faites la grâce d'attendre encore un instant !

– Je suis désolé, ma Dame, mais j'ai grand-peur que l'affaire ne souffre aucun répit… Un autre village a été attaqué, brûlé et saigné, de la paille aux hommes.

Le visage bouillonnant d'impatience de Guenièvre se transforma à l'instant en une mine rongée d'anxiété et de colère. Elle passa la ceinture rouge par-dessus son surcot et, apercevant une damoiselle dans la foule, elle la héla : « Prenez ma place, Anne ! » et marcha à grands pas vers le château. Son fidèle Jacob courait auprès d'elle, lui tendant une blanche serviette de lin. Elle s'en saisit et le remercia tout en lavant son visage éclaboussé de boue.

– Je suppose que c'est encore le fait de Méléagant ?

– J'en ai bien peur. Nous venons d'apprendre la nouvelle d'un des survivants, qui marche depuis l'attaque pour vous avertir…

– Vous êtes-vous occupés de lui ?

Reginald haussa doucement les épaules.

– Nous lui avons offert couche et collation, mais il est très agité. Il insiste pour vous parler en personne, et tout de suite. Nous l'avons conduit au verger. Oswald a commencé à l'interroger.

– Vous avez bien fait, Reginald, une partie de soule n'est rien, comparée à la pérennité de mon peuple et de Léonesse.

Sans prendre le temps d'ôter ses vêtements boueux, de revêtir une tenue digne ou de coiffer ses cheveux ébouriffés, Guenièvre s'avança vers le paysan messager et Messire Oswald.

Oswald avait été le plus cher ami de son père et son conseiller le plus avisé. Il conservait ce rôle auprès de Guenièvre. Elle adorait le vieil homme et l'appréciait d'année en année davantage. Il était le grand-père qu'elle n'avait jamais connu, et le soutien constant dont elle avait besoin depuis le départ de Léodagan, mort soudainement d'une fluxion de poitrine.

Lorsque Guenièvre entra dans le verger, elle découvrit le vieux conseiller en conversation avec le plus haut et large bonhomme qu'elle eût jamais vu. Il était habillé des grossiers vêtements de lin tissé des vilains. Sa cotte bleue et ses braies vertes étaient toutes roussies par le feu et de longues brûlures mordaient ses avant-bras, sa nuque et son gros et bon visage d'homme doux et honnête. Elle comprit dans l'instant qui était l'être qui se tenait en face d'elle, combien il était éreinté, soucieux, et quel appui il attendait d'elle, sa Dame, le bras justicier de son peuple.

Alors qu'elle s'approchait, les deux hommes arrêtèrent leur entretien et mirent un genou à terre. Guenièvre hocha sa jolie tête en guise de protestation et, faisant signe à Oswald de se relever, elle s'approcha du paysan et prit ses jeunes et immenses mains calleuses dans les siennes. Cherchant de ses prunelles fauves les yeux bleus du jeune homme, elle lui parla avec fermeté et tendresse :

– Non ! non ! c'est assez, relevez-vous, de grâce ! Je connais les raisons de votre voyage et combien votre cœur doit être en deuil et vos forces épuisées. Je vous suis reconnaissante de venir nous rendre compte des méfaits de la horde qui s'est abattue sur votre village. Sachez que je ferai tout pour vous apporter secours. Maintenant, dites-moi votre nom…

– Je suis Mark, ma Dame…

Et sa grosse patte lui pressait les mains, et sa grande carcasse tremblait comme peuplier dans la tourmente.

– Nos maisons… Nos maisons ne sont plus, Dame Guenièvre, ni votre moisson… Méléagant… Méléagant a brûlé… Méléagant a tout brûlé… Il… il a dit que certains des nôtres avaient violé ses terres. Mais, ma Reine, pourquoi irions-nous à Gorre ? Ce sont là terres stériles et inhospitalières. Il n'y a rien que des moutons de par là-bas, et nous, nous sommes des vilains, pas des bergers ni des guerriers !

Et la voix du géant était troublée par l'émotion, d'où l'effort qu'il devait fournir pour se faire comprendre de la Dame de Léonesse.

– Je sais, je sais... Ce sont des mensonges... Tout ce qu'il dit est mensonge, ruse et vilenie. Il veut nous réduire à merci et ses pillages n'ont pour but que de nous avaler !

Le jeune géant se redressa comme si une tige de métal lui entrait dans l'échine :

– Ma Dame ! Ne lui donnez rien ! Jamais ! Nous ne sommes que des vilains, mais s'il faut nous battre du premier au dernier, nous nous battrons ! Plutôt la mort que voir Méléagant devenir le seigneur de Léonesse !

Guenièvre se tenait dignement devant Mark, les lèvres crispées par la fougue qu'elle contenait, et ses yeux lançaient des éclairs de rage.

– Soyez sans crainte, Mark, je ne suis pas de race à me rendre. Un jour prochain, Méléagant s'étouffera d'un morceau trop gros pour lui !

Guenièvre ôta ses mains de celles du géant et se tourna vers Jacob, qui attendait ses ordres avec une douce et fervente dévotion. Il était vêtu d'une tunique à capuche écarlate. Guenièvre le laissait libre de s'attifer à l'ancienne mode, car l'homme aux allures trop précieuses et vieillottes aimait sa jeune maîtresse d'un attachement jaloux et ne supportait pas la critique.

– Jacob, faites donner le boire et le manger à ce brave homme et une couche pour la nuit.

– Qu'il en soit fait comme vous le demandez, ma Dame.

Et en s'inclinant, son long capuchon descendit et lui trembla au cou comme une crête de dindon.

Mark, égaré, se mit péniblement en marche. Guenièvre le toucha au bras et, avec effort, il se força à regarder de nouveau sa jeune reine.

– À la tombée de la nuit, lorsque vous aurez pris quelque nourriture et quelque repos, nous prierons tous ensemble pour votre village et Léonesse. Maintenant, suivez Jacob et prenez soin de vous.

Mark s'inclina et baisa les mains de Guenièvre avec ferveur.

– Qu'il vous soit rendu grâce, ma Reine. Que Dieu vous protège !

– Qu'il vous protège aussi, Mark.

Reginald prit la parole, sa barbe grise tremblant d'indignation.

– C'est le troisième village que Méléagant brûle en une semaine.

Guenièvre marchait à pas lents dans le verger et approuvait du chef. Son regard s'adoucissait en regardant les ronds pommiers couverts de fruits déjà gros. Les pommes, symbole de Léonesse, prenaient en cette fin d'été leurs belles couleurs, blond et rouge. Guenièvre frissonna. Il lui sembla soudain qu'un vent empoisonné pouvait souffler à tout moment sur son verger et le faire périr.

– Mais que veut-il ? Transformer cet éden en un désert maudit, pour y régner, seul ?

– Vous le savez, ma Dame, il veut que vous signiez son traité.

Reginald avait parlé le plus calmement possible, car il n'ignorait pas les sentiments de sa maîtresse à l'égard de ce parchemin. Guenièvre se redressa, un sourire amer aux lèvres :

– Il pense sans doute que, mon père mort, personne ne se mettra devant sa route.

– Ma Reine, même si votre défunt père était encore parmi nous, je doute que…

Le conseiller cherchait les mots les plus justes pour aller au cœur de Guenièvre sans susciter son ire ni sa peine.

– Ma Reine, si vous ne donnez pas au Prince Méléagant ce qu'il demande, il a le pouvoir de le prendre par la force. Il m'afflige de nous y résoudre, mais nous sommes si faibles…

Guenièvre se sentit désemparée face à son vieux conseiller. Elle savait qu'il disait la simple vérité. Le peuple de Léonesse était constitué de fermiers paisibles qui ne connaissaient rien aux ruses de guerre. Certes, ils se rallieraient à elle, mais sans autre résultat qu'une mort cruelle.

– Je ne me rendrai pas à Méléagant !

Guenièvre se tourna vers Oswald, qui écoutait derrière un pommier, plongé dans une intense réflexion.

– Et vous, Oswald, d'ordinaire si avisé, je n'entends guère de sons sortir de votre bouche ?

Le vieil homme dodelina de sa vieille tête. Ses yeux vifs démentaient sa voix chevrotante :

– Vous savez bien ce que je pense, mon enfant…

– Oui, je le sais.

Son père et son fidèle conseiller lui avaient maintes fois répété, comme chaque jour l'enfant tète le lait nourricier, que si Léonesse la servait, elle devait à son tour servir les intérêts de Léonesse avec loyauté. Elle se sentait si seule par moments, et si lourdement chargée ! Mais il en était ainsi, elle portait désormais le poids de Léonesse sur ses frêles épaules. Reginald, mal à l'aise, ajouta :

– Pardonnez-moi, ma Dame, mais le Prince Méléagant doit connaître votre réponse. Si l'attente se prolongeait, il pourrait brûler un autre village.

Guenièvre, au supplice, se tourna vers les deux conseillers :

– Il le doit, oui. Maintenant, laissez-moi, Reginald…

Et, en lançant sa main encore enfantine à baiser, elle se tourna vers Oswald :

– Restez, je vous prie…

Oswald la dévisageait du haut de ses quatre-vingts étés et presque autant d'hivers :

– Mon enfant, combien de temps vous faut-il pour sonder votre cœur ?

– Oh ! Mon cœur sait ce qu'il veut !

Guenièvre était à ces mots redevenue une jeune fille rayonnante. Une page de livre d'heures illustrant le frais printemps par une pucelle en son verger.

– Je veux me marier à l'homme de mon choix et vivre ici, à Léonesse. Mais je ne puis tout avoir, n'est-ce pas ?

– Pardonnez-moi, mon enfant, mais l'offre de mariage d'Arthur de Camelot est un grand honneur pour vous et Léonesse…

Guenièvre le regarda et le vieil homme se demanda ce qui lui déplaisait dans ce mariage : l'idée d'épouser le Haut-Roi ou celle de quitter Léonesse ? Les mariages nobles étaient de tout temps décidés pour assurer la pérennité du sang royal et les meilleures alliances politiques, mais le père de Guenièvre avait bravé les usages et osait espérer pour sa fille un mariage d'amour.

Depuis son plus jeune âge, la pucelle avait connu bien des prétendants, de Léonesse et des fiefs d'alentour. Et parmi eux était apparu Arthur de Camelot. Le Haut-Roi. Elle se souvenait de lui, de ses yeux noirs, intelligents, de ses sourcils expressifs, de sa voix profonde et de son sourire malicieux. Aucun homme n'avait éveillé son intérêt, à part celui-ci. C'était un homme mûr. Mais elle était accoutumée à vivre avec des hommes déjà faits, et à les apprécier plus que les jeunes barons, orgueilleux et fols.

– C'est un grand honneur, en effet...

Ses lèvres murmuraient malgré elle puis, se raffermissant, elle dit à voix haute et intelligible :

– Je sais que cela est le juste choix. Ne discutons plus, dites-lui que j'accepte.

– Vous acceptez l'offre du Roi Arthur ?

Guenièvre accentua son pauvre sourire, accrochée à la certitude qu'épouser le Haut-Roi était la seule chose loyale, possible et honnête.

– Oui, Oswald, j'accepte l'union avec Arthur, Roi de Camelot !

Les épaules du conseiller se relâchèrent et sa face brilla d'un magnifique éclat. Il saisit les mains de Guenièvre dans les siennes :

– Mon enfant ! Ma chère enfant ! J'étais fier de vous tenir dans mes bras à votre naissance et je serai si heureux de vous conduire à vos noces !

Guenièvre ne se sentait plus aussi assurée, mais osa tristement badiner :

– Pauvre Arthur, je ne lui donne en dot qu'un maigre royaume en danger, mais je le promets, Oswald, je l'aimerai et le servirai loyalement.

– Oui, vous le devez et vous le ferez…

– Je ne pourrai jamais me marier sans amour, mais Arthur a tant de gentillesse dans les yeux, tant de force et de sérénité dans l'exercice du pouvoir, et son cœur est si juste… Je n'ai jamais connu un homme tel que lui, Oswald. Aussi, puis-je aimer quelqu'un d'autre ?

Le vent se leva sur le verger et une feuille jaune comme coing, prémice d'un bel et précoce automne, se détacha et virevolta aux pieds de Guenièvre.

4

Lancelot avait poussé le portail d'une vaste et lumineuse cathédrale. La ramure s'élançait en clé de voûte et au travers des jeunes feuilles, telle une eau transparente, le soleil érigeait en vitrail la plus pure émeraude. L'éventail végétal rendait un bruissant hommage au cavalier errant en s'écartant sous sa lente poussée. Le soleil au zénith chauffait doucement, dégageant mille essences à l'odeur enivrante. Les papillons silencieux qui voltigeaient en flocons multicolores sous la ramée et les ailes de pigeons s'envolant à son passage semblaient à Lancelot les caresses des angelots de l'Éden. Il se laissait aller, rênes lâches et échine dolente, à une paisible rêverie. C'était un jour doux et serein et rien ne le pressait. L'étalon noir profitait du répit pour paître à sa guise et boire l'eau fraîche et embaumée qui bruissait à ses paturons. Lancelot sursauta dans sa somnolence, sentant son destrier abaisser l'encolure. Mettant pied à terre, il laissa Jupiter s'enivrer de l'herbe tendre et fraîche et, s'agenouillant à la source pure comme cristal qui se déversait au milieu d'un épais velours, Lancelot but l'eau vive dans la coupe de ses mains.

Il y avait des mois qu'il n'avait ressenti cette paix, la tête vide de pensées, le corps sans peine. Alors qu'il se baissait pour boire pour la troisième fois, son corps trembla sous la vigueur d'une cavalcade et, quelques instants plus tard, il ouït précisément le bruit assourdi des sabots sur la terre meuble, le cliquetis des armes se mêlant au branle de lourdes charrettes. Lancelot, aux aguets, écoutait les vibrations le traverser et pointait son regard au travers de l'épaisse ramure pour apprendre d'où surgirait l'équipage. Soudain, une couple de chevaliers fut visible au travers des chênes. Ils montaient de magnifiques palefrois qui trottaient paisiblement sur la route poudreuse. Derrière eux apparurent aussitôt deux autres chevaliers portant haut l'oriflamme de soie dorée de leur pays. Leurs corps disparaissaient sous de lumineuses armures d'apparat. Aucun d'eux n'avait le heaume lacé et l'équipage qui les suivait prouvait qu'ils étaient préparés à longues chevauchées de représentation plutôt qu'armés pour joutes ou guerres. L'éclat de leur parure, leur maintien hautain et leurs regards qui ne s'abaissaient jamais vers les vilains moissonnant dans la vallée faisaient bouillir le sang de Lancelot. Pour toutes ces vanités, il aurait aimé combattre chacun d'eux et le faire choir, son épée le gardant allongé comme hanneton dans la poussière.

Jupiter s'était redressé. Ses naseaux en alerte frémirent d'inquiétude. En un bond souple et parfaitement silencieux, Lancelot s'était remis en selle et son destrier se glissait à la lisière du bois. Lancelot pensa pousser son étalon bien en avant de la troupe d'apparat, pour réapparaître à son front, tout à coup, comme un lutin jaillissant de la forêt. Mais ce n'était pas une bonne idée. Il y avait maints soldats d'escorte entourant les chariots et il était seul. Si les chevaux effrayés se cabraient, le jeu pourrait mal tourner, aussi Lancelot préféra-t-il cheminer à couvert, voyant sans être vu.

Derrière les chevaliers qui ouvraient et gardaient la marche, l'équipage comprenait deux voitures, chacune tirée par de lourds roncins, caparaçonnés de somptueuses étoffes où tintinnabulaient des grelots d'argent. En se glissant à hauteur du premier chariot, Lancelot aperçut trois femmes. Les deux premières, à leurs visages sans affectation et leur mise simple, étaient à l'évidence de jeunes servantes. La troisième, par son maintien altier et le riche samit[1] qui la vêtait, ne pouvait être qu'une damoiselle d'un très haut rang. Son visage ruisselait de lumière, blanc et irisé comme une perle fine, dévoré par l'ombre soyeuse des cheveux et des sourcils magnifiquement arqués. Ses yeux étaient modestement baissés et le restèrent en passant devant Lancelot qui se trouvait de son côté. Derrière le second chariot, une troupe de gardes royaux, quatre rangs serrés de quatre cavaliers, fermait la marche. Aucun de ces fiers et fols gardiens ne s'était aperçu de l'avance de Lancelot. Le cavalier solitaire regardait le royal équipage cheminer dans la forêt avec un sourire ironique pour leur

1. Samit : précieuse étoffe de soie et de fil d'origine orientale.

morgue et leur peu de prudence. Son propre sang était aussi noble que le leur, mais il avait appris après ces années de quête âpre et solitaire que la race ne suffit pas à accorder la noblesse du cœur. La poussière de leur lourd passage retombait en nimbe. Lancelot se demanda qui était la jeune dame de beauté, d'où elle venait et où l'emmenait cet équipage. Depuis fort longtemps il avait oublié ce sentiment, la curiosité... Elle revenait, le poussant à suivre le grand train de ces barons hautains.

Sifflant doucement, flattant de gestes habiles sa monture, Lancelot guida Jupiter, les oreilles tendues, nerveuses, de la lisière du sous-bois vers la ramée. Par un jeu subtil de petits bruits, de gestes et de mimiques, le cheval lui obéissait parfaitement.

Un cri étouffé résonna dans la forêt. Lancelot pensa au chant d'un oiseau dérangé par le passage de l'équipage. Mais à la réflexion, non, ce ne pouvait être cela. C'était la première fois qu'il entendait ce bruit depuis le début de sa matinée dans le bois. La curiosité de Lancelot s'amplifia et il continua d'avancer dans la ramée, les sens en éveil. D'après la rumeur, les forêts des environs abondaient en loups et parfois d'une race particulièrement nocive, à deux pieds...

S'assurant de la présence de son épée dans son fourreau, Lancelot fit avancer Jupiter dans les profondeurs de la forêt.

Les arbres se refermèrent sur eux comme une tombe inviolée.

Guenièvre se sentait si désemparée, si seule, avec ses pensées contradictoires, qu'elle n'avait pas aperçu l'homme qui avait cheminé si près d'elle un long moment. La lumière émoussée par le feuillage, la monotonie qui découlait du même paysage de forêt depuis des heures la berçaient mornement. Elle était sur le chemin, sur la route du mariage. Ses noces avec Arthur de Camelot. Bientôt, elle serait reine, avec de nouvelles responsabilités et de nouveaux soucis. Sa tête bruissait du combat douloureux et excitant entre cet avenir si proche et si nouveau qu'elle allait découvrir, et la peine ardente de quitter son pays. Elle désirait vraiment s'unir à Arthur. Il était le seul homme estimable en tout point, tendre, preux et capable de la protéger. Guenièvre se tenait bien droite, son visage pensif tourné vers le sous-bois. La journée semblait s'étirer à l'infini dans ce char d'apparat où on l'emmenait avec ses dames de compagnie, dans des cahots réguliers qui les endormaient. Elle avait voulu chevaucher à côté des hommes, mais messires Ké et Agravain, tous deux chevaliers d'Arthur, avaient estimé la chose trop dangereuse, avec la présence menaçante du Prince Méléagant de Gorre dans la contrée. Messire Tor pensait également qu'il n'était pas correct qu'une pucelle, future Reine de Camelot, chevauche ainsi parmi la troupe. Guenièvre se moquait de l'avis de Messire Tor, mais avait été émue par le juste souci des chevaliers Ké et Agravain. Aussi n'avait-elle pas regimbé à monter dans le chariot avec Élise et Pétronille, ses dames de compagnie.

En avant du chariot retentit soudain un cri d'alarme. Guenièvre sursauta et regarda par la fenêtre, ses yeux scrutant les alentours.

– Que se passe-t-il, Messire Ké ?

Ké le Sénéchal, plus haut personnage à la cour du Haut-Roi, avait dégainé son épée et son étalon piaffait, les yeux roulant à vive allure dans leurs orbites. La route, à l'avant, était bloquée par un énorme chêne abattu. Ni la saison, ni le temps clément, ni la coupure nette de l'arbre ne permettaient de penser que la chose était survenue naturellement. L'arbre avait été délibérément scié pour tomber à ce moment et à cet endroit.

– Il se peut que nous soyons victimes d'une embuscade ! Restez à l'abri, bien au fond du chariot. Ne vous montrez pas !

Puis Ké le Sénéchal, l'épée levée, se tourna vers la garde royale :

– Protégez le chariot et ouvrez l'œil !

Les chevaliers et la garde royale formèrent de suite un cordon protecteur et les cochers dégainèrent leurs dagues. Les chevaux, énervés et anxieux, piétinaient et les hommes avaient bien du mal à contenir leur fougue. À l'intérieur, Élise et Pétronille gémissaient, se tordaient les mains, étouffaient des râles d'angoisse :

– Ma Dame, que se passe-t-il ? J'ai si peur !

– C'est assez ! Ne vous conduisez pas comme une oie !

Guenièvre avait parlé rudement à Élise. Elle aimait tendrement sa dame de compagnie, d'une nature bonne et dévouée, mais son comportement de petite fille peureuse l'agaçait. Guenièvre n'avait jamais connu de femme avec qui partager la fougue qui lui brûlait les veines.

– Regardez par ici ! Au travers des arbres !

Le doigt pointé de Sire Ké montrait la forêt. Des hommes entièrement vêtus de noir profitaient de l'obscurité de la ramure pour se frayer un chemin vers la troupe royale.

Les défenseurs étaient prêts au combat. Un des hommes de la garde s'avança. Sire Agravain lui cria :

– Gardez la ligne, soldat ! Restez en ligne !

– Oui, Messire !

– S'ils arrivent jusqu'à vous, gardez la ligne ! Ne les laissez pas passer, quoi qu'il arrive !

La vingtaine de marauds fondit vers le chêne abattu, hurlant et faisant tournoyer leurs épées au-dessus de leurs têtes pour effrayer les chevaux. Leur livrée noire contrastait avec les riches et brillantes armures lustrées des chevaliers de Camelot. Les épées des armées du mal et du bien se choquaient maintenant en une rude joute. Les mercenaires de Gorre n'étaient plus les larrons venus effrayer des villageois, mais bien des hommes d'armes, entraînés au métier de guerre. Les coups vicieux, les attaques brutales étaient leur pain quotidien, et livraient maintenant la pleine mesure de leur art.

– Restez en rang ! Restez en rang, pour l'amour de Dieu !

Ké se battait comme un lion à l'avant, tout en exhortant l'arrière-garde à maintenir les rangs serrés autour des chariots. Dame Guenièvre, brûlant de savoir ce qu'il advenait de la bataille, pencha son beau visage à la fenêtre. Aussitôt, un des hommes de Méléagant la prit pour cible. Il arma son arbalète et la visa aussi facilement qu'il l'aurait fait d'une biche. Avant qu'il n'ait eu le temps de préciser son tir, sire Agravain l'avait occis et le trait que l'arme décocha alla se ficher dans la porte au lieu de transpercer le cœur de Guenièvre.

– Par Dieu, ma Dame, gardez votre tête à l'intérieur !

Messire Agravain hurlait, tout en continuant de croiser le fer avec les ennemis sur la dextre.

À l'intérieur du chariot, la folie régnait et les dames de compagnie de Guenièvre hurlaient sans retenue. Pour Guenièvre, il n'était pas question de se faire cerner par les loups et dévorer comme des brebis sans défense. Pas question non plus d'obéir aux chevaliers qui la maintenaient hors d'un combat incertain dont elle était l'enjeu. Elle devait savoir ce qui se passait et prendre une décision. Se blottissant aussi petitement que possible derrière l'ouverture du chariot, elle observa. Les épées lançaient de durs éclats. Le combat était en plein engagement, intense, et les hommes en noir pas plus que les chevaliers d'Arthur ne ménageaient leurs efforts. Elle fixa ses regards sur deux marauds en cotte noire, leurs épées de guerre bien aiguisées et leurs courtes arbalètes au côté. Elle savait maintenant qu'il s'agissait bien des mêmes hommes impitoyables que Mark avait décrits. De cette horde sombre qui avait attaqué ses villages, avait brûlé granges et maisons avec leurs habitants, et tué nombre d'innocents vilains pour des crimes imaginaires.

Tout à coup, à un signal imperceptible, les marauds refluèrent, rengainant leurs épées. Déjà ils galopaient vers le couvert de l'obscure forêt. Messire Agravain était en grande colère. Son sang riche et bouillonnant voulait la lutte au dernier vivant et ne comprenait pas pareille retraite. Ignorant les ordres qu'il avait lui-même donnés à sa troupe, il rompit le cordon de défense, en criant l'ordre de ralliement et de poursuite :

– En avant ! Suivons ces larrons ! Hardi les hommes ! Sus aux noirs marauds !

Il éperonna durement son palefroi et engagea vengeresse poursuite contre les mercenaires de Gorre. La moitié des chevaliers le suivirent dans sa charge folle, entrant à grand bruit dans la forêt profonde, l'épée au poing, hurlant et caracolant à l'écume.

Le cordon de protection des deux équipages s'était terriblement aminci. Guenièvre, exaspérée, sentait le danger de cette situation. « Têtes folles ! » pensa-t-elle. Mais il était trop tard pour les retenir.

De l'autre côté de la route, de l'autre côté de l'épaisse forêt où s'étaient engagés marauds attaquants et nobles poursuivants, le capitaine Ralf, chef de la horde, leva son épée. Sa voix rauque hurla : « En avant ! » et un second bataillon de mercenaires fondit en direction des chariots. Les preux gardiens des dames répliquèrent coup pour coup. L'attaque était sauvage, impitoyable et l'escorte de Dame Guenièvre en grande souffrance et grande perdition. Un des chevaliers dégagea sa corne d'appel et la porta à sa bouche pour alerter ses complices de la forêt. Mais jamais l'embouchure n'arriva à ses lèvres. Un trait cruel lui fendit la poitrine et il tomba tout occis sans avoir proféré le son de ralliement. L'attaque prenait un tour désespéré. Les dames de compagnie de Guenièvre priaient à haute voix, en folle angoisse. Elles suppliaient, exhortaient Dieu de les sauver, mais Guenièvre pensait qu'il valait mieux prier Dieu de secourir les chevaliers qui luttaient pour elles au péril de leurs vies.

Deux des marauds s'approchèrent et, quittant leurs selles, grimpèrent sur les chevaux caparaçonnés de l'équipage. Guenièvre hurla un appel, mais personne ne l'entendit, dans le choc de la bataille. Les deux mercenaires se saisirent des rênes des lourds chevaux de l'équipage royal. Les fouettant furieusement, ils les entraînèrent au grand galop dans une sente si étroite que les branches frappaient à grand bruit les côtés de la voiture. Des racines et des troncs en travers du chemin soulevaient, secouaient celle-ci, faisant lourdement retomber l'équipage au risque de le briser en mille morceaux. Guenièvre et ses dames de compagnie ne pouvaient plus se tenir et sautaient au plafond comme une poignée de grain dans un tamis. Élise hurlait à l'épouvante, bouche grande ouverte, les yeux exorbités par la terreur. Pétronille tentait de s'accrocher, crispée, plus blanche et rigide que mort en bière. Guenièvre était tout aussi effrayée, mais elle ne réclamait aucune aide. Seule une fuite miraculeuse pouvait encore les sauver.

Guenièvre glissa de son siège à grand-peine et s'approcha du rebord. Il fallait qu'elle sache où le chariot s'engageait. Aussitôt, elle sauta en arrière sur son siège : une énorme branche avait failli à l'instant la décapiter, mais elle en avait vu assez pour s'apercevoir qu'en avant, une trouée s'ouvrait dans la forêt. La chance de s'échapper était mince, mais elle était nulle de rester vivantes entre les pattes de ces marauds sanguinaires, payés pour les occire.

Guenièvre avait ouvert grande la portière et les branches en heurtaient vigoureusement le chambranle, passant parfois leurs cruels branchages par l'ouverture. Guenièvre saisit Élise par le bras et la poussa, hurlante et protestante, vers l'ouverture :

– Roulez sur vous-même, lorsque vous toucherez le sol, puis relevez-vous et courez aussi vite que vous pourrez ! Allez ! Maintenant !

Le choix était terrible pour la dame de compagnie. Si l'affaire paraissait possible à Guenièvre, mince et souple comme jonc humide, il en était autrement pour la pauvre Élise, ronde et grasse. Un coup au milieu du dos l'envoya voler hors du chariot. Elle hurla, mais se souvint dans sa frayeur des commandements de sa dame et Guenièvre put la voir rouler sur le sol, ramasser ses jupes à grandes brassées et détaler comme un lapin. Guenièvre se tournait maintenant vers Pétronille :

– Sauvez votre vie ! C'est moi qu'ils veulent, moi, la fiancée d'Arthur !

– Non ! Oh, non, ma Dame ! Je ne peux pas vous laisser !

Pétronille gémissait, au désespoir, et s'accrochait au chambranle pour ne pas être poussée.

– Vous pensez que je reste pour être occise ?

Le dernier mot de Guenièvre fut interrompu par le choc d'un des marauds sautant sur le véhicule, tenant sa lourde épée. Les yeux de Pétronille, exorbités par l'horreur, lui sortaient à moitié de la face. Guenièvre vit une autre trouée dans la forêt. Elle poussa sa dame de compagnie d'un coup sec et s'apprêtait à la suivre, mais déjà la lisière de la forêt faisait défiler ses arbres courts, aux branches acérées. Il était trop tard. Sauter maintenant, avec la vitesse et ces barrières de branchages, serait se rompre les os à coup sûr et gémir de longs jours jusqu'à être tout à fait occise par ses blessures. Guenièvre se tenait à la porte, attendant un nouvel endroit propice. Le maraud ne la regardait pas, scrutant avidement la route. Sa panique atteignit son apogée, lorsqu'une des lourdes chausses de métal du mercenaire passa par le toit, suivie aussitôt d'une seconde. Le cœur de Guenièvre lui dévorait la poitrine et ses articulations serraient à blanchir le rebord du chariot. Elle avait beau ouvrir tout grands ses yeux, aucune trouée d'herbe ne se profilait. Si ! Une si petite place. Il fallait viser au plus juste. Le maraud s'approchait dangereusement du chariot fou. Guenièvre murmura une prière entre ses lèvres closes, agrippa une dernière fois des doigts le rebord... Un dernier regard apeuré à la roue arrière du chariot que la vitesse polissait, argentée et brillante comme un diamant. Un dernier encore pour détecter l'endroit exact où... À l'instant où le corps du mercenaire passait dans le chariot, Guenièvre sut qu'il allait lui ficher son trait d'arbalète dans le cœur. Sans savoir pourquoi elle faisait cela, car elle n'aurait jamais eu le courage volontaire d'ôter ses doigts gourds de la porte, elle se saisit de la main du maraud, lui tordit l'épaule et le déséquilibra. Il chancela un moment, aspiré par la vitesse, puis disparut. Elle entendit le bruit horrible de son corps heurtant un tronc et sut que l'acte était accompli. À la grâce de Dieu.

Elle mit quelques secondes à recouvrer son propre équilibre et ses esprits, et regarda à nouveau par la portière, à la recherche obstinée, désespérée, d'un nouveau point où se projeter. L'espace d'un court instant, elle entrevit un petit carré nu. Une courte prière aux lèvres, elle sauta. Comme dans un songe, le rude choc se transforma en roulade sur une herbe douce et mouillée, une mousse, plutôt, qui amortit le poids léger de son corps. Aussitôt, elle fut capable de se remettre sur pied et de détaler. Une large tache verte souillait sa robe, ses cheveux étaient trempés de sueur et emmêlés. Elle courait, les mains en avant, crispées, comme si elles tenaient encore le rebord de la portière. Son corps tremblait, ivre d'émotion, la bouche sèche, mais Dieu l'avait protégée et son courage intact, son instinct de survie, son sang riche qui ne se rendait jamais avaient fait le reste.

Elle entendit l'écho des appels de ralliement des marauds, se tapit sous les branches les plus basses, et aperçut trois mercenaires à sa recherche. Elle n'était plus qu'un gibier pourchassé, attendant l'hallali. Courir vite et agilement... Tant de fois elle l'avait fait, lors d'une partie de soule, mais alors ses adversaires étaient des hommes un peu lourds et des femmes plus habituées à la broderie qu'à la lutte. Ici, se sauver ne servirait qu'à attirer l'attention, et ces hommes connaissaient le terrain et avaient l'habitude de la traque. Elle n'avait plus qu'un salut : devenir invisible. Elle avança, accroupie sous le couvert le plus dense de la forêt, la respiration haletante, essayant d'apaiser son cœur et de garder sa bouche muette. Elle n'était qu'un petit faon pourchassé et, pour la première fois de sa vie, elle pria à déraison.

Ils avançaient. Guenièvre sentait dans son corps les vibrations des pas des chevaux. Son échine se hérissa de frayeur et il lui sembla déjà que, derrière elle, la fatale arbalète était bandée et allait déchirer sa chair. Elle se blottit à couvert, derrière le rideau d'émeraude des feuilles, et regarda. Elle ne voulait pas être tuée comme une bête acculée, mais voir la mort venir en face. Les marauds occupaient le terrain, en ligne, rabattant sans oublier une parcelle de terrain. Guenièvre se recroquevilla davantage, s'enroulant sur elle-même aussi serré que possible. Malgré cela, ils allaient la trouver. Elle le savait. Dans quelques secondes, quelques minutes tout au plus, ils allaient la débusquer.

– Revenez par là !

– Elle n'a pas pu aller bien loin !

– Allez ! elle doit se terrer sous ces branches basses !

Deux des marauds descendirent de cheval et plongèrent sous la ramée, faisant tournoyer leurs épées comme des faux. Les broussailles sifflaient, cisaillées. À leurs ceintures pendait la terrible arbalète. Le troisième homme se remit en selle et dégagea son arme, plaça une flèche dans l'encoche. Guenièvre entendit le trait meurtrier trouver sa place dans sa loge, et sut qu'il lui était destiné. Quand elle mourrait, le sang de son père serait éteint et le Prince de Méléagant pourrait faire valoir ses droits sur sa terre. Ses hommes de main se dirigeaient directement sur elle. Dans un moment, ils la trouveraient et la rapide curée pourrait commencer. Avant qu'ils ne lui fondent dessus, Guenièvre sauta sur ses pieds et détala dans le sous-bois. La terreur faisait pousser des ailes à ses talons, mais derrière elle, le craquement des chausses s'accélérait. À entendre leurs cris de ralliement et de contentement, ils étaient heureux d'avoir débusqué si bonne proie, se défendant avec vigueur, rendant la traque plus palpitante. L'homme à cheval saisit son arme, plaça à nouveau la flèche dans l'encoche. Au moment exact où le trait meurtrier allait atteindre Guenièvre sans coup férir, l'audacieuse pucelle fut saisie rudement par la taille et tirée en arrière. La flèche se ficha d'un coup sec au-dessus de sa tête. Ce nouvel assaillant ne montrait aucune espèce de sentiment malfaisant. Leurs deux corps étaient désormais enlacés, comme ceux des amants durant la tendre joute. Guenièvre, sur le point de hurler et de lutter, se retint, raidie contre ce corps inconnu, prête à l'attaque. Elle osa le regarder et trouva des traits finement ciselés, un grain de peau délicat et des yeux d'un miel brun, encore assombris par de longs cils noirs. Il supplia en un souffle :

– Ne bougez pas…

Les marauds étaient toujours à sa recherche, dans le sous-bois, comme des sangliers sauvages. L'homme posa ses doigts sur les lèvres de Guenièvre, lui intimant une nouvelle fois le silence puis, à l'approche des mercenaires noirs, il se redressa d'un trait, l'épée au poing.

Les marauds se figèrent, incrédules.

– Qui êtes-vous ?

– Que faites-vous ?

Le second avait pointé son arbalète sur l'inconnu. Lancelot osa une feinte, une parade de l'épée qui entortilla l'arbalète, la souleva des mains de son possesseur et l'envoya choir près du fourré où Guenièvre était toujours couchée, tremblante. La face brutale de l'homme devint cramoisie ; il bavait de fureur. D'une voix rauque, hachée, il beugla : « Vous êtes mort ! » et, flanqué de son compagnon de déloyauté, ils attaquèrent ensemble. Lancelot lança à vive allure un coup circulaire qui désarma le maraud de son épée félonne, tout en l'atteignant avec force au visage. Une autre parade arracha le pommeau de la main du second. La face meurtrie et tuméfiée, le premier maraud se lança à nouveau sur lui en un assaut féroce que Lancelot esquiva. Pendant qu'il relançait son attaque, son compère sortit une dague de son côté et se jeta sur l'inconnu. Le corps à corps fut terrible. Le maraud pointa son arme courte sur le cœur de Lancelot, qui en retint à grand-peine la poussée fatale avant de retourner celle-ci contre son possesseur. Lancelot sentit un sursaut, le regard de l'homme devint fixe, puis vide, et aussitôt, un sang épais et tout fielleux lui dégoutta sur les doigts. Il se retourna, mais l'autre homme fuyait, effrayé par ce magicien des bois. L'éclat furieux de la bataille reflua de son regard brûlant mais une sauvage détermination y brillait toujours. Ferme et silencieux comme une pierre, il écoutait et observait. Guenièvre, qui avait guetté l'issue de la bataille avec une attention pleine d'effroi, se remit sur ses pieds. Elle allait parler, mais Lancelot une fois encore lui imposa silence. Elle chuchota faiblement :

– Qu'y a-t-il ?

Il hocha la tête et regarda alentour.

– Ils étaient trois… Où est l'homme à cheval ?

– Je ne sais pas, je n'ai pas remarqué où il était passé…

La voix de Guenièvre était pleine d'angoisse et s'étouffait dans sa gorge. Soudain, une main se pressa sur sa trachée et elle sentit la rude pointe d'une arbalète se frayer un passage dans les plis de sa jupe.

– Vous, baissez la garde et jetez votre épée !

Le maraud avait parlé vivement d'une voix sans réplique. Une expression de sauvage contentement illumina le visage de Lancelot, auparavant si fermé et anxieux. Un sourire vil aux lèvres, il fit glisser son arme de son poing.

– Bien, très bien… mais pourrai-je l'avoir quand vous en aurez fini ?

Guenièvre lui lança un regard éperdu. Que voulait-il dire ? Que signifiaient ces mots dans sa bouche ? Était-ce juste une ruse ou voulait-il bien dire qu'il la voulait, elle, pour lui, après l'autre ? Le maraud n'était pas moins surpris que Guenièvre.

– C'est la femme que vous voulez, c'est ça ?

– Pour sûr que c'est ça que je veux ! Avez-vous déjà vu quelque chose de plus mignon dans votre vie ?

Les yeux de Lancelot n'étaient plus deux alvéoles de miel brun, mais un brasier de lubricité la léchant de ses flammes. Le maraud tenta de regarder sa proie, mais il ne pouvait voir son visage.

– Je ne sais pas. Je ne sais rien de tout ça !

– Comment ! Vous êtes en train de me dire que vous ne la voulez pas ! Une peau douce comme du satin, des lèvres de cerise mûre ! Un petit corps jeune, ferme, souple comme un jonc… Et encore pur…

Et sa voix se faisait velours caressant…

Le maraud s'agitait derrière elle, en proie à l'incrédulité et au désir. Guenièvre pouvait sentir sa main pleine de sueur trembler et saisir sa robe avec rage.

– J'ai des ordres !

– Et alors ? Ce ne sera pas long !

Les yeux du maraud percèrent la ramée, observant et écoutant le silence de la forêt. Personne… Il était seul avec sa proie contre lui et cet homme qui ne voulait que…

– Écoutez, c'est simple : je la tiens d'abord pour vous, puis vous la maintenez pour moi. Personne ne viendra. Personne ne nous dérangera. Pas de témoin. Pas de suite. Je le promets !

Lancelot continuait à regarder Guenièvre avec concupiscence, la bouche entrouverte. Mais il y avait plus que de la lubricité dans ses yeux…

– Je ne veux pas d'ennuis !

L'homme de main du Prince Méléagant de Gorre hésitait encore, mais sa respiration était devenue plus rapide et ses yeux brillaient.

– Ha ! Pas de souci ! Regardez-la ! Elle est prête à ça et salement prête, même ! Toutes ces filles élevées dans la soie, ce qu'elles attendent, c'est un mâle, un vrai, qui les prenne pour de bon !

Le maraud serra plus fort Guenièvre. Elle s'agita, tenta d'écarter l'arbalète, se tortilla.

– Qu'est-ce qu'elle fait ? demanda-t-il, la voix lourde et suffocante de désir.

Souriant lubriquement, Lancelot s'approcha de Guenièvre et ses doigts, lentement, déboutonnnèrent le haut de sa robe, dégageant une gorge immaculée.

– Regardez par vous-même ! Retournez-la et regardez-moi ces beaux yeux pleins de fièvre ! Quel désir de possession il y a dans ces prunelles ! Regardez-moi ça, quelle chair ! et comme elle brûle d'être prise !

Le maraud respirait à grand-peine. Il relâcha l'étreinte sur la gorge de Guenièvre, juste assez pour la retourner et l'observer. Ses petits yeux de cochon luisaient d'un désir malsain en regardant ce joli bijou comme il n'en avait jamais possédé. Cette mignonne femelle, fine et soyeuse, avec sa peau sans tache, son petit corps palpitant…

– Oh oui, elle est belle !

Sa face congestionnée allait éclater.

– Alors, vous la tiendrez pour moi ?

Et regardant les lèvres gonflées de la femme, sa propre bouche lourde et vile se remplissait de salive. L'homme la tourna, et son arbalète vint se ficher contre la hanche de Guenièvre, le trait prêt à partir. Il approcha ses pattes du corps convoité, le serra. Puis on entendit le bruit sec de la flèche, et le son de la chair que le fer transperce. Les yeux étonnés du maraud se figèrent, avant de se voiler de la taie opalescente de la mort. Il s'écroula aux pieds de sa captive.

Guenièvre regarda l'arbalète. Le trait dans le corps du maraud. L'arbalète vidée de sa flèche. Son propre doigt qui avait, en un geste pur, tiré au juste moment, alors que le maraud s'était retourné, offrant son arme malgré lui. Elle ne pouvait croire que tout cela fût possible. Non, cela n'avait pas été. Et pourtant… Elle ne pouvait pas le croire. Tout ce qui arrivait depuis ce matin était un songe. Elle gémit pour elle-même :

– Je l'ai tué.

– Vous avez fait ce qu'il fallait faire. Il était sur le point de vous violer, puis de vous tuer comme il en avait reçu ordre. Il y a les chasseurs et il y a ceux qui sont chassés. Vous venez d'être tour à tour l'un et l'autre.

Lancelot se retourna et siffla doucement. Aussitôt, un fier étalon noir trottina dans le sous-bois et s'arrêta devant lui. Il leva le col, et ses yeux fiers interrogèrent son maître. Lancelot saisit le pommeau et monta. Il scruta la ramée et écouta les bruits lointains de la recherche de l'équipage royal puis, tendant la main à Guenièvre, il la cueillit comme une rose : « Montez ! »

Guenièvre le regardait, se demandant si elle devait faire confiance à si étrange cavalier. Il provoquait en son être des sentiments et des sensations contradictoires, qui l'étourdissaient. Jamais elle n'avait rencontré personne d'un caractère approchant. Une fougue contenue et intelligente, une violence sobre… L'approche d'un faucon… une bête fauve en cage… comme celle qu'elle avait vue arriver à la cour, venue d'un pays lointain, les yeux pleins de dignité et de fureur malgré son exil et sa captivité. Elle se mordit les lèvres pour se donner du courage et joignit ses mains autour de la taille de son cavalier. Son torse était ferme et chaud sous les paumes de Guenièvre alors qu'il s'assurait de sa position. Ils partirent au petit trot.

Après une longue course au cœur de la forêt, Lancelot laissa Jupiter aller au pas, guidé par le chant des oiseaux. Ils semblaient deux amoureux éperdus de bonheur, cheminant ensemble dans une forêt paradisiaque comme au premier matin de la Création.

– J'ignore votre nom, Messire.

Guenièvre avait lancé cette question dans leur intimité étrange, pour briser le silence. Elle n'avait pas desserré son étreinte, tout à la fois figée par la peur de cette journée terrible et soulagée par le réconfort du dos puissant, calme et viril qui la soutenait. Jamais elle n'avait été aussi proche d'un homme de toute sa vie. Cette sensation douce et profonde la déroutait.

– Mon nom ?

Pendant un moment, elle pensa qu'il n'allait pas répondre, mais à la fin, calmement :

– Je suis Lancelot.

Sa bouche n'en dit pas davantage. Il continuait de mener Jupiter, dans les profondeurs du bois. « Qu'importe, songea Guenièvre, qu'importe qui il est et qu'il ne veuille pas dire plus que son nom. »

– Pourquoi avez-vous risqué votre vie pour moi ?

– Je ne sais pas.

– Ils auraient pu vous tuer !

– Je ne suis pas aussi facile que cela à occire.

Il scruta la forêt autour d'eux, toujours à l'affût d'un danger. Guenièvre le sentait indifférent à ses questions, mais ses maigres réponses ne dégageaient aucune hostilité.

– Savez-vous qui je suis ?

– Alors, qui êtes-vous ?

La voix de Lancelot jouait de toutes les intonations, un peu ennuyée, taquine aussi, comme celle d'un enfant cherchant à stimuler l'orgueil d'un compagnon de jeu…

– Je suis Guenièvre, la Dame de Léonesse…

Il ne répondit rien et continua à scruter l'espace couvert devant les pas de Jupiter.

Guenièvre était interloquée par le comportement du cavalier. Elle n'avait jamais été confrontée à pareille indifférence.

– Alors ?

– Alors, quoi ?

– Cela ne vous fait rien de plus ni de moins d'avoir sauvé la vie d'une dame ?

– J'aurais été pareillement heureux si vous aviez été une servante.

– Une servante ne pourrait vous remercier comme je le peux !

Guenièvre était piquée au vif et sa voix reflétait son orgueil blessé.

Lancelot relâcha un peu les rênes et, faisant un quart de tour sur sa selle, lui montra sa face. Ses yeux la détaillèrent et descendirent à l'endroit où il avait, quelques heures plus tôt, dégagé un peu de la gorge vierge d'attouchement…

– Si elle était aussi jolie que vous, elle me donnerait toutes les récompenses que je voudrais…

La réplique de Lancelot coupa le souffle à Guenièvre, qui lança sa main gantée sur le visage du cavalier.

– Pourquoi faites-vous cela ?

– Vous… Vous m'insultez !

Avant qu'elle ait pu réagir, le pâle soleil qui filtrait maintenant à travers les branches disparut ; des cils longs frôlèrent le front de Guenièvre et des lèvres chaudes prirent possession de ses propres lèvres, s'aventurant en un baiser qui réunissait toutes les saveurs et les douceurs de la vie, après l'effroi de la lutte, la fureur de la bataille, la peur. Une rougeur inonda le visage de la pucelle et son sang riche pulsa dans tout son corps comme une cavalcade de chevaux sauvages. Lancelot se dégagea et regarda à nouveau droit devant lui.

– Maintenant, je vous ai insultée.

Guenièvre était ivre de rage et horrifiée d'avoir laissé ce cavalier prendre ses lèvres avec autant de facilité. Elle savait bien qu'elle n'était pas en position de force, mais ce n'était pas une raison pour supporter pareille familiarité. Il était indigne d'une dame, d'une fiancée, de se laisser ainsi circonvenir, malgré la fougue de son attaquant, sa position si spéciale de sauveur, et le fait qu'il avait baisé sa bouche par surprise.

Guenièvre, dans un sursaut de dignité, se souleva de la selle et bondit sur le sol.

– Comment avez-vous osé ? Comment osez-vous me traiter pareillement ?

– Parce que vous n'êtes pas une servante ? Assurément, si vous en étiez une, cela aurait été bien différent !

Et il lui parlait, jouant de la langue dans sa joue, lutin obscène se moquant de sa très haute personne.

Guenièvre, ulcérée, partit sur la sente à longues enjambées. Lancelot poussa un peu Jupiter et chemina désormais à côté d'elle, sans rien dire.

Elle sentait intensément sa présence près d'elle qui la mortifiait. La saveur de ses lèvres sur les siennes était encore vive. Sur un ton amer, elle renchérit :

– Je suis seule à blâmer… Vous m'avez défendue aujourd'hui et je vous ai laissé prendre plus que vous ne deviez. J'essaierai de faire taire l'outrage en mon cœur et d'oublier ce moment.

Les sourcils de Lancelot se levèrent à cette remarque et il serra les lèvres avec force. Il la sentait outragée, courageuse, rebelle. Peu de femmes lui avaient résisté. Il ne voulait pas de sa charité dédaigneuse, mais bien plus, et de plein gré.

Guenièvre s'arrêta à une bifurcation de la sente et regarda les deux chemins, son joli front barré par l'indécision :

– Maintenant, quelle route devons-nous prendre ?

Lancelot jeta un regard au-dessus de la feuillée, vers le ciel nu.

– Je dirais la gauche… Je ne suis jamais allé dans cette forêt auparavant…

– Dans ce cas, pourquoi à gauche, plutôt qu'à droite ?

Lancelot scruta à nouveau le ciel bleu.

– Voyez-vous ces corbeaux ? Ils sont en train de tournoyer au-dessus du passage des chariots, prêts à fondre sur les petits animaux que les roues auront écrasés… crapauds ou mulots. Les corbeaux suivent la route des hommes comme la mouette se tient au-dessus du filet du pêcheur.

Il se garda de lui dire que les corbeaux et autres charognards de plus ample importance se tenaient également toujours à proximité des corps morts abandonnés sans sépulture, faisant leurs délices de cette putréfaction.

– Ce ne devrait plus être loin, maintenant…

Guenièvre observait, à son tour, les oiseaux fossoyeurs tournoyant dans le ciel et un frisson d'angoisse courut sur son échine.

– Allons vers la gauche, alors…

Lancelot à son tour descendit de sa monture et marcha derrière elle, Jupiter soufflant sur son épaule.

– Et au sujet de cette récompense ?

Guenièvre fut saisie par cette approche intéressée et sursauta, à nouveau troublée par ce Lancelot si lointain et si proche, chevaleresque et mercantile.

– Mes hommes vous paieront dès que nous aurons retrouvé mon escorte.

– Je ne veux pas d'argent.

Elle se tourna vers lui, et l'exaspération faisait scintiller magnifiquement ses prunelles.

– Ne l'avez-vous déjà prise ? Sachez que je me trouvais sur le chemin de mes noces.

– Vous étiez sur le chemin, donc vous n'êtes pas encore mariée…

Lancelot avait prononcé d'un ton naturel et doux ces paroles pleines de bon sens, avant d'ajouter :

– Si vous n'êtes pas encore mariée, c'est donc que vous êtes libre…

Guenièvre s'écria, haussant le col avec dignité :

– J'ai donné ma parole !

– Je ne veux pas de votre parole. Je vous veux, vous.

Guenièvre lui fit face, des éclairs de colère dans ses beaux yeux mordorés.

– Je ne suis pas à qui veut, Messire !

Lancelot sourit et repartit en joute aussitôt, une étincelle espiègle dans le regard :

– Pourquoi pas ? Je vous veux et vous me voulez…

Il laissa l'audacieuse et ardente proposition faire effet sur la damoiselle. Guenièvre, outrée, se tourna, essayant de combattre son trouble :

– Vous devriez savoir que ce petit jeu d'arrogance qui confond sans doute les servantes, une dame n'en a que faire ! Et quant à moi, vous vous trompez, je suis juste en train de répondre à un fou présomptueux !

Lancelot continuait de sourire. Il aimait jouer de l'épée pour de l'argent sur quelques places de village, mais son duelliste d'aujourd'hui, d'un tout autre acabit, ne manquait pas de charme et de piquant et se défendait à merveille…

– Je sais quand une femme me veut. Je le vois dans ses yeux.

– Pas dans les miens, Messire !

– Redites-moi cela en me regardant…

Le challenge ressemblait bien à un duel, le plus doux et le plus amer qui soit, regard contre regard, cœur pris contre cœur solitaire…

Guenièvre continuait de marcher, la tête inclinée comme une nonne à complies.

– Vous avez crainte ? N'est-ce pas ?

Le moment approchait où vainqueur et perdant seraient désignés.

– Je n'ai rien à cacher, Messire !

– S'il en est ainsi, regardez-moi !

Comme une biche aux abois se tourne vers son prédateur, Guenièvre fit face à Lancelot. L'homme plongea avidement dans son regard. Ces yeux contenaient, captives, toutes les couleurs de cette forêt en été, le brun doré, délicat et lumineux, ton âpre et fier de la terre meuble et le vert profond. Pour se protéger de cette intrusion, Guenièvre abaissa ses paupières et ses longs cils ombrèrent en rayons parfaits ses joues onctueuses. Lancelot, ému, n'avait jamais rencontré pareille beauté tout à la fois paisible, rayonnante, fière et sensuelle. Jamais… Jamais, tout au long de cette quête. Jamais non plus pareille lutte.

Il abaissa son visage et, une fois encore, baisa cette bouche. Le corps de la pucelle, petit, altier, souple et magnifiquement svelte, se ploya comme un jonc, mais ses lèvres restèrent calmes et passives sous la brûlure du baiser. Lancelot avait pensé, fou qu'il était, la désarçonner et la soumettre par le feu d'un nouveau baiser, mais il n'en était rien et il se sentait mordu au cœur, désappointé. Il recula, le souffle court, éperdu, et la regarda. Elle avait maintenant le regard pointé droit dans ses prunelles et le toisait, sans hargne ni faiblesse. Elle avait tout simplement maté, impitoyablement, toute forme d'émotion. Ses joues seules étaient colorées.

– S'il reste un peu de sens de l'honneur en vous, Messire, promettez-moi de ne jamais recommencer ce que vous venez de faire.

Lancelot haussa les épaules. Il avait tout de même, en dépit de sa réaction, gagné un pouce de terrain. Peut-être était-il encore temps de changer de voie d'approche.

– Je ne sais rien de l'honneur, ma Dame, mais je peux vous promettre ceci : je ne vous embrasserai jamais plus que vous ne me le demandiez…

– Fou que vous êtes ! Jamais je ne vous demanderai cela !

Lancelot reprit calmement les rênes entre ses doigts :

– Quand vous mariez-vous ?

– Le dernier jour de l'été.

Il opina du chef et se tourna vers Jupiter, lui flatta les naseaux avant de remonter sur l'étalon patient et de le faire aller dans une autre direction.

– Aussi, avant la fin de l'été, vous me demanderez de vous embrasser à nouveau !

– Vous m'insultez et maintenant vous m'abandonnez ! Je suis tout à fait éclairée désormais sur le fait certain que vous ne connaissez rien à l'honneur !

Lancelot réapparut soudain entre les arbres :

– Il y a une route juste devant vos pas, ma Dame, et là se trouve, je le pense, votre belle et valeureuse escorte, assez investie du sens de l'honneur pour vous sauver la vie !

Guenièvre suivit la direction du doigt pointé de Lancelot et vit en effet, si incroyable que ce fût après tant d'heures de marche au hasard, son escorte. Les hommes allaient en tous sens, l'appelant, désespérés de jamais la retrouver vaillante. Pétronille et Élise étaient parmi eux, criant son nom en hurlements haut perchés, pleins d'angoisse.

– Merci, mon Dieu !

Guenièvre rendit grâce d'une voix forte et attrapant ses jupes à pleines mains, courut les derniers mètres de bois la séparant de ses gens.

Lancelot regarda entre les arbres cette scène touchante, et un bien étrange poids se fixa alors dans son estomac. Il fit ce qu'il put pour ne pas emboîter le pas à Guenièvre et la suivre au petit trot. Il gardait les yeux fixés sur elle. Avant d'arriver à la lisière du bois, elle pivota et le regarda une dernière fois. Sur ses traits, Lancelot lut bien autre chose que la froide détermination d'une dame se laissant embrasser contre son gré : la face pleine de confusion d'une femme en proie à des sentiments troubles et mêlés. Il sut alors qu'il avait en quelques endroits percé les défenses du château si bien gardé de son cœur.

Deux chevaliers de l'escorte avaient aperçu Guenièvre et allaient à grand bruit à sa rencontre.

– Avant la fin de l'été...

Lancelot persistait, et lui décocha une de ses salutations moqueuses, l'index au sourcil.

L'offense empourpra un instant le visage de Guenièvre avant que la sublime pucelle ne se remette à courir, emportée par le courant de sa destinée.

5

Le soleil éclairait de flots d'or les bannières lorsque l'équipage royal passa sur les terres du royaume de Logres, vers Camelot, la résidence du Haut-Roi. Deux nuits s'étaient écoulées depuis l'attaque de la forêt et Guenièvre sortait doucement des sentiments confus qui l'étreignaient. Sa vie était sauve, ainsi que sa liberté, et Méléagant avait failli dans sa félonne entreprise. Guenièvre n'avait touché mot à quiconque de sa rencontre avec l'homme qui lui avait sauvé miraculeusement la vie. Les moments intenses de leur rencontre passaient et repassaient dans son esprit. Il était apparu à point nommé, sorti on ne sait d'où. Il avait combattu pour elle trois marauds dressés à tuer, deux par l'épée et un par ruse. Il l'avait escortée en grande loyauté, mais l'avait outragée en la traitant pis que souillon de cuisine. Lassée de tourner les faits et paroles du cavalier errant, qui laissaient des traces mordantes dans son esprit, Guenièvre laissa glisser son regard par la portière du chariot et observa son nouveau cadre de vie. Elle voulait seulement ne plus penser. Ne plus penser à ce vagabond de Lancelot.

La route allait maintenant le long d'une rivière sinueuse dont le bronze fondu miroitait sous le soleil couchant. Le paysage vallonné s'étendait doucement, magnifique. À quelques lieues de là, Guenièvre put voir danser dans le crépuscule finissant de vives lumières. En approchant, elle vit qu'il s'agissait de deux colonnes de cavaliers portant flambeaux. Ce magnifique tableau vivant, où les étoiles rivalisaient d'éclat avec le feu des hommes, la puissance de la nature avec celle des chevaliers en armures lustrées, captura son esprit. Elle contemplait le spectacle, ses yeux fiers reflétant le coucher du soleil et la lumière ardente des torches. L'armée de lumière se déployait en procession loin devant leur cortège, jusqu'au magnifique pont suspendu qui conduisait à la porte principale de Camelot. La présence de Lancelot avait totalement déserté l'esprit de Guenièvre, qui n'était plus que royale pucelle conduite à ses noces. Son regard ébloui d'enfant détaillait sa nouvelle escorte, les gardes royaux tout d'abord, suivis des chevaliers tout armés et portant les couleurs de Camelot, le bleu profond et l'argent d'une nuit étoilée.

Oswald, son vieux et fidèle conseiller, cognait contre elle, en proie au sommeil. La journée avait été bien longue pour un homme de son âge et les jours précédents si angoissants… mais à l'approche de Camelot, il se réveilla. Guenièvre se tourna vers lui et prit ses vieilles mains noueuses dans les siennes en soupirant.

– Votre nouveau pays vous attend, mon enfant…

Il avait parlé bas, avec un sourire triste où perçait la fierté.

– Vous voilà arrivée saine et sauve, Guenièvre, et maintenant vous allez vous unir à un homme puissant et protecteur. Je ne pouvais désirer plus grande destinée pour vous, à part le bonheur… et je sais qu'il vous sera donné en partage lors de vos noces.

Guenièvre enlaça le vieil homme et le serra contre elle.

– Si rien de fâcheux ne se produit à Léonesse… Oh ! Oswald, donnez-moi votre parole de m'avertir, quoi qu'il arrive !

– Ne soyez jamais l'esclave de la peur, mon enfant ! N'oubliez jamais cela, ma Reine…

– Donnez-moi des nouvelles et encore des nouvelles de Léonesse. Je veux tout savoir, le bon comme le mauvais. Promettez-moi de m'avertir de tout !

– Je vous le promets…

Guenièvre desserra son étreinte, étouffa un sanglot et chassa une larme naissante. Un pauvre sourire éclaira sa face :

– J'aimerai toujours Léonesse. J'y retournerai aussi souvent que je le pourrai.

– Je le sais, mon enfant, je le sais…

Les cavaliers porteurs de torches avaient arrêté leur marche et formaient une haie immobile, de la rivière jusqu'aux ponts et aux basses collines ceinturant Camelot. De chaque côté de la route se dressaient deux immenses croix de granit solidement plantées dans des tertres. Les larges spirales dessinées sur leur masse semblaient tournoyer à l'infini sous le feu des torches.

Enfin, le convoi entier franchit le pont et s'arrêta. Quatre gardes royaux s'approchèrent, torche en main, pour former la haie d'honneur de Guenièvre. Les chevaliers de sa propre escorte descendirent à leur tour, constituant un rempart de loyale soumission à leur future reine. Jacob put alors sauter à bas de sa place, à côté du cocher, et s'en aller ouvrir la porte du chariot. Guenièvre offrit un dernier sourire de petite fille à Oswald, reprit en main les pans soyeux de sa robe et son courage, et sortit. La Dame de Léonesse faisait ses premiers pas à Camelot, sous la double haie lumineuse et amicale. Lorsque son mantel toucha le pont, les trompettes retentirent dans le ciel nocturne d'une magnifique clarté. La nuit était maintenant totale et les torches illuminaient d'abondance les remparts de la citadelle. Les essences bénéfiques du pin répandaient leurs sains effluves. Portant haut le col et regardant avec une dignité absolue le domaine de son seigneur, Guenièvre avançait sur sa nouvelle terre, entre lumière et obscurité.

La garde forma une seconde ligne, absolument parallèle à la première, en un mouvement parfait. Vinrent alors les chevaliers de Camelot et tous les nobles visages de la glorieuse cité, parés en grand cérémonial de mantels d'un bleu profond. L'or et les joyaux étincelaient à leurs poitrines et à leurs fronts. Ils formèrent une troisième ligne d'honneur, créant un étroit corridor entre les hautes croix protectrices et la voie royale vers Camelot. Au son des trompettes succéda le roulement d'un tambour qui résonna martialement dans la solennité de la nuit. Puis, dans le silence retrouvé, jaillit l'écho d'une cour nombreuse qui marchait vers la Reine. Le temps s'arrêta. Guenièvre vit au ralenti, le cœur battant d'émoi et d'inquiétude, l'immense stature du Haut-Roi s'avancer vers elle. Son lourd mantel indigo tissé d'étranges motifs triangulaires était retenu par une large ceinture à boucle magnifiquement ouvragée. Mais sa taille majestueuse, ses cheveux d'argent rejetés en arrière sur son cou puissant et sa barbe courte et fournie constituaient ses plus impressionnants atours. Il n'y avait nulle vanité dans son maintien, nulle complaisance dans son profond regard de jais. Tout son être rayonnait de la calme puissance de l'homme qui connaît sa place, son pouvoir et ses devoirs en ce bas monde. Il s'arrêta devant Guenièvre et pendant un court moment ne fit que la regarder. L'esquisse d'un sourire souleva sa bouche sombre, des étincelles luisirent dans ses prunelles, et soudain son visage fut toute jeunesse et toute joyeuseté.

– Dame Guenièvre de Léonesse, soyez la bienvenue à Camelot !

La voix du Roi était puissante, profonde et riche d'intonations.

Guenièvre s'inclina en une profonde révérence devant Arthur, aussi spontanée que dictée par les convenances. Aussitôt le seigneur mit un genou à terre et aida sa dame à se relever.

– Que Dieu soit loué, vous êtes sauve ! Jamais plus qui ou quoi que ce soit ne vous fera outrage !

– Sire Arthur, soyez béni pour la tendresse de vos paroles.

Guenièvre se tenait, petite et frêle, sous l'ombre géante du chêne Arthur et, après les épreuves, aller sous sa ramure était comme se reposer sans chagrin ni angoisse sur un banc de pierre par une douce journée d'été. Elle vivrait désormais dans la puissance rassurante de son seigneur. Arthur se saisit de sa main et la baisa tendrement.

– Votre venue me procure une joie que je n'espérais plus.

La belle voix grave s'était voilée, ce qui toucha Guenièvre au cœur.

– Sire, vous ne devriez pas avoir si haute opinion de ma personne, ou j'ai grande crainte que vous ne soyez bientôt fort déconfit…

Arthur sourit joyeusement à cette réplique :

– Vraiment, vous avez grande crainte ! Alors faisons un pacte, je vous accepte telle que vous êtes et vous essaierez de faire de même avec moi !

Guenièvre lui retourna un franc sourire et levant la lourde main virile du Haut-Roi à son visage, elle la baisa. Ce geste simple mais malicieux séduisit grandement Arthur qui s'avança vers la cour, les yeux brillant de promesses. Un garde s'approcha et attendit les ordres. Arthur se tourna vers Guenièvre :

– Léonesse voudra certainement savoir si Votre Majesté est arrivée saine et sauve. Jean portera tout message que vous souhaiterez envoyer vers votre pays.

– Messire, vous devancez mon plus cher désir avant qu'il n'ait franchi l'enclos de mes dents.

– Avez-vous besoin d'un parchemin ? d'un clerc ?

– Sire, je n'en ai nul besoin.

Puis, se tournant vers le messager :

– Faites dire à mes gens que je suis arrivée saine et sauve dans mon nouveau pays.

Elle frissonna à la pensée de son cher Léonesse tant aimé.

– Et dites-leur que vous avez vu mes yeux remplis de larmes de joie !

Oswald aurait aimé donner de plus amples nouvelles mais le jeune porteur était déjà sur le chemin de Léonesse, chevauchant un frais destrier.

– Déjà reine…

Les mots étaient sortis à voix basse de la bouche d'Arthur qui regardait sa Dame refouler ses émotions de damoiselle.

L'escorte se regroupait maintenant en deux lignes parfaitement accolées et partait en procession vers les hautes croix, symboles divins du royaume.

Sire Agravain marchait près d'Arthur. Le Haut-Roi regarda l'estafilade profonde à sa pommette et la coupure qui rougissait sa main. Il abaissa son timbre pour ne pas rappeler de cruels souvenirs à Guenièvre :

– Vous avez livré combat et pris en chasse les marauds qui vous ont attaqués sur la route ?

– Oui, Sire.

– Méléagant ?

– J'en suis certain. L'attaque était trop bien préparée. Nous avons d'abord été arrêtés par un arbre abattu si net qu'il ne pouvait être tombé du fait de la foudre. Une poignée de ces marauds ont fondu sur nous, puis ont fui à l'issue de la bataille. Pendant que nous leur faisions chasse, un autre groupe de ces hommes d'armes prenait l'équipage à revers.

– Vous auriez pu prévoir la ruse, après tous les combats que vous avez livrés…

– Je sais bien, Sire… Je voulais que pas un de ces marauds ne s'échappe et ne nuise à nouveau.

Ils approchaient des croix. Arthur fit un geste pour arrêter la conversation.

– Nous parlerons de Méléagant plus tard, à la Table Ronde… Finalement, Dame Guenièvre est arrivée sans outrage ni préjudice, et nous saurons lui offrir bonne garde !

Messire Agravain recula et reprit le rang pendant qu'Arthur et Guenièvre approchaient seuls d'une des croix. Arthur prit la jeune main de sa promise et le sourire revint sur son visage.

– Venez, laissez-moi vous montrer votre nouvelle demeure. J'étais encore un damoiseau lorsque j'ai suivi cette route pour la première fois. En gravissant ce tertre, devant cette vue, j'ai su qu'ici serait mon domaine : Camelot…

Il regarda dans la vallée, laissant ses yeux errer sur les remparts, les donjons et les échauguettes. Ses prunelles fixèrent enfin la dame de ses pensées, la future Reine de Camelot, guettant ses réactions.

Guenièvre était pétrifiée par une vision si magnifique qu'elle semblait issue d'un rêve : un lac d'argent pur reflétant sous la lune pleine une haute cité aux proportions parfaites, recueillant en son sein de nombreuses maisons enchevêtrées, une citadelle belle et austère et un château de pierre blonde constellé de tourelles. Camelot, en une apparition féerique, flottait entre l'air et l'onde. Tout en cette nuit célébrait les noces de l'argent lunaire et de l'or solaire qui se livraient merveilleuse joute.

Guenièvre regarda son seigneur, ses magnifiques yeux de bronze et de mousse largement ouverts comme ceux des enfants ébahis. Un frisson lui parcourut l'échine.

– C'est si beau que cela me fait peur !

Elle le regarda et pensa qu'il faisait lui aussi partie de cette magie, avec la majesté de sa mise, ses cheveux d'argent, son regard de feu.

– Oui… c'est un sentiment que j'ai déjà éprouvé.

– C'est que je n'ai pas été éduquée dans les fastes d'une cour. Mon père disait toujours que l'apparence, la beauté ne duraient pas…

– Sans doute, mais je me souviens de la façon dont il parlait de vous, comme lorsqu'il me demanda si je pensais que tous les pères trouvaient leur fille aussi jolie…

Guenièvre était songeuse. Jamais elle n'avait pensé que son père eût pu dire pareille chose. Il la traitait comme une enfant courageuse, la chérissait, mais l'encourageait plus à participer aux parties de soule, à monter une pouliche rétive qu'à s'occuper d'affaires d'étoffes, de jeux d'aiguille ou de danse, avec des pucelles de son rang. Les regards de Guenièvre se perdirent encore sur la surface paisible de l'onde qui reflétait le mirage de Camelot…

– Je crois que la beauté est tout entière contenue dans le regard d'une belle âme…

– Elle se trouve dans les yeux de tous les amants.

Le lac scintillait comme une glace noire sous le clair de lune, les torches de Camelot dansant à sa surface. Les trompettes retentirent à nouveau dans la nuit, et la royale procession se remit en route. En longeant le lac, Guenièvre vit passer sur les flots des hommes, cavaliers et valetaille, des chariots et chevaux de toutes sortes. Le cœur serré d'émotion, elle comprit que les gens de Logres, venus de tous les fiefs, étaient à Camelot pour rendre hommage à la future reine tant attendue.

Du cœur de la cité, les cloches de la cathédrale se mirent en branle. Guenièvre, dans son habit tissé de fils d'argent, fut hissée sur un magnifique palefroi immaculé, caparaçonné d'étoffes et de pierreries merveilleuses, et entra aux côtés du Haut-Roi dans la citadelle. Elle aussi faisait désormais partie du glorieux mirage aux couleurs indigo et argent du royaume de la Table Ronde.

De part et d'autre de la chaussée de pierre, de petits bateaux ballottaient dans le clapotis des vaguelettes. Les pêcheurs du lac tenaient eux aussi la lumière de la vie, sous forme de petites lanternes de corne, et leur murmure joyeux accueillait Guenièvre dans son royal exil. La ville était emplie d'une foule serrée, épuisée mais joyeuse, qui aurait attendu jusqu'au bout de la nuit pour apercevoir Guenièvre, l'adorable fiancée de leur Roi Arthur.

La fiancée elle-même se perdait au milieu de la débauche d'ornements qu'avaient déployée les gens de Camelot. Arthur avait promis à Guenièvre de la prendre comme elle était. Si elle acceptait le Roi dans toute sa glorieuse maturité, elle devait aussi aimer Camelot et son peuple si original. Arthur se tourna vers Guenièvre, cherchant dans son regard l'expression de sa joie. La nouvelle Dame de Camelot lui décocha un franc sourire qui voulait dire : « Je suis heureuse, n'ayez crainte, mon doux Sire. » Et Guenièvre pensait avec sagesse : « Comment ne serais-je pas heureuse avec un époux tel que lui ? »

Lorsqu'elle franchit la haute porte de la citadelle, des cascades de pétales de fleurs ruisselèrent des tourelles, balcons et créneaux, les recouvrant de leur dais embaumé, et une bannière dorée aussi fine qu'un voile de soleil se déplia dans la nuit, proclamant l'entrée solennelle du couple à Camelot.

6

La ferme entourée de pommiers aux fruits murs appelait au repos. Lancelot mit pied à terre, fourbu. En échange de quelques deniers, une brave femme lui rompit une miche encore tiède et lui tendit un rayon de miel blond. Lancelot s'en alla à l'ombre d'un arbre, étalant ces trésors sur une table de pierre. Jupiter prenait son dû à ses pieds, dans l'herbe chaude du plein midi. Le cavalier errant et son étalon goûtaient pleinement cette halte après tant de journées en selle à déjouer la solitude, combattre le maraud et repousser les images d'une dame trop émouvante. La fermière sortit de sa maison, une masse de laine brute sous le bras, et prépara sa quenouille. La curiosité la poussait à engager la conversation avec l'étranger. Lancelot répondit par quelques mots à son babil, puis, lorsqu'il estima que la femme était un peu trop curieuse, prit congé d'un salut bref et siffla Jupiter. Avant que la brave femme n'ait eu le temps de faire tourner son rouet, Lancelot avait repris sa route sans but.

Les bois semblaient désormais emplis de paix et rien de plus sinistre que le chant voluptueux des oiseaux ne venait troubler le ciel d'été. Lancelot cheminait en sifflotant entre ses dents, la tête légère et le ventre plein. Quelques deniers sautillaient encore dans sa bourse, et la bonne femme lui avait laissé en partage une demi-miche craquante et une portion de fromage moulé par ses grosses mains calleuses. De quoi contenter l'estomac d'un cavalier solitaire pendant des lieues et des lieues encore.

Les bois cédèrent place à une lande fertile où des bœufs gras, aussi hauts que larges, s'engraissaient d'herbe dense, où les moutons entourant de petits bourgs paisibles ignoraient la peur du loup, comme le village où Lancelot se souvenait avoir rencontré les noirs marauds pour la première fois. La route, large, avait été dégagée pour que s'avancent de larges équipages et des chariots nombreux. Devant Lancelot, un lourd char peinait à se dégager des mottes de foin et de la terre trop riche. En passant à côté, le cavalier solitaire vit l'homme en sueur faire avancer sa charrette pleine de choux et, à son sommet, une jeune mère qui donnait le sein à son enfançon.

Lancelot répondit à leur salut chaleureux, mais préféra trotter plus avant plutôt que de chevaucher à leur côté. De chaque côté de la voie, les paysans continuaient l'abondante moisson d'une bonne année. Certains liaient les bottes à terre, d'autres, perchés sur les charrettes, les y rangeaient. Sans doute, une ville importante se dressait au bout de cette route. À voir cette ruche paysanne et ces villages nombreux, aux gens paisibles, cette ville était probablement une place forte, peut-être un évêché, voire un fief dominé par un seigneur bon et prudent. Une rivière allait son chemin au côté de la grande voie, et le banc de bateaux qui s'y engageaient, chargés de marchandises de toutes sortes, confortait Lancelot dans l'hypothèse de la proximité d'une grosse cité, tout près, en aval. Là-bas il trouverait des hommes avec qui combattre et se refaire une bourse. Là-bas, il offrirait enfin un peu plus que l'ordinaire à Jupiter : une bride neuve, un peu d'avoine fraîche... et pour lui du boire et du manger en abondance et le repos d'une couche molle. Un bruit de cavalcade fit tressaillir Lancelot. Non ! ce ne pouvait être une nouvelle attaque de marauds ; les bois n'étaient pas suffisamment denses, la place trop fréquentée, et le jour bien trop haut pour risquer quelque embuscade. Jupiter s'agita, tapa du sabot et souffla puissamment de ses larges naseaux veloutés. Les sabots d'un cheval au galop tambourinèrent sur la route et soudain une jument blanche jaillit. Ses rênes lui pendaient aux flancs et, les oreilles basses, elle galopait en furie. Elle fila à côté de Lancelot puis, quittant la piste, passa comme un spectre. Lancelot tourna bride, et il ne fallut pas encourager le noir étalon de l'éperon pour qu'il suive la pouliche immaculée. La folle jument était déjà loin devant, l'écume perlant à sa robe de soie. Elle allait vers les basses collines qui s'étendaient dans la lande, le sabot sûr, fantôme pâle inondé de lumière, sa crinière se déployant comme des flammes sous les rais du soleil. Puissamment, rapidement, l'étalon noir, bien reposé par une douce promenade, atteignit la pouliche aux flancs fumants. Sous les ordres précis du cavalier, l'étalon approcha la rétive.

– Holà ! Holà ! Ma belle, doux ! Doux !

Lancelot essayait de calmer la furie, se penchant en avant et se saisissant doucement de ses rênes. La belle longue tête blanche se tourna vers lui. L'écume bouillonnait à son mors relâché. Contrainte par l'étalon et la main sûre de Lancelot, elle accepta de trotter à leurs côtés.

Lancelot glissa de sa selle, et s'appliqua à calmer la jument, lui parlant doucement, lui caressant les naseaux, la flattant. Ses mains l'apaisèrent et elle devint calme, les oreilles relevées. Ses yeux avaient cessé de rouler en boules folles dans leurs grandes orbites. Son échine frissonnait lorsque Lancelot y passait la main et le cavalier ne pouvait s'empêcher d'admirer pareille beauté. Elle était d'un sang royal et avait certainement été la monture d'un homme riche avant de casser son licol.

Un bruit alerta à nouveau Lancelot. Un cavalier fondait sur eux. L'homme était jeune, la mine défaite au milieu de ses cheveux noirs soigneusement enroulés. Il s'adressa, haletant, à Lancelot :

– Grâce vous soit rendue, Messire ! Vous me soulagez d'une longue quête ! Dieu sait quand et dans quel état cette furie se serait arrêtée !

Et le mince garçon descendit de sa monture avec l'agilité d'un cavalier né sur le flanc d'une pouliche.

– Un pigeon l'a effrayée dans le sous-bois, et voilà cette dame partie comme si une armée de démons la poursuivait !

Lancelot sourit en caressant les doux naseaux de velours…

– C'est vraiment une bête sublime !

L'écuyer, tout en arrangeant ses cheveux en arrière, se rengorgea :

– Destinée à une reine ! Si seulement elle n'était pas si sauvage…

L'écuyer reprit les rênes des mains de Lancelot, donna un petit coup au flanc argenté de la belle rétive, puis plongea ses yeux bleus malicieux dans ceux de Lancelot, assombris de voir partir cette créature.

– Vous connaissez bien les chevaux, à ce que je vois, mais diable, comme avez-vous fait pour rattraper et apaiser cette furie, piquée comme elle l'était ?

– J'ai quelque savoir…

Le jeune écuyer sourit sans comprendre. Lancelot ne pouvait exprimer l'inexplicable, ce que de longues années à se colleter avec les animaux, les routes et les gens de toutes sortes avaient développé en lui, en une alchimie parfaite : comprendre l'autre et se faire entendre de lui, animal, femme ou homme… dans presque toutes les situations. Le jeune garçon ne lui en voulut pas et lui tendit sa main soignée :

– Je suis Pierre, Écuyer du Roi. C'est moi qui choisis et dresse tous les étalons et pouliches des écuries royales !

Lancelot prit la main et la serra avec amitié dans ses paumes rendues calleuses par le rude maniement de l'épée.

– Mon nom est Lancelot. Mais de quel roi parlez-vous ?

Pierre fut saisi de stupeur, et gloussa, incrédule…

– De quel roi je parle ? Mais du Haut-Roi ! d'Arthur de Camelot ! Et la belle que vous avez flattée est destinée à devenir un cadeau de bienvenue pour notre future suzeraine, arrivée hier à nuitée.

– La future suzeraine ?

– Dame Guenièvre de Léonesse, Messire !

La morsure qu'il ressentit en entendant le nom de Guenièvre le surprit. Elle avait bien dit être sur le chemin de ses noces... Pierre l'écuyer venait de confirmer les derniers doutes de Lancelot. Lui dont aucune femme n'avait percé la cuirasse, sentait une fine dague se ficher dans son cœur. Une partie de son esprit lui disait de passer son chemin, de flatter une dernière fois la magnifique encolure de la pouliche et de galoper à rebours, oubliant toute cette histoire et les signes du destin. Mais l'autre part, plus séductrice que serpent, susurrait à son cœur : « Tu n'as jamais failli devant le destin et les obstacles, alors, suis la route que je te trace... » Le combat, le danger n'étaient-ils pas toute sa vie ?

– Vous chevauchiez vers Camelot ?

La voix juvénile de Pierre ramena Lancelot à la réalité. Il hésita encore un instant.

– Pourquoi pas ?

Les deux hommes trottaient maintenant flanc à flanc, étalon noir et jument blanche, en paix. Pierre regarda son compagnon silencieux.

– Après toutes ces années, finalement notre bon Roi prend femme... Les langues, bonnes ou mauvaises, disaient qu'il ne se marierait jamais, mais moi, je sais bien pourquoi il préférait rester solitaire. C'est, voyez-vous, qu'il attendait sa Dame ! La seule ! Le Haut-Roi sait qu'il vaut mieux attendre que de se brûler les ailes, et c'est ce que nous devrions tous faire. Messire Lancelot, puisque c'est votre nom, vous ne savez pas non plus, bien sûr, qu'un festin est donné à Camelot en l'honneur de l'arrivée de Dame Guenièvre ?

– Attendre l'exact choix. L'amour qui lie à jamais… Et si l'on passe à côté… Et si elle passait à côté…

– Qu'est-ce que vous dites ?

– Choses folles !

Lancelot était à nouveau silencieux lorsqu'il franchit la ligne de crête et qu'un nouveau paysage plus magnifique encore se déroula sous leurs yeux et en son centre, comme une perle dans un écrin… Camelot !

Dans le ciel pur de l'été et le soleil éclatant, les tourelles altières de la citadelle se reflétaient dans le lac en une symphonie d'or et d'argent intimement mêlés. Il sembla à Lancelot qu'il se tenait devant un livre d'heures, ouvert sur sa plus magnifique page. Il avait du mal à s'arracher à cette vision, si belle qu'elle étouffait le cœur.

Les cavaliers avancèrent ensemble vers la cité. De nombreuses bannières flottaient et l'on entendait, mêlés, les airs de danse, les cloches joyeuses et les actions de grâces s'élever dans l'air doré de Camelot.

L'écuyer avait pris de l'avance sur Lancelot tout ébaubi :

– Venez ! Les festivités vont commencer. Écoutez les cloches… nous allons manquer le début !

Lancelot hésita encore un moment. Un cavalier errant tel que lui, sans attache, n'ayant point mis pied dans le monde depuis quinze ans, devait-il entrer parmi cette foule en liesse ? Là-bas, derrière les hauts murs, se trouvait une femme qu'il avait outragée dans son intimité, et qui devait oublier l'homme qui l'avait tenue si close. Puis, irrité de lui-même et de son cœur flanchant, il éperonna les flancs de Jupiter et suivit l'écuyer vers la cité glorieuse et toute parée où la future Reine était joyeusement et magnifiquement accueillie.

La vaste place devant l'entrée du château royal semblait ondoyer sous les mantels du fameux bleu de Camelot, un indigo profond et lumineux comme une belle nuit d'été. Cette teinte, trois moines qui en détenaient le secret l'obtenaient par un savant mélange de plantes cueillies autour des lourdes croix de pierre et d'autres saisies au fond du lac. Les enfants couraient en tous sens, surexcités, tenant à bout de bras de longues, virevoltantes et colorées banderoles de soie dont ils s'enroulaient en hurlant. Lancelot laissa Jupiter dans une étable et continua à pied, parmi la foule ivre de joie. Des tables avaient été dressées, ceinturant la place principale. Elles croulaient sous le poids des tourtes à la viande, de montagnes de fruits, de fûts de cidre et de cervoise. Les boulangers enfournaient et sortaient sans cesse d'épaisses galettes croustillantes, dont la pâte avait été pétrie avec la première farine de la moisson. Et sur d'ardentes braises porcelets et chapons rôtissaient par douzaines, mettant l'eau à la bouche.

Sur un côté de l'immense place, Lancelot regardait le palais, sa porte gigantesque gardée par deux soldats en livrée, les fenêtres ogivales à vitraux où flottaient les bannières bleu et argent ornées de croix, et le donjon où résidaient le Haut-Roi, sa famille et ses défenseurs... Sur l'autre flanc avait été bâtie une cathédrale où tous les saints du paradis montraient leurs visages et leurs draperies de pierre autour d'un Christ glorieux. De sa vie, Lancelot n'avait vu ville aussi vaste et magnifique, prospère et lumineuse. Malgré tant de galops forcés, d'étapes hasardeuses, de combats, de rencontres et de contrées qui avaient émoussé ses élans et suscité grand cynisme, il se prenait à admirer comme un enfant cette munificence.

Un cri d'alerte partit de la foule et aussitôt les gens se ruèrent vers une chaussée de bois. Elle était de la largeur d'un homme et s'élançait à plusieurs brassées au-dessus du sol, traversant la place du nord au sud. De part et d'autre de cette étroite jetée, d'habiles charpentiers avaient planté des piliers de bois, dont chacun supportait un manche tournant d'où pendaient des chaînes de différentes longueurs. Des balles de cuir et des vessies de porc, certaines remplies de paille, d'autres de pierres, y étaient suspendues. Plus avant, la chaussée s'élevait vers une seconde portion d'épreuves. Cette fois, il n'était plus question de blessantes balles, mais de mortelles masses d'armes, haches à double tranchant et dagues aiguisées. Lancelot s'intéressa à l'affaire. Il savait que ce genre de piliers tournants étaient activés par un système de rouages, lui-même mû par un immense poids tenu prisonnier d'une tour où résidait le mécanisme monstrueux de ce jeu invincible. Tourner la manivelle qui actionnait le levier de ce poids nécessitait les efforts conjoints de trois hommes forts.

De jeunes vilains et damoiseaux attendaient déjà en piaffant d'impatience pour braver le destin. Tous s'étaient protégés par de gros rembourrages de crin ou de paille qui atténueraient le choc des balles folles ou du sol, lors de leurs chutes certaines. Lancelot pensait que pour se protéger des mortelles rotations de la dernière section, les rembourrages les plus puissants ne servaient à rien, et que seules astuce et vélocité guideraient le concurrent assez agile ou fou pour arriver à ce degré.

Un gaillard venait d'être évincé par une balle heurtante et cria bien fort en dégringolant la passerelle. Un autre partait déjà à pas retenus à la conquête de l'inaccessible Gantelet. Près de la machinerie démoniaque, une rangée de tambours, tout de bleu Camelot vêtus, faisaient retentir leurs instruments et, devant eux, un homme à voix de stentor exhortait la foule :

– Attrapez le Gantelet et vous irez au Roi ! Attrapez le Gantelet et vous serez le Roi du jour ! Allez ! Venez, venez ! Qui veut jouer ? Qui veut se risquer ? Qui s'essaye au Gantelet ?

Les tambours redoublaient de vigueur.

Lancelot fendit la foule et s'approcha du bateleur :

– Dans quel état sont les pauvres bougres qui ratent leur coup dans la seconde section ?

L'homme le regarda avec des yeux ahuris.

– Personne n'a jamais dépassé les balles de cuir ! Les armes que vous voyez là-haut sont là pour exciter les participants ! Il y a bien le garçon du poissonnier qui est allé aussi loin que possible, mais vraiment, Messire, quiconque traversera ce rideau de fer tranchant sera plus fort que tous les chevaliers de la Table Ronde réunis !

– Et pourquoi pas…

Lancelot se replaça dans la foule, laissant le bateleur estomaqué par tant d'assurance.

Pour l'heure, dans la tension des roulements de tambours, le candidat, un jeune et vigoureux garçon avec des bras gros comme des jambonneaux était sur la touche. Quand le poids descendit, les piliers se mirent à tournoyer et les balles de cuir de différents poids partirent toutes à des vitesses et dans des directions différentes. Certaines ballottaient doucement, mais d'autres menaçaient de vous voler en pleine figure ou de vous frapper au cœur ou au ventre. Le gars se rua pour devancer les balles de vitesse, sautant ou au contraire se baissant pour se protéger de leurs assauts. Une petite vessie de porc le heurta de plein fouet, pas assez violemment toutefois pour l'envoyer valdinguer dans la paille. La foule sautait, au coude à coude, encourageant le gaillard qui bataillait en levant les poings :

– Allez, Simon ! Regarde bien ! Allez, Simon ! Tu y vas ? Ouais !

Le visage concentré et grimaçant, le jeune vilain s'apprêtait à conquérir sa deuxième volée de balles et de vessies. Il crut un instant que la passe était bonne, mais le contrepoids se déchaînait et la vitesse devenait folle. Une grosse vessie venue de nulle part lui décocha dans les côtes un coup de bélier qui le fit jaillir, balle lui-même, dans la paille. Un des musiciens attendit la fin de son hurlement de douleur et d'infortune pour frapper un grand coup de cymbales qui signa la fin de la partie pour le malheureux candidat. Au suivant ! La victime, groggy n'était pas encore sortie de la piste qu'un nouvel audacieux se présentait au départ du parcours. Ses yeux globuleux se rivaient tour à tour sur le poids de la tourelle de bois, puis sur le Gantelet fatal qu'il fallait conquérir. Lancelot étudiait l'enchaînement des épreuves avec une profonde concentration, emmagasinant chaque détail sur la position des obstacles, leur force, leur vitesse, faisant maintes anticipations sur maintes possibilités de parvenir au but jamais conquis. Du vaste dais dressé devant la porte du palais, une rangée de sonneurs emboucha les longues trompes dorées de la cour pour faire résonner solennelle annonce. Le concurrent fut distrait par ce bruit soudain. Son regard curieux se porta un seul instant sur le palais. C'est alors qu'une vessie arrivant à toute hâte le frappa à l'épaule et l'envoya à son tour goûter la paille moelleuse.

Une folle clameur retentit aux quatre coins de la citadelle, et ce n'était certes pas pour consoler la nouvelle victime du Gantelet. Tous les yeux, exorbités de curiosité et de joie, se tournèrent en direction du dais royal, espérant apercevoir, malgré la foule, le roi et sa promise s'avançant à travers Camelot. Lancelot aussi regardait, le souffle écourté par une étrange alarme. Il pouvait voir l'homme qui était certainement le fameux Roi Arthur, mais pas la jeune femme, plus petite, qui se tenait à ses côtés.

« Assez âgé pour être son père… », pensa Lancelot. Il aurait aimé ressentir, comme toute cette gent, une simple allégresse, mais son cœur s'y refusait. L'homme était grand, ses traits durs, mais sans excès. Ses cheveux d'argent et sa barbe de patriarche biblique n'étaient pas les seules raisons de la vénération que lui portait son peuple. Une force émanait de lui, qui n'avait rien à voir avec l'âge, la taille ou la mise. Les sonneurs s'interrompirent et Arthur s'avança à la lisière du dais, une exquise jeune femme à ses côtés. Camelot tout entier disparut à cet instant et, dans les tambours de son cœur, Lancelot ne vit qu'elle, avançant dans un halo. Il avait trouvé Guenièvre ravissante dans le bois, mais aujourd'hui, au bras de l'homme qu'elle allait épouser, elle rayonnait de splendeur. Sa robe d'argent accentuait la grâce ponctuée de force de son visage, et les reflets intenses de son abondante chevelure fauve. Mais sa beauté allait au-delà des atours qui la valorisaient ou de l'éclat de sa peau. Des pucelles ravissantes et de magnifiques dames, Lancelot en avait déjà rencontré, mais aucune de ces Èves de cour ou de ferme n'exhalait comme elle l'éclat de la passion, le vertige des sentiments mêlés, la douceur rieuse et inquiétante. Le visage inoubliable de Guenièvre de Léonesse… Il savait déjà qu'il lui faudrait bien du temps pour l'oublier et avec elle, la saveur de ses lèvres sur les siennes au cœur profond d'une forêt qui les avait emportés un temps, coupés du monde et de ses dangers, dans la paix des premiers âges.

Elle souriait, et ses yeux riants et fiers se posaient sur la foule accueillante. Lancelot espéra qu'elle regarderait dans sa direction, mais ses yeux coulèrent sur lui sans s'arrêter.

Le lourd poids qui actionnait le Gantelet était arrivé au sol, et sa chaîne était raide, à peine mue par un léger tremblement. Les hommes actionnaient le treuil, dans la tour, et Lancelot ne perdait rien de l'ascension du contrepoids. Mais son regard alla à nouveau vers Guenièvre, tout simplement parce qu'il était impossible à quiconque de détacher les yeux d'elle. Et à Lancelot désormais moins qu'à un autre.

La cour se rendait à une place d'où elle pourrait en le surplombant contempler le jeu toujours très comique du Gantelet. Arthur restait près de sa promise, lui expliquant chaque section de la machinerie, pointant son doigt vers le poids, le Gantelet, la chaussée de bois, les armes, les chaînes tourbillonnantes qui allaient entrer à nouveau en action. Elle était attentive, un sourire tendre aux lèvres.

Le bateleur réapparut mais, avant qu'il n'ait pu prendre la parole, la foule cria de nouveau, et parmi elle un homme excité par la présence de la royale fiancée hurla au-dessus de la houle humaine : « Attrapez le Gantelet et vous rencontrerez notre adorable reine ! » Le maître du jeu hocha la tête en souriant et, se tournant vers le dais, osa apostropher Guenièvre : « Ma Dame, accepterez-vous de donner un baiser au vainqueur ? Soyez sans crainte, personne n'a jamais attrapé le Gantelet ! »

Ravie, Guenièvre éclata de rire et se tourna vers Arthur. Le Roi, souriant, lui murmura quelque chose, et elle donna son accord au Maître du Gantelet.

– Quel surhomme veut se mesurer au Gantelet ? Approchez ! Attrapez le Gantelet et notre reine, Dame Guenièvre, vous donnera le plus glorieux baiser du monde !

Lancelot s'élança entre Guenièvre et le Gantelet, les yeux rétrécis par l'observation aiguë, se demandant qui des deux était le plus dangereux. Il était assez fol et plein d'orgueil pour penser que les deux pouvaient être conquis. Un candidat s'approcha, gonflé de rembourrage protecteur. Le Maître du Gantelet ouvrit la barrière de fermeture du jeu. Lancelot avait pris sa décision et forçait la première ligne, très dense, de la foule. Le groupe de candidats prêts à se défier, hurla lorsqu'il les poussa rudement.

– Hé, vous ! Attendez votre tour !

Le bateleur regarda l'étranger arriver à lui.

– Pauvre fol ! Sans rembourrage, vous allez vous fracasser tous les os du corps !

Le raisonnement du Maître du Gantelet n'arrêta nullement Lancelot. Il fallait être fol au contraire pour se caparaçonner en vue d'un pareil combat : le Gantelet nécessitait l'adresse du chat, et non la puissance du bœuf attelé ! En grimpant sur la passerelle, il étudiait encore le mouvement des balles et des vessies sur les piliers porteurs, gardant chaque oscillation en mémoire.

– Redescendez ! Par Dieu ! Il est fol ! Ça va vous tuer, pauvre insensé !

Tous les regards étaient maintenant rivés sur Lancelot et le Gantelet, et plus personne ne s'esbaudissait pour l'heure du Roi et de sa Dame.

– Par les croix de pierre, c'est un fou !

Messire Ké, le bouillant Sénéchal, s'y connaissait en matière d'audace. Il se penchait tout de biais sous le dais royal, barrant involontairement la vue du spectacle à dame Guenièvre.

– Il ne va pas le faire. Personne n'est assez fou pour faire ça. C'est juste une provocation !

Bouche bée, Messire Ké observait le jouteur vaincre la première étape du Gantelet. Guenièvre s'était déplacée, agacée de ne pouvoir jouir comme n'importe quel vilain du spectacle, et maintenant toute la place du jeu s'offrait à sa vue, parfaitement dégagée. Elle suffoqua un instant, enfonçant ses doigts crispés dans la chair de son bras accoudé. Arthur était si absorbé par l'audace du jouteur qu'il ne vit aucun changement chez sa Dame.

Lancelot gardait toujours les yeux rivés à quelques brassées de ses pieds, ajustant chaque pas aux tournoiements de la machine. Il n'avait aucun droit à l'erreur dans cette portion de machinerie, à proximité des armes fatales et sans aucune protection. Il fallait penser vite et agir sans panique.

La foule était maintenant en grand silence, et l'angoisse, palpable, rôdait dans l'air lourd. La première barrière de vessies était aisée à passer. Lancelot, au juste moment, avait sauté, esquivé et était retombé un peu plus avant sur ses pieds, comme un chat. C'était là jeu d'enfant pour qui avait l'habitude des attaques au fer et des feintes et allait le corps libre, sans l'embarras des rembourrages. Lancelot fit une pause, examinant les quatre larges piliers qui grinçaient, faisant voler chaînes et balles qui décrivaient de grands orbes dangereux. L'étroitesse de la passerelle ne permettait aucune esquive de côté. Un seul choc d'une seule balle à cette vitesse l'aurait envoyé s'écraser quelques mètres plus bas. Il n'y avait qu'une voie pour franchir le barrage. Lancelot patienta, attendit le juste moment, puis il se saisit en acrobate de la barre horizontale du tourniquet et se laissa tournoyer avec les balles folles, juste assez pour se jeter à croupetons sur la passerelle, le temps de recouvrer son équilibre, avant de s'élancer vers une autre barre. Une nouvelle fois, il tourna, sans savoir s'il pourrait jamais rejoindre la maudite jetée. Un balancement audacieux et il sauta, se retrouva au centre de la passerelle, derrière les deux piliers dangereux. Plus que les armes à franchir, sans parler... du baiser de la trop attirante fiancée. Guenièvre restait coite sur son siège d'apparat, ses yeux brun doré largement ouverts sur la quête mortelle de son baiser, et se mordant la lèvre à y faire apparaître le sang. Lancelot n'était plus qu'un esprit qui calculait à vive allure, un pied qui s'affermissait, un cœur qui pulsait follement dans chaque parcelle de son corps. Les cris, murmures et frémissements qui avaient jusque-là accompagné son périple s'étaient éteints. Le silence, rien que le silence. L'étranger allait mourir. Qu'il achève sa vie d'errance haché menu par les armes sifflant à grande vitesse ou projeté d'une hauteur qui lui romprait les os, il périrait. Les tambours frémirent du grondement du tonnerre dans le lointain lorsque Lancelot commença à séduire Dame la Mort. Une pause ici, une inclination du corps là, s'accroupir exactement à cette place et enfin un bond. Voilà exactement l'assaut final que Lancelot avait en tête, mûri depuis son observation dans la foule, et remâché à chaque pas.

La gent de Camelot savait maintenant qu'elle n'avait pas affaire à un fou voulant se libérer de la vie, mais à un héros. Les mains par centaines se mirent à frapper à la cadence des tambours, encourageant le guerrier qui allait affronter une armée entière d'armes tranchantes. Il y avait une chance, mince comme cette passerelle, de vaincre. Lancelot, comme cette populace et ses seigneurs, le savait. Le bruit semblait maintenant un énorme cœur battant à l'unisson du sien. Lancelot se sentait soulevé par ce sang riche qui pulsait en lui et pour lui. Il regardait les armes prendre de la hauteur et de la vitesse, et les tambours et la foule accélérer le rythme angoissant de cette diabolique union. Lancelot étira les bras, s'offrant à la hache à double tranchant qui fondait sur lui. Sous le dais, Guenièvre étouffa un cri et Arthur s'avança d'un bond sur sa chaise. Dame la Mort passa sa faux dans l'air brûlant. L'arme siffla longuement à quelques cheveux de la tête de l'intrépide qui s'était baissé la seconde précédant son passage et s'avançait déjà assez rapidement pour éviter le tournoiement satanique de la seconde volée d'armes. Il se releva tout à fait et s'avança rapidement sur la passerelle, et déjà il était sur la plate-forme, s'arrêtait et se retournait. Lancelot avait conquis le Gantelet ! La foule en délire sifflait et hurlait, réclamait déjà récompense pour son héros. Dans la tribune royale, le Roi, sa promise, les chevaliers et toute la garde royale s'étaient levés pour ovationner le champion. Lancelot tourna ses regards vers Guenièvre. Il avait vaincu le Gantelet mais sa plus terrible épreuve était encore à venir et le courage, soudain, lui manqua. Il restait là, interdit, lorsqu'une voix jaillit de la foule.

– Un baiser !

– Un baiser pour le champion !

– Un baiser ! Un baiser ! Un baiser !

Et la clameur gagna toute la foule qui regardait obstinément vers le dais royal la frêle Guenièvre.

Arthur souriait, impressionné par la prestation de l'inconnu. Lancelot traversa la bruyante clameur en direction du couple de suzerains. Guenièvre était plus morte que vive.

En signe de déférence à Arthur, Lancelot mit un genou à terre, mais il se releva aussitôt. La poigne d'Arthur était ferme, forte et chaude.

– Extraordinaire ! Incroyable ! Quel est votre nom ?

– Lancelot, Sire.

– Lancelot…

Arthur prononça le nom lentement, le rendant précieux, important.

– Je n'oublierai pas ce nom de sitôt.

Un sourire avenant illumina sa belle face burinée et, montrant Guenièvre, il proposa au champion de quérir récompense de sa dame :

– Votre prix… Un baiser de la plus merveilleuse femme que la terre ait jamais portée !

Le visage de Guenièvre était maintenant rose d'émotion, et elle se tenait immobile, les mains écrasant le tissu de sa robe au milieu des plis profonds. Elle leva le visage, offerte à contrecœur, mais montrant bonne grâce.

Lancelot la regarda par en dessous, connaissant la froide résolution que son attitude soumise cachait. Il s'approcha comme un félin et murmura, afin que personne ne puisse entendre son audace :

– Demandez-le-moi…

Guenièvre, empourprée, le regarda, ses beaux yeux bruns parsemés de petites prairies vertes éclairés par le soleil, et le cœur de Lancelot se fendit dans sa poitrine.

– Jamais…

La foule surexcitée réclamait son dû, frappant à nouveau ses centaines de mains sur le même rythme et avec la même fougue qui avait conduit Lancelot au Gantelet. Puis la houle vivante réclama en cadence :

– Un baiser ! Un baiser ! Un baiser !

Lancelot répéta dans un souffle :

– Demandez-le-moi…

Les yeux de Guenièvre lançaient des éclairs de rage.

– Mauvais perdant !

Lancelot ne s'arrêta pas en chemin et, pour la troisième fois, demanda entre ses dents :

– Demandez-le-moi…

Il était si près d'elle, qu'il respirait le parfum de jasmin de sa coiffure et voyait les battements de son cœur rapide soulever l'étoffe de sa robe… Si désirable… Si follement désirable. Et il pouvait sentir le souffle de sa bouche comme tout à l'heure il avait senti celui de la mort passer au-dessus de sa tête.

– Jamais…

Elle se retourna et pinça les lèvres.

La foule hurlait en chœur :

– Un baiser ! Un baiser !

Les mots se perdaient dans un concert de battements de mains désordonnés. Comme pour le Gantelet, il n'y avait plus d'échappatoire possible.

Lancelot prit la main de Guenièvre entre les siennes. Elle avait les os si menus… Mais il sentait une vive tension dans sa chair et les ongles de ses mains accoutumées au labeur étaient courts. Il releva le visage et parla haut :

– Je ne peux pas embrasser une si jolie femme. Je n'ai qu'un cœur à perdre…

Puis il porta la main royale à sa bouche et en baisa le dos, esquissant en se baissant un geste malicieux et une courte révérence moqueuse que seule Guenièvre pouvait percevoir.

Son discours galant fit rire et applaudir la foule et toute la cour mais les yeux de Guenièvre se remplirent de cruauté. Lancelot sut qu'il l'avait profondément blessée en torturant ainsi son honneur à la face de son futur époux et de son peuple, la bridant comme une pouliche rétive. Arthur passa son bras autour des épaules de Lancelot :

– Venez, Lancelot, j'aimerais vous entretenir un moment avant que vous ne repreniez votre route…

Lancelot relâcha la main de Guenièvre et, après une dernière et courte joute de regards, il suivit le Roi. Il se demandait bien de quoi voulait l'entretenir le suzerain de Camelot. De la scène du bois ? Pourtant, à en croire l'attitude de Guenièvre, il devait tout ignorer.

Arthur conduisit Lancelot derrière le dais, vers une lourde porte de chêne. Ils pénétrèrent alors dans une pièce dont les murs étaient entièrement recouverts de fines tapisseries, meublée de coffres, vaisseliers et chaises à foison.

Lancelot n'aimait pas se trouver là, questionné par ce puissant.

– Dites-moi, Lancelot, aviez-vous déjà combattu le Gantelet avant aujourd'hui ?

– Non, jamais, Sire.

Lancelot regarda attentivement le Roi. Si sa barbe et ses cheveux étaient d'argent, les sourcils épais et fortement incurvés avaient gardé la noirceur du jais et donnaient une grande force à son regard.

– Aussi, comment avez-vous fait ?

Lancelot se rembrunit. Toujours la même question : « Comment avez-vous fait ceci ou cela ? » Et il s'entendit répondre, comme il le faisait à quelques balourds de ferme qu'il combattait de village en village :

– Ce n'est pas si difficile lorsque vous savez de quel danger il s'agit et comment il surgit…

– Peut-être, mais tous les autres ont failli ou rebroussé chemin, vous êtes le seul à l'avoir entrepris et conquis…

– Sans doute la peur les a-t-elle fait reculer alors qu'ils devaient aller toujours vers l'avant… La place la plus sûre est près de l'épée.

Les noirs sourcils se relevèrent vers les cheveux d'argent.

– C'est souvent la plus dangereuse ! Pouvez-vous rester un moment, je vous prie, et me raconter comment vous avez vaincu la peur ?

Lancelot repoussa ses cheveux bruns de son front et hocha tristement la tête :

– Je n'ai rien à perdre, alors pourquoi aurais-je peur ?

– Pas de demeure ? Pas de famille ? Pas de femme ?

– Non.

– Tout le monde a un passé…

Les sourcils de charbon du Roi s'étaient maintenant rejoints, tout froncés.

– Moi non…

Lancelot avait répondu avec une pointe de défiance, comme un enfant frondeur et fugueur interrogé par un adulte. Il se sentait mal à l'aise sous le feu nourri des regards et des questions du Roi patriarche. Il était le suzerain, certes, mais cela ne lui donnait nul droit de remonter le cours de son passé.

– Bien… Faites-vous profession de quoi que ce soit ?

Lancelot fit le geste de porter la main à l'épée, mais il ne trouva que sa chausse. Fou qu'il était, il avait laissé sa lame en garde avec Jupiter pour pénétrer dans la citadelle !

– Je vis de mon épée… et de malice !

– Ah ! Vous combattez contre quelques récompenses sonnantes ?

Et Arthur se caressa lentement la barbe avec ironie en attendant sa réponse.

– Oui, je combats pour de l'argent.

Il en avait assez et ses yeux cherchaient la porte de sa liberté.

– Personne ne vous a payé pour le Gantelet, pourtant…

– Je savais pouvoir le faire et je l'ai fait. Si une montagne existe, c'est pour être gravie.

Les yeux d'Arthur se posèrent avec aménité sur lui.

– Lancelot, vous n'êtes pas homme du commun. Je ne crois pas me méprendre en disant que jamais de ma vie je n'avais contemplé l'alliance du courage, de l'audace, de l'intelligence et de la grâce comme ils semblent s'unir en vous.

Il s'interrompit avant de porter le coup final :

– Ni une si grande sottise !

Cette fois, ce furent les sourcils de Lancelot qui se levèrent en grand étonnement. Il pensait qu'Arthur était homme à mesurer ses paroles et personne n'avait encore traité Lancelot de sot.

Il se sentit blessé et amer, lui qui d'habitude laissait glisser les mots désobligeants et les injures sur son dos, comme la pluie sur les plumes du canard. Arthur, comme Guenièvre, venait de forer son armure.

Lancelot désirait ardemment partir, mais Arthur lui saisit le coude et le conduisit vers une nouvelle pièce dont les murs de pierre s'élevaient entre des colonnes finement sculptées au milieu de tapisseries montrant de magnifiques tableaux de chasses et de batailles. Pendant qu'ils marchaient, Arthur continuait de parler :

– Ici, à Camelot, nous pensons, messire Lancelot, que la vie est un don de Dieu, un joyau précieux, même lorsque ce joyau est étranger. Votre audace, votre courage, votre valeur… tout cela s'est joué sans but. Mourir est facile à qui veut, mais vivre demande un grand courage.

Lancelot émit un petit bruit désagréable, mais n'alla pas au-delà du seuil qui le maintenait dans la déférence due à un suzerain. Arthur le mettait au supplice, en s'amusant à percer l'épaisse cuirasse qu'il avait mis tant d'années à se façonner. Depuis ses dix-neuf ans il avait réussi à retourner chaque question contre son adversaire, comme un fer tranchant, mais là…

– Si vous devez mourir, au moins, mourez pour une cause plus grande que la vôtre… Mais le mieux est de vivre et de servir[1].

1. Servir : respecter le serment de fidélité à l'égard du seigneur mais aussi à l'égard de sa dame. *(N.d.T.)*

– Je suis ma propre route.

Les mots de Lancelot sortaient aigres et chétifs de sa bouche.

– Je ne crois pas. Vous êtes perdu.

Arthur, sans se soucier du désarroi et du malaise de son hôte, lui parlait avec assurance et insistait, frappant à coups redoublés sur cette blessure si mal pansée.

Lancelot combattait pour conserver son calme et un visage placide. Il prit le parti de saluer le Roi d'une pirouette en faisant son petit geste moqueur habituel.

– Je vois bien que Messire le Roi sait désormais tout du pauvre Lancelot !

Arthur s'arrêta au milieu de la pièce et, dans un ample geste qui déploya entièrement son mantel couleur de nuit, il regarda intensément le cavalier errant au fond des yeux.

– Non, pas tout. Mais je sais le prix que vaut un homme. Je sais ce qu'un homme veut oublier coûte que coûte. Je sais ce que c'est qu'être en grande angoisse au point d'en oublier la cause. Je sais ce qu'est la solitude, aussi… Le chemin pour vous libérer de votre passé a dû être très rude.

Lancelot n'avait rien à ajouter. Comme dans un cristal de roche, Arthur lisait ses doutes, ses angoisses les plus secrètes et avait passé outre à ses pirouettes d'acrobate et de fou du Roi. Il se tenait coi. Arthur dégagea une lame de son côté et la tendit à Lancelot.

– Vous êtes un homme d'épée. Comment vous serviriez-vous de cela ?

Si le visage de Lancelot était toujours contrit et chagrin, son corps avait immédiatement saisi l'épée en grande allégresse et la tenait souplement en garde. Il sentait la masse parfaitement équilibrée de ce joyau de guerre, son fin tranchant, sa taille idéale et cette harmonie parfaite lui imprégnait l'esprit et le remettait d'aplomb. Sous le regard acéré d'Arthur, il fit tournoyer l'épée en parade, attaque et contre, puis observa la finesse du pommeau ouvragé, le fil bleui de la lame longuement aiguisée. Quelle compagne elle devait être dans la bataille !

– Elle est d'une grande finesse et d'un bel équilibre.

Lancelot regardait le Roi et pensait qu'en dépit de son âge et de ses cheveux argentés, l'homme était sûrement capable de défendre sa vie, mais il voulait l'entendre de sa bouche.

– Avez-vous déjà combattu avec cette lame ?

Arthur lui lança un sourire ironique :

– Une épée n'est pas une solution, mais elle peut devenir fort utile si vos ennemis savent que vous en possédez une et si vous n'avez pas peur de vous en servir.

– Elle est trop belle pour moi. J'ai l'habitude de perdre mes épées, savez-vous cela ?

Lancelot remit l'épée entre les mains du Roi.

– J'en doute fort. Un homme qui vit dans une si grande intimité avec sa lame ne la laisse pas s'égarer facilement…

Arthur rengaina son joyau tranchant et, poussant toujours Lancelot, il s'arrêta face à une énorme porte cloutée qu'il poussa de sa grande main où luisait une escarboucle :

– Entrez !

Lancelot pénétra lentement dans une vaste chambre circulaire construite dans cette même pierre d'or pâle qui avait servi à édifier tout le palais. La lumière entrait à flots par deux magnifiques ouvertures ogivales et retombait sur une vaste roue, une énorme table divisée en treize sections égales, où un coffre-siège en bois finement ouvragé était poussé devant chaque quartier.

– La Table Ronde. C'est ici que le Haut Conseil de Camelot se réunit. Ici, il n'y a pas de seigneur, pas de vassal. Tout le monde est égal comme les parts que vous voyez gravées dans cette pierre.

– Même le Roi ?

– Même le Roi.

Lancelot s'approcha de la table et en fit lentement le tour. Les sections se suivaient en une belle alternance de granit rose et de granit noir. Tout au centre, un petit brasier entretenait rouges et odorants une poignée de grains d'encens. Dans les volutes entêtantes, Lancelot put lire, inscrit comme une plaie profonde dans la pierre de la table : « Nous nous libérons en nous entraidant. »

Arthur regardait Lancelot du coin de l'œil et le questionna d'un voix légèrement narquoise :

– Cela veut-il dire quelque chose pour vous ?

Lancelot le regarda en silence. Pourquoi diable le Roi Arthur s'obstinait-il à lui porter tourment en le questionnant ? Pourquoi ne posait-il pas toutes ces questions à un autre ? Le silence se prolongea jusqu'à ce que la voix profonde d'Arthur résonne à nouveau dans la pièce :

– Ici est le cœur de Camelot. Je ne parle pas de ces tours, de ce palais, de ces lices, de ces créneaux... Brûlez tout et Camelot survivra, parce que Camelot vit en nous ! Camelot n'est que le reflet de ce que nous entretenons en nos cœurs.

Arthur regardait Lancelot intensément avec l'attention du mineur fouillant la pierre brune et inerte pour y trouver quelque poussière d'or.

– Vous n'êtes pas prêt à cela. Ce n'est pas un problème. Vous pouvez rester à Camelot aussi longtemps que vous le souhaitez.

– Merci, Sire, mais je vais reprendre la route sans attendre. Votre citadelle est une grande merveille, mais, comme votre épée, elle est trop riche pour un homme tel que moi.

Arthur se mordit la lèvre et pensa qu'il devait ajouter l'obstination à la liste des qualités qu'il prêtait à Lancelot.

– Et quelle route allez-vous prendre ?

– Celle que la chance m'ouvrira. Je n'ai pas de but.

– Vous pensez que toute votre vie est régie par le hasard ?

– Oui.

Arthur reconduisit Lancelot vers la vaste entrée et, lui montrant deux portes au bout du corridor :

– Voyez, il y a deux portes dans ce mur : une à gauche et une à droite. Laquelle allez-vous prendre ?

– Gauche ou droite, quelle est la différence ? C'est toujours une histoire de chance.

– Aussi je vous souhaite que la chance vous fasse choisir la porte de gauche ; c'est celle qui vous fera sortir.

– Et la droite, où conduit-elle ?

Mais déjà Lancelot marchait vers la liberté, lançant un salut moqueur et un dernier sourire au Haut-Roi.

Arthur fit résonner son verbe encore une dernière fois :

– Encore une chose ! Oh, juste un avis… Un homme qui n'a peur de rien est un homme qui n'aime rien au point de craindre de le perdre. Et un homme qui n'aime rien, quelle joie peut-il trouver dans la vie ?

Lancelot le regarda longuement, respirant trop fort, les mâchoires crispées.

– Un homme qui aime a trop à perdre !

Et Lancelot ouvrit la porte gauche sur sa liberté retrouvée.

7

Après l'épreuve du Gantelet, celle de sa joute perdue face au Roi Arthur, toute la gent de Camelot se ruait maintenant sur le pauvre champion. Les rênes de son destin lui glissaient entre les doigts. Son cœur saignait d'impuissance, il osait des actions ridicules et mortelles, et des inconnus le ballottaient, le tiraient à hue et à dia comme une balle de soule. Lancelot recevait pêle-mêle des encouragements à grands coups de bourrades dans les flancs, des embrassades folles, les questions les plus sottes : s'il était un envoyé de Dieu ou du diable, un génie de la forêt. S'il avait fait un pacte pour quérir le Gantelet. D'où il venait, pour avoir si grande vaillance. S'il connaissait des herbes qui guérissent de la peur. Certains, assez fous ou méchants, le poussaient à recommencer sa prouesse. Il lui fallait partir, glisser hors de l'étau formé par cette masse humaine trop fascinée et joyeuse pour ne pas lui causer tort. Répondant de quelques mots, d'un sourire, il fendit le flot bruyant. La foule lui présentait maintenant maintes victuailles délicieuses à emporter dans sa contrée, pour le récompenser d'avoir risqué sa vie en si haletant spectacle le jour de la présentation de la Reine. Lancelot leva ses regards vers la tribune royale, mais le siège de Guenièvre était vide. Ses yeux parcoururent un instant les galeries, mais voir les fenêtres ouvragées lui faisait mal. Les bras puissants d'Arthur devaient se joindre sur le corps délicat de sa promise, dans la riche intimité d'un jour de liesse. Ah ! se retrouver seul dans la tiédeur de l'écurie, avec le souffle rassurant de Jupiter, se retrouver loin de cette place, de ces gens, avec soi-même ! Lancelot n'avait que ce désir en tête, dans son ventre, dans ses jarrets. Il n'était plus porté ; il volait, se frayait un chemin, s'excusait. La gent comprit et peu à peu il sentit l'étau se desserrer, la foule se livrer sur la place à joyeuse goinfrerie et beuveries gratuites, aux danses et aux jeux galants.

À peine entré dans l'odeur animale si enveloppante des écuries, la voix fluette de Pierre fit sursauter Lancelot. L'écuyer était tranquillement assis sur une botte de paille devant la stalle de Jupiter.

– Si vous voulez que je vous raconte comment j'ai fait, vous perdez votre temps… Je ne suis pas de bonne compagnie !

– Je pensais que vous aimeriez célébrer votre victoire. Je connais une bonne taverne… C'est juste là, à côté…

Lancelot repoussa l'offre d'un signe de tête. Certes, boire pour s'enivrer et s'oublier et tout oublier était la solution la plus facile. Plus compliqué était de se voir attablé et saoul face à la meute ivre de questions et de boisson du Gantelet. Il n'en avait pas la force.

– Merci, Pierre, mais j'ai grand besoin d'être seul.

– Je comprends. Il faut prendre du temps pour soi. Je connais ça, il n'y a jamais assez d'heures, du chant du coq au coucher du soleil ! Le Roi m'envoie...

Lancelot se demandait ce qu'Arthur pouvait bien encore lui vouloir. S'il s'agissait d'un autre entretien privé, il craignait fort, malgré l'honneur dû au suzerain, de devoir se défiler.

– Le Haut-Roi m'a parlé et je lui ai dit vous avoir guidé dans Camelot. Il sait que vous voulez rester seul et libre et gagner la route aussi vite que faire se peut... mais il vous propose de profiter des écuries royales durant votre séjour, même bref, et d'accepter son hospitalité, au moins pour votre étalon.

Lancelot ne répondit rien. Il voulait monter Jupiter et filer sur la route poudreuse, n'importe où. Pierre regarda le cavalier fourbu et le cheval qui goûtait si agréablement un peu de répit après des mois de marche forcée, de galops fous...

– Vous savez, les écuries royales sont insurpassables et il ne vous coûtera rien d'y laisser votre étalon.

– Rien en argent... non...

– Ici, personne ne viendra vous importuner et, si vous souhaitez rester près de votre cheval, les couches des panseurs ne sont pas mauvaises...

Lancelot regarda le jeune écuyer ouvert, généreux, d'humeur toujours aimable malgré ses réponses peu amènes. Ce n'était pas de rester près de Jupiter dans une couche de panseur qui était douloureux ; c'était de dormir si près d'Arthur et de ses saillies piquantes, à quelques coudées de Guenièvre, qui lui révélait la douleur de l'amour à la veille de ses noces.

Puis Lancelot regarda attentivement Jupiter. C'était un étalon de toute beauté, un destrier courageux et intelligent, mais pareil animal, si merveilleux soit-il, avait à l'évidence besoin de se reposer quelque temps. Ses flancs amaigris, sa robe terne, ses grands yeux tristes… tout prouvait qu'il avait souffert à parcourir sans répit des landes et des landes, ne trouvant chaque jour que quelques heures pour manger un picotin de fortune.

À quoi bon le forcer encore à partir pour le milieu du pays de nulle part… Lancelot capitula :

– J'accepte l'offre du Roi et j'en suis heureux. Merci…

Flanqué de l'écuyer Pierre et de Mador, un de ses plus proches conseillers, Arthur marchait lentement vers la rangée de stalles admirablement tenues. Les écuries royales avaient été édifiées en carré, dont trois côtés abritaient les chevaux et le quatrième les panseurs. Au centre, une fontaine de pierre, entourée d'un blond tapis de petits cailloux, faisait tomber une des sources du royaume en blanche cascade.

Arthur s'arrêta devant une magnifique pouliche à la robe tachetée…

– Elle a bon caractère. Une magnifique monture pour dame, Sire…

– Sans doute… Sans doute…

Le Roi poursuivit sa revue : un superbe étalon barbe, un pur-sang arabe, un jaune d'Espagne, un étalon noir de toute beauté…

Le visage d'Arthur fut saisi d'étonnement.

– Sire, il appartient à l'homme nommé Lancelot.

– Vraiment… ?

Et il regarda l'étalon avec attention, son dos parfait et ses flancs d'un noir profond sans tache ni plaie. Les oreilles en alerte et les naseaux reniflant sa robe, Jupiter appréciait son visiteur. Arthur le flatta, se disant que cet étalon était infiniment plus beau que sa propre monture…

Derrière lui, Mador s'éclaircit la voix, comme à chaque fois qu'il devait aborder quelque question d'importance.

– Sire, votre mariage… Naturellement, le peuple est heureux à ne pas croire et vous souhaite le plus grand bonheur terrestre…

– Merci de me le répéter, Mador…

Déjà Arthur s'approchait d'une nouvelle stalle, observant l'animal avec intérêt.

– Le peuple l'aime déjà, autant pour sa fraîcheur que pour sa beauté, Sire…

Le Roi semblait uniquement concentré sur une jument grise, à la crinière et à la queue noires… Pierre se sentit obligé de faire une remarque :

– Elle est douce, Sire, c'est vrai, mais plus solide qu'un roc !

Arthur semblait absent. À son épaule, Mador insistait :

– Mais la plupart l'estiment pour son cœur constant. Le peuple de Camelot dit qu'elle aime son pays si fort qu'elle pourrait donner sa vie pour lui !

– Ou son corps ?

– Pardon, Sire ?

– Vous pensez qu'elle se marie pour protéger son pays et son peuple des noirs desseins de Méléagant ?

– Oh, Sire, je n'irais pas si avant... Je voulais juste dire que Dame Guenièvre est belle et bonne. Mais il y a quelque chose que j'aimerais savoir...

– Oui, quoi ?

– Dame Guenièvre a-t-elle l'intention de signer le traité avec le Prince Méléagant de Gorre ?

– Je ne sais pas, Mador. Si je l'apprends, je vous le dirai.

– Avez-vous promis à Dame Guenièvre l'engagement de Camelot dans la bataille pour Léonesse si cela s'avérait nécessaire ?

– Non, je n'ai rien promis.

Arthur était parvenu à une stalle étroite, où une jument magnifique d'un blanc argenté s'agitait et tapait du sabot.

– Mais je devrais.

Un trait soucieux barra le front d'Arthur qui s'absorbait dans la contemplation de la pouliche...

– Pierre, mes compliments, vous avez l'art de choisir les chevaux !

Les yeux de Pierre étincelèrent, mais son visage se rembrunit bien vite.

– C'est une vraie beauté, Sire, pour sûr ! Le meilleur sang ! Mais elle a un démon dans le corps !

Arthur admira encore les lignes merveilleuses de la jument, ses qualités nerveuses exceptionnelles, son regard, ses paturons parfaits.

– Elle est seulement très fougueuse...

Mador s'éclaircit la voix une nouvelle fois :

– Je pense que nous ne devrions prévoir aucun engagement particulier à ce sujet…

Arthur ravala sa salive, agacé par l'insistance du conseiller. Cette affaire relevait de la Table Ronde et serait traitée en temps et en heure et aujourd'hui, justement, ce n'était ni l'heure ni le temps…

– Connaissez-vous un meilleur engagement qu'un mariage, Mador ?

Puis, se tournant vers Pierre :

– Sellez cette beauté et faites-la sortir sur le chemin de parade.

– Elle n'est pas encore prête, Sire, elle est trop sauvage encore pour être montée !

– Bien, très bien ! sellez-la !

– Oui, Sire…

Avec moult précautions, Pierre fit manœuvrer l'irréductible jument pour la seller, la harnacher et la faire sortir de la stalle. Arthur suivait l'opération, intrigué par les réactions de la bête.

– Un mariage est une chose, Sire… mais une alliance militaire est une affaire toute différente. Les deux ne doivent pas avoir de lien.

Arthur, les mâchoires serrées, se tourna vers Mador. Il ne comprenait pas les choses comme le pensait son conseiller, mais qu'importe ! Il était dans son habitude d'écouter son prochain jusqu'au bout…

– Vous avez raison, Mador, je vais éclaircir toutes ces choses avec elle. Merci de votre souci, vous pouvez vous retirer, maintenant…

Guenièvre approchait à son tour des écuries, escortée d'une de ses dames de compagnie. Une souple tunique couleur de froment, une large jupe relevée sur les hanches et, avec ses cheveux fauves soigneusement nattés et enroulés, Guenièvre était passée de l'éblouissante pucelle à la plus intrépide des amazones. Arthur était saisi et palpitant à chacune de ses apparitions. Le Roi fit un petit signe à Pierre pour qu'il s'approche avec la magnifique pouliche.

– Regardez comme elle s'avance !

Pierre salua le Roi et précautionneusement monta en selle. Aussitôt, la jument furieuse se mit à ruer, à hennir comme si elle ne tenait pas plus compte de la selle et de son cavalier que d'une couple de taons piquant. Pierre prouva son habileté et son courage en parvenant à se maintenir sur le magnifique dos argenté. Cela n'était pas du goût de la pouliche qui, essayant une autre méthode, partit ventre à terre en un galop infernal…

Arthur regarda tendrement vers Guenièvre.

– Je l'ai achetée pour vous…

Guenièvre laissa jaillir sa joie. Ses yeux riant passèrent du marron au vert et un large sourire illumina son visage.

– Vraiment ? De ma vie je n'ai vu jument plus merveilleuse !

Le Roi en soupira de joie.

– Pierre dit que ce n'est pas une monture pour une femme…

Guenièvre rit et secoua la tête.

– C'est la jument que j'aurais choisie moi-même.

– Oui, je sais…

– Comment pouvez-vous savoir ?

– À Léonesse, souvenez-vous... L'été dernier, lorsque votre père était encore en santé, lors de cette chasse... Je vous ai vue chevaucher à bride abattue, sans peur aucune.

L'image de la jeune femme galopant dans les bois restait gravée dans la mémoire d'Arthur. Guenièvre sur un cheval bai, riant à gorge déployée dans les sous-bois dorés de l'automne. Guenièvre en liberté, chevauchant, les cheveux épars...

– Je pense que mon défunt père était fort imprudent !

– Il connaissait la valeur de sa fille et l'estimait au-dessus de toutes les dames.

– Il vous admirait au-dessus de tous les hommes, mon doux Sire. Je pense qu'il souhaitait ce mariage plus que tout au monde.

– Il n'était pas le seul.

Arthur avait parlé, la voix altérée par l'amour. Il se tenait maintenant au bord de la fontaine de pierre blonde.

– Tant d'espace, et jamais solitaire...

Arthur sourit en jetant un regard à la dame de compagnie qui se tenait à quelques pas.

Guenièvre baissa la tête, regarda son Seigneur entre ses longs cils et murmura d'un air mutin :

– Avez-vous quelque secret à me dire, Sire ?

Arthur se retint pour ne pas étreindre cette fraîche beauté qui lui faisait battre le cœur et pour ne pas poser ses lèvres sur les siennes.

– Non, pas de secret... juste une question à vous poser : votre désir est-il vraiment de vous unir à moi ?

– Sire, je...

– Vous n'avez pas à m'épouser parce que votre père l'aurait souhaité, ou pour servir votre pays. Camelot est prêt à protéger Léonesse, que vous soyez mienne ou non.

Guenièvre resta interdite. Arthur vit le pauvre visage troublé et eut follement envie de la serrer dans ses bras mais, plus que tout, il voulait la laisser libre de choisir.

Guenièvre avait reçu les mots d'Arthur comme un affront. Elle releva la tête.

– Vous ne savez à quel point il m'est douloureux d'entendre vos paroles. Je sais bien que tout le monde dit que je vous épouse pour les avantages que cela pourrait me procurer.

– Aussi, voulez-vous être déliée de votre parole ?

Guenièvre secoua vigoureusement la tête :

– Non, Sire, je veux vous épouser, vous. Pas votre couronne, votre armée et votre belle cité dorée. Seulement vous.

Arthur irradiait de bonheur. Il lui fallut faire un effort pour calmer le tremblement d'émotion qui s'était emparé de ses genoux. Mais une voix cruelle résonnait dans sa tête : « Tu es trop vieux. Trop vieux pour elle. »

– Suis-je celui que vous attendiez ?

– Si vous m'aimez, oui !

Ils se regardèrent l'un l'autre, émus, puis Arthur toussota et lui montra sa main :

– Vous souvenez-vous de cela ?

Guenièvre regarda la cicatrice qui courait sur le dessus de la main du Roi. Elle était encore fraîche et rose.

– Bien sûr, il m'en souvient !

Adorablement, elle suivit du doigt la ligne…

– Vous vous étiez profondément blessé à un fourré d'épines au cours de la chasse…

– Juste une égratignure, mais qui saignait comme blessure de guerre…

– Je m'en souviens.

Arthur se prit à rire pour soulager son émoi. Le doigt de Guenièvre l'avait brûlé comme un brandon.

– Vous aviez pris mes mains dans les vôtres, puis vous aviez essuyé ma blessure avec la manche de votre robe…

Guenièvre sourit et continua de caresser l'ancienne blessure.

– Je n'avais jamais pensé avant aujourd'hui comme ce serait bon d'être aimé d'une femme. Mais en ce moment, et pour la première fois, je le veux.

Il rit et retira sa main. Il était un homme mûr aux cheveux gris et il se comportait comme un jouvenceau à son premier émoi. Il n'arrivait pas à croire ce qui lui arrivait.

– Et que voulez-vous, Sire ?

– Oh ! Ce que tout homme désire, qu'il se le cache ou le proclame. Ce que chaque homme veut avant la fin dernière. Veut plus fort que la gloire ou le soleil. Et moi non plus, je ne veux pas mourir avant de connaître cette douce allégresse.

Guenièvre était silencieuse, ne sachant que répondre à une si poignante déclaration. Elle devait aimer Arthur. Il était de la même eau que les hommes qu'elle avait admirés et respectés dans sa vie. Un homme comme son père ou Oswald. Elle n'en aurait pas choisi un autre pour mari. L'affection profonde que lui manifestait Arthur, sa sagesse, sa délicatesse et ce qu'elle ne pouvait lire sans frémir dans ses yeux, tout cela maintenait sa raison et son cœur dans la certitude de son juste choix.

– Épousez le Roi, Guenièvre, mais aimez l'homme !

Guenièvre voulut montrer égale passion au Roi, sans doute ni peur.

– Je ne connais qu'une façon d'aimer, mon doux Sire, et c'est avec mon corps, mon cœur et mon âme.

Elle serra la grande main brune et la porta à ses lèvres.

– J'embrasse la plaie qui m'a donné votre amour.

Avant qu'Arthur n'ait pu ajouter un mot, Pierre arriva, chevauchant à grand-peine la jument toujours aussi furieuse.

Arthur regrettait déjà ce moment magique où il avait senti le baume régénérant de l'amour apaiser son cœur.

– Prenez-la ! Elle est à vous !

Pierre était au supplice :

– Ma Dame, faites attention, je vous en supplie !

Guenièvre lui sourit malicieusement et se coula au flanc de la jument, la cajola, lui flatta les naseaux en lui parlant à voix basse. Elle s'était calmée, et regardait celle qu'elle voulait bien accepter pour maîtresse, l'air parfaitement doux et le sabot calme. Pierre, fasciné, observait l'accord parfait de la pouliche et de la future Reine de Camelot.

– Par Dieu, ma Dame, vous savez y faire avec les chevaux !

– A-t-elle un nom ?

– Pas un que je puisse répéter, ma Dame !

– Bien… alors je vais l'appeler Clair de Lune, en souvenir de ma première vision de Camelot.

Elle étendit les bras et s'apprêta à monter la lunatique jument.

– Attendez, ma Dame ! Je vais chercher une selle de femme !

– Je n'en ai nul besoin !

Pierre n'eut pas le temps de la prier davantage ; déjà, Guenièvre avait grimpé sur le dos de la pouliche. Aussi à l'aise qu'un archer arabe, elle commençait à mater la blanche furie qui lançait à présent force ruades. En quelques minutes, elle assura son maintien et parvint à faire corps avec sa monture, l'engageant au galop.

Pierre, ébloui, balbutia :

– C'est une rare beauté, Sire…

– Oui.

Pierre regarda son Roi du coin de l'œil et ajouta, malicieux :

– La jument aussi…

8

Lancelot terminait tout juste de panser Jupiter qu'il entendit une cavalcade folle dans la cour et un des garçons d'écurie hurler. Un bouchon de paille en main, il alla voir de quoi il retournait, et fut saisi, l'âme soumise. Elle, rouge de plaisir, les yeux en extase, la bouche riante mordue au sang. Elle, emperlée de sueur sur la pouliche de neige, ses longs cheveux fauves défaits et emmêlés...

La vision sublime et cruelle de la plus belle fille du monde sortant d'un lit de jouissance !

Caché par l'ombre de la porte des écuries, Lancelot éprouvait les tourments du désir. Il n'aurait jamais dû accepter l'offre d'Arthur. Il n'aurait jamais dû voir cela. Il lui fallait partir vite, dès que Jupiter serait pansé, partir et oublier, sur la route. Mais il était trop tard, et la route encore et encore jusqu'à l'épuisement ne suffirait plus à dissiper le souvenir de Guenièvre.

L'ardente pucelle mit pied à terre et le garçon d'écurie accourut. La pouliche ne le laissait pas approcher, hennissait, ruait, ses grands yeux roulant en tous sens. Le palefrenier esquiva à grand-peine un méchant coup de pied.

– Tout va bien. Elle va apprendre à me connaître… Moi je la connais déjà. Laissez-moi avec elle, je m'en occupe !

Effaré, le garçon partit. Guenièvre flattait la jument pour la calmer avant de la conduire vers la stalle. Lancelot suivait Guenièvre des yeux. Plus que d'observer sa sauvage beauté, il voulait désormais en savoir davantage sur elle. Il n'était pas si fréquent qu'une jeune femme de son rang connaisse aussi bien les chevaux et s'accommode des indomptables. Il la suivit sans bruit. Elle dessella Clair de Lune, puis la flatta encore, chuchotant à son oreille attentive, fièrement tendue. La jument répondit en passant ses naseaux sur la joue de Guenièvre et en soufflant dans son cou. Lancelot était fort surpris. Beaucoup de gens savaient calmer les chevaux, mais fort peu avaient avec eux cette connivence immédiate. Guenièvre continuait de parler à l'oreille du cheval lorsque Lancelot s'approcha :

– Qu'est-ce que vous pouvez bien lui dire ?

Guenièvre sursauta et ses traits se figèrent de surprise. De vives couleurs empourpraient ses joues, relevant le vert et le marron doré de ses yeux.

– C'est notre langage secret.

Puis Guenièvre s'occupa de sa jument encore et encore, la pansant, la flattant, lui re-chuchotant à l'oreille, comme si Lancelot n'était pas là. Il entra dans la stalle et contourna la jument pour se placer à son autre flanc.

– Attention ! Elle n'aime pas les étrangers !

– Je ne suis pas un étranger.

Puis, à son tour, il mit sa main en cornet à l'oreille de la jument et lui susurra quelques mots. La jument répondit en baissant le col et en soufflant dans sa main.

– Vous voyez bien !

Elle parla à nouveau à l'oreille de Clair de Lune. Lancelot fit de même. Le cheval les séparait et les unissait. Guenièvre regarda les doigts bruns et tannés de Lancelot glisser sur l'échine argentée de la jument, et c'était comme s'il touchait son propre corps. Un frisson la parcourut. Les regards furtifs que lui lançaient les prunelles de Lancelot étaient voluptueux, émus, profonds comme la forêt qu'ils avaient ensemble traversée. Lancelot murmura encore à l'oreille de la jument et à nouveau Clair de Lune secoua sa grande tête et lui caressa la main de ses fins naseaux.

– C'est bon ! elle vous accepte, je le reconnais… mais que lui dites-vous donc ?

Le ton de Guenièvre se voulait ferme et clair et résonnait entre eux comme contre un bouclier.

Les yeux malicieux de Lancelot se plissèrent :

– Après vous, ma Dame, c'est votre privilège…

Guenièvre hésitait. Seul, le souffle de Clair de Lune dissipait la tension de leurs deux esprits frondeurs qui luttaient entre leurs deux corps chauds et vibrants.

– Non, à vous !

Elle commandait encore, tapant du pied sur le sol paillé.

Il se pinça les lèvres et répondit à sa requête en émettant son fameux petit sifflement qui apaisait les destriers les plus rétifs, et se prit à rire aux éclats devant la face ébahie de Guenièvre. La jeune dame rit aussi, libérant son trouble, son angoisse à gorge déployée, puis, rouge de honte, effrayée par cet inconnu qui se trouvait toujours sur son passage, elle revint à Clair de Lune et se mit à la desseller.

– Non, je vous en prie, laissez-moi faire…

Lancelot lui prit la selle des mains, levant son poids avec aisance. Ce n'était pas un homme grand, ni puissamment charpenté, mais il possédait une force bien dirigée et une agilité de chat qui lui permettaient de triompher des colosses et des brutes.

– Je ne pensais pas vous revoir si rapidement, et ici, à Camelot.

Toute honte, tout mépris avait quitté la voix de Guenièvre.

– Je ne savais pas que vous épousiez ce roi.

Les lèvres de Guenièvre se contractèrent. Sa raison la tourmentait. Pourquoi diable Lancelot avait-il accepté l'invitation d'Arthur ? Mais, à y mieux songer, il ne fallait pas s'attendre à une action commune de la part de cet étranger qui ne ressemblait à personne…

– Vous semblez avoir fait grande impression sur lui.

– Vraiment ?

– Vous étiez le sujet de conversation principal lors du festin de la nuit dernière. Vous l'intéressez vivement.

– Il veut me sauver de moi-même.

Lancelot passa sa main sur le poil semé du sel de cette riche sueur animale, où la selle avait laissé une profonde marque, puis transperça Guenièvre du regard.

– Il ne sait rien, n'est-ce pas ?

– Savoir quoi ?

Le ton de Guenièvre avait perdu sa douceur et sonnait, aigre et défensif.

– Que nous nous sommes déjà rencontrés. Nous savons tous deux pourquoi la cour parlait de moi au festin, mais je doute que vous ayez éclairé le Roi plus avant…

– Si vous souhaitez que je lui parle du service que vous m'avez rendu, je le ferai.

Lancelot la regarda doucement en souriant, le cœur torturé.

– Non, ce sera notre secret.

Guenièvre, embarrassée, serrait les mâchoires. Lancelot avait-il compris que le mot service s'appliquait à ses coups d'épée contre les marauds de Méléagant, et non à son outrecuidant baiser ?

– Je n'ai pas de secret pour le Roi.

– Bien sûr…

Guenièvre se rendit compte que Lancelot attendait une nouvelle occasion de jouter verbalement avec elle. Il voulait la combattre pour la réduire à sa merci, piteuse, rougissante et vulnérable. Elle ne voulut pas lui tendre si bonne perche.

– Combien de temps allez-vous encore rester à Camelot ?

– Je n'ai pas de but précis. Pourquoi me demandez-vous cela ?

– Sachez que je vous suis très reconnaissante pour l'affaire périlleuse où vous avez risqué d'être occis pour me secourir, mais je pense qu'il serait bon que vous nous quittiez…

– Pourquoi ?

Guenièvre sentit son visage s'empourprer de nouveau. Comment osait-il lui poser cette question ! Troublée, elle se raffermit dans ses paroles :

– À cause de la manière dont vous me regardez… Mais vous savez tout cela !

– Alors, je vous regarde comment ?

– Comme si… Comme si tout était possible !

– Mais tout est possible !

Lancelot avait proféré sa vérité d'une voix profonde et calme. Guenièvre baissa les yeux, bouche close. Diable ! Pourquoi continuait-elle à discutailler avec un homme comme lui, au lieu de le faire partir loin de Camelot et de sa vie ? Mais comment pourrait-elle le faire partir sans déloyauté alors qu'il avait sauvé sa vie et avait mis la sienne en grand péril ?

– Vous en savez bien peu sur moi, mais je pense… j'espère… que vous souhaitez mon bonheur.

Ses paroles étaient davantage suppliques que propos de dame courroucée.

Une étrange expression s'empara du visage de Lancelot, qui ressemblait fort à de la douleur…

– Oui… je vous souhaite d'être heureuse.

– Vous dites que tout est possible, mais ce n'est pas vrai. J'ai donné ma parole. Tout est déjà inscrit dans la pierre de Camelot : je vais épouser Arthur.

– Et cela vous rend heureuse ?

Guenièvre salua Lancelot avec pudeur et laissa Clair de Lune à son picotin et à son eau fraîche.

– En me mariant avec Arthur, comment pourrais-je ne pas connaître le bonheur ?

Elle avait parlé avec une grande fermeté, mais Lancelot, qui restait coi désormais, ne voulant l'offenser, sentait que le doute à jamais s'élèverait entre eux, à chaque fois qu'ils se rencontreraient, si Dieu ou diable le voulait.

9

Près de l'immense croix de granit qui marquait la limite entre Camelot et Léonesse, un berger faisait paître son calme troupeau. Il contemplait, serein, les gros nuages blancs qui s'étiraient dans le ciel lourd de cette fin d'été, lorsque son chien se dressa, les oreilles en alerte. Le fidèle barbet se mit à trembler, comme la terre secouée de frissons sous ses pattes, et sa queue se courba vers son ventre. Alerté, l'homme observa finement l'horizon de toutes parts et vit une masse noire entourée d'épaisse poussière fondre dans sa direction. La terre vibrait et le soleil disparut tout à fait derrière un gros nuage gris, jailli de nulle part. Ce n'était pas la garde royale de Camelot. Depuis l'arrivée de Dame Guenièvre, elle restait en parade dans la citadelle, attendant le jour des noces. Non, c'étaient bien là troupes venant de Léonesse, sans annonce, et leur allure n'avait rien d'amical. Le berger frissonna. Cela semblait fort aux troupes de noirs marauds dont on parlait dans les veillées, comme monstres des enfers remontés du Styx.

Le berger se cacha derrière un rocher et siffla son chien qui se tapit, gémissant, à ses côtés. Les moutons arrêtèrent de paître, et se regroupèrent en grande alarme, serrés les uns contre les autres aussi loin de la route qu'ils le pouvaient. La troupe approchait et le berger pouvait voir les armures et harnachements noirs qui étaient devenus le symbole de l'oppression et de la terreur. Le berger n'avait jamais entendu parler d'une attaque de Méléagant de Gorre sur Camelot, mais rien ne semblait pouvoir ralentir les félons. C'était une véritable horde, au moins cent hommes tout armés et, à leur tête, Méléagant de Gorre, prince de haute taille, au fin visage aigu où luisait l'œil rond et cruel du faucon. L'homme aperçut la manche du berger derrière le rocher, et son troupeau tremblant, mais le temps n'était plus à l'intimidation. Il y avait mieux à faire, plus avant. Maintenant qu'il connaissait sa force, son pouvoir destructeur, Méléagant avait faim de plus gros morceau. Le prince de Gorre fit ralentir l'allure et, relâchant les rênes, leva le poing pour imposer halte à sa horde. Camelot se présentait tout entier devant lui, comme un plat de festin sous les regards et la bouche voraces d'un homme affamé. Il embrassa le lac d'argent, les blondes et gracieuses tourelles, les créneaux lumineux dans le soleil, les toits d'ardoise bleue, et les impudentes bannières proclamant aux quatre vents la gloire et l'autorité d'Arthur et de son Seigneur Christ.

– Camelot…

Méléagant mâchait ce mot avec plaisir, un sourire fielleux illuminant sa face de carême. La troupe reprit sa course, toujours plus avant, violant le saint territoire, et le martèlement mat des sabots accompagna un long moment le sourd carillon de la cathédrale.

À l'intérieur de la tour qui contenait le gros bourdon de la magnifique cathédrale de Camelot, les moines sonnaient à toute volée. Mettre en branle ses énormes sœurs de bronze demandait un intense travail et les moinillons, plus ou moins gras, s'envolaient, selon leur appétit, pour leur arracher ces sons intenses qui se dissipaient en ondes d'alarme dans toute la cité. Le berger, entendant l'alerte, s'agenouilla pour une fervente prière pour son pays et sa gent.

Sur la place centrale, les conversations s'arrêtèrent. Au palais, la session plénière du Haut Conseil commençait. Les portes de la chambre de la Table Ronde furent ouvertes par deux gardes et une sonnerie de trompe annonça l'entrée de onze chevaliers dont les places étaient profondément gravées dans chaque quartier de la Table Ronde. Les moines attachés à la cathédrale servaient aussi de copistes. Ils prirent place devant les miséricordes qui formaient un second cercle en arrière des chevaliers, derrière un grand dais ajusté aux colonnes et fermant le périmètre de la table.

Les scribes installèrent précautionneusement les larges tablettes de cire tendre et se saisirent des stylets de bois qui servaient à transcrire les décisions prises au cours de la séance dont toutes proclamations officielles étaient issues.

Chaque chevalier prit place dans son segment, après s'être désarmé. Arthur fut le dernier à entrer, Guenièvre à son bras, suivie de ses dames d'honneur. Le Haut-Roi s'inclina pour parler à sa Dame qui s'en alla prendre place derrière le dais, où un trône de Reine, tout de bois sombre incrusté d'argent, attendait.

Arthur, debout devant son siège, regarda chacun des onze chevaliers – douze en incluant son auguste personne. La treizième place était libre. Aucune épée ne venait reposer près de cette place vacante. Aucun homme n'était attendu à ce siège bas richement orné. Nul homme ne s'assiérait céans, car là était la place du Prince Méléagant de Gorre. Arthur espérait qu'un valeureux chevalier y siégerait bientôt car, malgré les efforts du Haut-Roi pour vider la querelle et faire entendre la voix de la raison à Méléagant, le prince de Gorre était devenu un rebelle doublé d'un félon commettant grandes vilenies. Lancelot aurait été de trempe à prendre place à la Table Ronde, Arthur l'avait senti par son courage, dans son regard et par la pureté de ses engagements, mais l'étranger ne voulait rien entendre.

Les dernières notes du beffroi de la cathédrale retentirent en écho dans la salle circulaire et silence profond se fit. Arthur prit la parole et sa voix semblait une prière de grand prêtre devant la solennité de la Table Ronde éclairée et embaumée par les effluves mystiques des grains incandescents de myrrhe.

– Puisse Dieu nous prêter assez de sagesse pour découvrir la vérité, la volonté de la suivre, et la force de nous y maintenir !

– Amen !

Tous les chevaliers et Arthur avaient prononcé à l'unisson et de toute leur âme cette dernière parole biblique. Arthur, ému malgré de longues années à leur tête, regardait l'union de ces êtres qui étaient ses gardes, ses compagnons, ses conseillers et aussi tous ses amis. Aucun homme ne pouvait espérer pareille fraternité, le plus apaisant des baumes sur les inévitables plaies de la vie. Puis les regards du Roi se portèrent vers la merveilleuse Guenièvre et son cœur fut transi de tendresse et d'amour. Un moment, sa Dame paraissait la jeune amazone sensuelle qui appelait ardente passion, et l'autre une Reine digne à la beauté de madone.

– Mes amis, comme vous le savez, je vais bientôt prendre femme.

Il s'arrêta et tous les hommes tapèrent du poing sur la Table Ronde, en viril salut à leur Roi.

– Il était grand temps, nous n'osions plus espérer une Reine !

Sire Patrice, le plus bavard, s'était lancé et tous les chevaliers à sa suite criaient bien fort leur joie de voir Arthur se marier. Arthur attendit que leur chahut se calme.

– Nous avons maintes fois guerroyé ensemble dans le passé pour assurer la paix. Je crois que les jours de douceur sont arrivés, mais avant de nous réjouir pleinement, nous devons…

Arthur fit une pause et regarda vers la porte, entendant des pas approcher en marche guerrière dans le fracas des épées. Le visage d'Arthur se barra de rides d'inquiétude. Méléagant était revenu…

Tout de noir vêtu, ses cheveux noirs coupés ras dessinant des ombres malsaines sur sa face qui se voulait calme mais où brillaient des yeux conquérants et cruels, le Prince de Gorre se tenait campé devant la porte. Un murmure d'antipathie profonde courut de part et d'autre du dais. L'escorte noire ne quittait pas son maître d'un pouce.

– Faites entrer notre invité. Le Prince Méléagant de Gorre est ici sur mon invitation et sous la protection de Camelot !

Arthur jeta un rapide regard à Guenièvre et la trouva pâle, les doigts crispés à blanc. Si les yeux de sa Dame avaient pu tuer, Méléagant reposerait à présent à terre, parfaitement occis, avec ou sans la protection d'Arthur.

Un sourire félon sur les lèvres, Méléagant fit son entrée à la Table Ronde. Signifiant à ses marauds de se tenir à distance, il salua Arthur, puis, se tournant vers le dais, il s'inclina devant Guenièvre. Son visage s'était composé un masque onctueux de bonhomie. Sa voix vibra, parfaitement suave dans l'air silencieux :

– Puis-je congratuler le Roi pour son prochain mariage ?

Ulcérée, Guenièvre se retenait de parler.

Méléagant fit le tour de la table, ses pas guerriers résonnant dans la salle ronde, jusqu'à l'emplacement qui ne recevait aucune épée en garde.

– Je vois que ma place n'a pas encore été prise. « Autrefois chevalier. Chevalier pour toujours ! »

– Vous avez quitté le Conseil de votre plein gré, Messire Méléagant… Si votre place est toujours vacante, c'est que je mets grand soin à choisir votre successeur.

Méléagant haussa ses épaules de fer :

– Chacun est libre de choisir son chemin. Et ma route est plus longue à parcourir que la vôtre.

– Et où vous conduit-elle, Prince Méléagant ? À Léonesse ?

Méléagant ne parut pas étonné de l'assaut direct que lui lançait Arthur. Un sourire conquérant et cynique ne quittait plus son visage.

– Léonesse est mon voisin et, j'aimerais dire, mon ami… J'avais proposé à Dame Guenièvre un traité de paix qui nous aurait profité à tous deux, mais elle ne souhaite pas l'honorer.

Un des clercs quitta sa miséricorde et tendit au Roi Arthur un parchemin richement enluminé :

– Le traité, Sire…

Arthur s'en saisit sans commentaire, mais Guenièvre ne put se contenir davantage et les lèvres retroussées de haine, elle cria au chevalier félon :

– Les villages entiers que vous brûlez sont-ils des incitations à votre chère paix ?

Méléagant inclina la tête, une expression de profonde pitié et détresse devant ces terribles révélations :

– Je suis très peiné de ces brutalités, ma Dame. Si votre défunt père était encore parmi nous, les marauds qui déshonorent votre pays n'oseraient pas poursuivre leurs actes barbares. Voleurs et meurtriers courent la lande et les étrangers n'osent plus traverser Léonesse depuis le début de l'été de peur d'y perdre la vie !

Sa voix avait gonflé, de manière qu'on l'entendait de toutes parts.

– L'absence de gouvernement, de justice est un fléau qui affecte toute la région. Vraiment, oui, j'ai brûlé le village de ces marauds lorsque je l'ai trouvé et j'appelle cela un acte de fraternité. Si mon allié s'apprêtait à mourir d'un membre gangrené, sans hésitation, pour lui, je le couperais avant que la pourriture ne gagnât son cœur !

– Il n'y a pas de loi, pas de gouvernement à Léonesse ! Menteur ! Félon ! Vous êtes la gangrène !

– Pardonnez mon ignorance, ma Dame, mais vous-même, n'avez-vous pas été attaquée sur la route en vous rendant à vos propres noces ?

Méléagant, à ces mots, se tourna vers l'assemblée des hommes, faisant un pauvre geste de dépit qui voulait dire : « Comment faire entendre raison et parler loi et gouvernement à une si jeune et folle pucelle ! »

Guenièvre contenait à grand-peine sa fureur :

– Vous savez mieux que quiconque qui m'attaqua sur la route !

– Oui, Dieu soit loué, je le sais désormais. À cette nouvelle, j'ai lancé toute ma gent sur les traces de vos attaquants. Et, grâce en soit rendue au Très-Haut, mes fidèles compagnons les ont retrouvés et cruellement châtiés. La loi des armes est la seule, nous le savons, que comprennent les hommes sans loi.

– Justice !

Guenièvre avait crié ce mot en dernier recours. Un rire cinglant secoua le Prince de Gorre. Il ignora désormais totalement Guenièvre la folle et, saluant à nouveau Arthur, s'adressa à l'homme sage :

– J'ai appris tout ce que je sais d'un grand maître…

Arthur ne rétorqua rien à cette phrase mielleuse qui s'appliquait au traité bien rédigé qu'il avait entre les mains. Sa sagacité s'était peut-être émoussée au cours des dernières années de paix, mais pas au point d'oublier de lire entre les lignes.

Fronçant ses noirs et longs sourcils, il donna lecture d'un fragment à voix haute :

– « Les armées pourront traverser librement de part et d'autre le pays de Léonesse… ainsi que toutes unités qui viendraient renforcer la sécurité de Léonesse et restaurer la loi, si besoin était. »

Arthur se tourna vers Guenièvre :

– Avez-vous signé cela ?

– Jamais je n'ai accepté de signer ce traité, Sire !

– Pourtant il porte votre marque.

Puis, se tournant vers Méléagant :

– Elle dit ne pas l'avoir signé…

– Elle se rengorge maintenant qu'elle va épouser le Haut-Roi… Mais dites-moi, Sire : Léonesse est-il entré sous la protection de Camelot ?

– Si Léonesse venait à avoir besoin d'être protégé, nous aviserions !

Arthur perdait patience et la rage se contenait en lui à grand-peine. Méléagant prodigua à son ami le Haut-Roi un mâle sourire fraternel, censé renforcer l'union virile, hors des atermoiements de cette sotte de Guenièvre.

– Je suis venu discuter des questions de sécurité de notre contrée voisine en ami. Nous savons bien, tous deux, que Léonesse est trop perturbé par ces graves actes de violence pour rester sans protection. Je veux dire que vous et moi nous le savons. Mon petit pays a pris bonne note de ce que le grand lui avait appris en son temps. Et quelle plus grande nation y a-t-il que Camelot, le pays de la justice, de l'espoir et de la bonté…

La voix contrefaisait à merveille la plus honnête détermination et, pour parfaire son rôle, Méléagant tendit à Arthur sa main dégantée rendue calleuse par le maniement frénétique de l'épée :

– Donnez-moi la main et nous vivrons désormais en grande paix…

Le regard d'Arthur se posa comme une épée de feu sur le félon.

– Vous m'offrez ce qu'il ne vous sied pas de proposer, Messire !

Méléagant continuait de sourire, mais son expression s'était figée en grimace de masque antique. Sa main restait sottement tendue. Il en appelait maintenant aux chevaliers de la Table Ronde :

– Chacun de vous me connaît bien. J'ai chevauché auprès de vous plus de quinze années durant. Vous savez que je suis homme de parole. Ne devenez pas mes ennemis. Je ne viens pas porter la guerre à Camelot.

Guenièvre ne put retenir son cri de colère, le cœur rongé d'angoisse :

– Nulle guerre ! Vous dévoreriez le monde si vous pouviez l'avaler !

Arthur regarda sa Dame en si grand tourment. Le félon attendait, patient comme l'hyène…

– Vous connaissez la loi que vous avez quittée ?

Gagnant le centre de la table, Arthur fit courir sa main sur les lettres d'argent qui y étaient profondément incrustées : « Nous nous libérons en nous entraidant. »

– Maintenant, dites-moi ce qui est écrit sur les murs de cette pièce… « Au-delà de Camelot vivent des peuples qui ne peuvent assurer leur défense. Nous n'avons aucun intérêt à prendre soin d'eux, mais que la honte retombe sur nous si nous les laissons choir en de félonnes mains… »

Arthur fixa les noires prunelles de Méléagant, mais celui-ci ne les abaissa pas. Alors la voix d'Arthur, pleine de courroux, retentit :

– Je vous le dis maintenant, si nous abandonnons ces peuples sans défense, leur sang coulera en vagues jusqu'à nos portes, et la fumée de leurs bûchers nous étouffera, et nos yeux ne suffiront pas à éteindre le feu du courroux divin !

Méléagant prit un air indifférent, à l'ouïr de la harangue dont il était malgré lui le témoin.

– Les autres peuples vivent selon d'autres lois, Sire Arthur… Est-ce la loi de Camelot que de régenter le monde entier ?

– Il y a des lois félonnes qui rendent l'homme faible comme mouton et enragé comme chien et d'autres qui le gardent heureux et prospère sous le regard bienveillant de Dieu. Si nous nous écartons de la vérité, nous ne sommes plus que voleurs de tribus esclaves, nos richesses ne sont que pillages, et toute notre gloire une démonstration grotesque de notre pouvoir si maigre et si mortel…

Cette fois, Méléagant retroussa les babines. Le danger de la guerre profilait sa face sanglante et lépreuse. Les chevaliers étaient tendus et regardaient fébrilement leur épée.

– Votre fine lame pourrait mieux parler de paix et de guerre que votre bouche…

Arthur toisa Méléagant.

– La paix est possible sans bataille mais, s'il n'y a pas d'autre issue, je suis prêt à combattre.

Agravain sauta sur ses pieds :

– Moi de même, Sire !

Et ses yeux bleus brillaient du désir d'en découdre avec le félon après ces années de douce vie de cour.

– Moi également !

Messire Patrice à son tour soutenait son Roi.

En quelques instants, tous les chevaliers furent debout, renouvelant leur allégeance à Arthur et relevant le défi de combattre Méléagant le traître. La vérité de Guenièvre triomphait. La fierté brillait dans ses yeux, et la gratitude envers son Seigneur et ses chevaliers qui se ralliaient à elle et à son peuple était sans mesure.

Méléagant repartit vers la porte, un sourire mauvais aux lèvres, murmurant en grinçant : « Le grand Arthur et son fameux grand rêve ! » Et sa meute furieuse grognant sur ses talons, il quitta la chambre ronde dans un fracas d'épées et de noires armures.

10

– Où en est notre armée ?

– Deux bataillons en ordre et deux de réserve, Sire.

Agravain, le Connétable, était en mesure de donner un état précis des troupes. Messire Patrice marchait juste derrière eux sur les remparts, faisant claquer ses gants dans sa paume comme s'il giflait la face félonne de Méléagant.

– Doublez la garde sur-le-champ à chaque porte de la ville !

– Oui, Messire !

L'homme s'en alla, son armure brillant dans la lumière du plein jour.

Mador, le plus prudent des conseillers d'Arthur, tentait désespérément de faire savoir son opinion au milieu du beau tumulte des préparatifs guerriers.

– Sire, je ne pense pas que Méléagant veuille la guerre avec Camelot…

– Il veut la guerre et il pense qu'il peut vaincre. Agravain est en train d'armer la réserve, Messire Mador. Apprenez qu'un chien qui mord un homme en armure se casse les dents !

– Il veut Léonesse comme un rempart entre vous et lui, c'est tout…

Agravain, ses yeux de guerrier luisant de plaisir, criait les ordres :

– Tous les bataillons en armes d'ici deux heures !

Arthur était de plus en plus agacé par la tiédeur de Mador :

– Il veut Camelot ! Il est loin, le temps où il arriva à la cour, comme un jeune fou. Vous oubliez la façon injurieuse dont il fit irruption, avec sa meute, à la Table Ronde, tentant de m'amadouer, puis reniant la justice de Camelot. S'il désirait juste Léonesse comme un rempart entre Camelot et Gorre, pourquoi diable les gens de Léonesse en paieraient-ils si durement le prix, dans leur chair et dans leurs récoltes ?

Mador comprit au ton sans appel du Roi qu'il était temps pour lui de battre en retraite. Arthur concentra son attention sur les préparatifs de Sire Agravain.

– À votre avis, combien de temps peut mettre Méléagant pour attaquer ?

– Il n'y a pas d'armée en vue à cinq jours de marche de Camelot.

– Je veux que des éclaireurs partent tout de suite à Léonesse !

– Oui, Sire.

Immédiatement, Agravain relaya la parole royale aux capitaines.

Ké, le Sénéchal, vint à la rencontre du Haut-Roi.

– Sire, et votre mariage ? Doit-on le repousser ?

Arthur hésita un court moment…

– Non, Ké, le mariage doit avoir lieu. N'offrons pas même cette victoire à Méléagant. Mais préparez des noces simples. L'amour trop longtemps s'est fait prier !

Guenièvre attendait Arthur, en grand tourment. Lorsqu'il apparut, portant l'armure royale, la future Dame de Camelot était pâle et ses yeux cernés et rougis témoignaient de récents pleurs, mais elle resta digne et les yeux secs devant son Roi.

– Je suis profondément désolé de ne pas vous offrir tout de suite le grand mariage auquel vous avez droit... Mais bientôt, lorsque cette affaire sera...

– Je ne suis pas en peine pour cela ! Je me marierais dans une clairière, un bois... qu'importe, si vous êtes le fiancé ! C'est que je suis tellement en angoisse de vous avoir conduit à cette guerre !

Arthur caressa sa douce et pâle joue :

– Nous en serions arrivés là un jour ou l'autre. Vous ne devez pas vous faire mortelle angoisse de cela, mon amour, il n'y a qu'un homme à blâmer, et tout le monde à Camelot connaît bien son nom.

Il passa son bras autour des fines épaules et la pressa. Contre ses muscles de guerrier, puissants et chauds, il la sentait aussi fragile que verre, mais il savait aussi à quelles ressources de force, de courage et d'endurance cachées elle pouvait faire appel, pour l'avoir vue monter l'indomptable Clair de Lune.

– Et je ne vous dis pas cela pour vous réconforter. Toutes mes paroles me viennent du cœur, certes, mais aussi de la raison.

Au lieu de se préparer au fastueux mariage annoncé, Camelot s'armait. Des troupes traversaient la ville et la garde royale avait été doublée. Chevaliers en armure, gens de troupe et archers s'entraînaient. Les forgerons fabriquaient nuit et jour de nouvelles armes. Chaque homme de Camelot était armé pour se défendre, lui, sa famille et ses récoltes. Les épées étaient nettoyées et aiguisées, les armures ajustées et graissées. Les histoires des guerres victorieuses, des grandes batailles et des faits extraordinaires qui s'étaient produits au cours des combats très-chrétiens menés par le grand Arthur et ses chevaliers étaient racontées par les anciens à chaque veillée, jusqu'à ce que le ciel soit empli d'étoiles scintillantes.

Lancelot observait tous ces préparatifs à distance, ne sachant que penser ni que faire. Jupiter était aux écuries royales depuis trois semaines maintenant. Sa robe avait repris tout son lustre, ses naseaux leur frémissement de bonne santé et ses sabots s'étaient dotés d'une corne brillante et abondante. Lancelot se parlait souvent, s'incitant au départ. Et puis, Dieu sait pourquoi, il sellait et dessellait Jupiter et restait encore, encore un peu, tiré en arrière par une étrange force. Il y avait un mois, sa rage de courir la lande, fuyant ses sombres fantômes, était plus forte que tout. Et aujourd'hui, il se sentait incapable de faire un pas dans une direction plutôt que dans une autre. Une voix lui parlait parfois au plus profond de sa poitrine, qui lui disait qu'il était temps pour lui après le vagabondage d'accomplir son destin sur terre.

Il n'avait pas approché Guenièvre depuis leur rencontre à l'écurie, se contentant de la regarder à respectueuse distance monter Clair de Lune, ou traverser la ville, rendant ses saluts au peuple de Camelot, la tête haute. Reine… plus que Reine. Il l'avait souvent aperçue avec Arthur, homme assez âgé pour être son père, et souffrait de leur entente. On sentait qu'ils avaient l'un pour l'autre profond respect et profonde affection. Arthur avait besoin d'une femme assez jeune pour porter ses enfants et assez mature pour régner à ses côtés. Il avait aussi besoin de Guenièvre pour sa fraîcheur, sa beauté, sa pétulance et son caractère indomptable. Il continuerait de lutter, grâce à elle, sur la route désormais tracée de sa vie. Et Guenièvre avait grand besoin de la sécurité que pouvait lui offrir un homme mûr, accompli et amoureux. Le bras d'un homme encore jeune et vagabond n'était pas assez sûr.

– Quelles profondes pensées !

Pierre venait d'entrer et de s'asseoir sur un trépied. Lancelot opina du chef et lui sourit. Le jeune garçon attrapa un morceau de pain et un couteau, découpa une tranche, la tartina de mélasse :

– Méléagant n'est pas en vue. Sans doute a-t-il pensé qu'il valait mieux ne pas en découdre avec le Haut-Roi.

– J'ai entendu dire qu'il avait fait partie des chevaliers de la Table Ronde ?

– Un jour, il a négligé la loi de la Table Ronde, une fois de trop. Méléagant a toujours été une âme sombre. Mon père a travaillé pour ses écuries. Il traitait déjà ses gens pire que bestiaux !

– Il a été déshonoré ?

– Oh non, même pas. Il a quitté la Table de son plein gré ; il y avait trop d'affaires troubles entre lui et les autres chevaliers. Le Roi Arthur a tenté de le remettre sur la voie de la raison, de lui donner la paix du pardon, mais il n'a rien voulu savoir. Maintenant, Arthur est prêt à la guerre. Il ne le craint pas.

– Il m'a montré son épée.

– Vraiment ? Cette lame est connue de tout le pays. On raconte les choses des plus folles sur elle. On la dit acquise par le vouloir du Très-Haut… Descellée d'une pierre close…

Pierre enfourna une nouvelle grosse bouchée de pain ruisselant de mélasse.

– Allez-vous lui offrir les services de votre lame ?

Lancelot tâta le pommeau de son épée. Il pouvait lire dans les pensées du jeune écuyer : « Voilà, c'est Lancelot, l'étranger qui a vaincu le Gantelet, un homme qui fait métier de son épée, qui a un si bel étalon. Voilà le vagabond qui se goberge, comme son destrier depuis un mois dans les écuries royales. Et cet homme hésite encore à prêter son épée pour que la justice règne ! »

– Il ne me l'a pas demandé.

Disant cela, Lancelot regardait ses pieds et sentait qu'il s'enfonçait dans des eaux profondes et troubles.

– Et s'il le fait ?

Lancelot alla vers la porte. Il avait une repartie piquante sur le bout de la langue, mais il sentit les yeux de Pierre dans son dos le transpercer comme une dague.

– Je ne sais pas…

Et il sortit dans le crépuscule tiède de cette fin d'été.

Ignorant l'agitation des hommes en armes dans la citadelle, Lancelot traversa le vacarme, cherchant vers les remparts un lieu de solitude. Le problème était de se libérer de tous ces gens qui voulaient lui parler, le sollicitaient du regard, d'un mot, de prendre part à leur combat, alors qu'ils ne connaissaient rien des siens. Chevauchant Jupiter, par-delà les routes, son esprit avait tout loisir d'étirer d'infinis arguments. Ici, à Camelot, avec tant de monde, de codes, de sollicitude, cela était impossible.

À part la présence de la garde royale, les remparts étaient calmes, surtout à la tombée du jour, alors que les bougies et les petits tas de tourbe commençaient de brûler dans les logis. Les parfums appétissants des soupes, rôts et bouillies d'avoine flattaient les narines et, en regardant la lande par-dessus les créneaux, on pouvait voir l'horizon s'obscurcir, passant du bleu ciel à l'indigo, et les premières étoiles apparaître dans les cieux nocturnes. Lancelot se laissa aller à la contemplation du soleil couchant et trouva enfin un peu de paix.

Il songea qu'il était grand temps de quitter Camelot et de laisser Arthur et sa fiancée vivre heureux… puisqu'il ne pourrait l'être, lui, à jamais.

Plus loin, sur le lac, ses yeux vifs se fixèrent sur une galiote, qui avançait lentement parmi les vaguelettes d'argent. Il y avait une lanterne à sa proue. Un bateau de pêcheur… Un marin d'eau douce assez audacieux pour lancer ses filets nuitamment ? Si c'était le cas, le hardi navigateur devait être un homme chanceux, car Lancelot voyait régulièrement l'onde s'ouvrir et écumer, comme si l'on y jetait et en retirait une abondante pêche.

Guenièvre s'était assise à l'écritoire, rédigeant une lettre pour Oswald à la lueur d'un gros candélabre, lorsque sa paix fut troublée par l'arrivée de Pétronille. Les petits yeux gris de sa dame de compagnie étaient tout ronds et ses traits trahissaient l'angoisse. À sa suite, Guenièvre vit paraître les gardes royaux en faction devant sa porte nuit et jour en cas d'attaque de Méléagant.

– Pétronille, qu'est-ce qui se passe ?

– Ma Dame, c'est Jacob !

– Jacob, mais où cela ?

– Il a été aperçu à la porte Nord. Un des gardes royaux est un homme de chez nous et il a formellement reconnu Jacob.

Guenièvre sauta sur ses pieds, l'air exalté :

– Quelque chose est arrivé à Léonesse, j'en suis certaine ! Prions Dieu qu'il ne soit pas trop tard !

Elle ouvrit la porte et s'enfuit à grands pas, sa garde aux talons. Elle courut ainsi jusqu'à la tourelle Nord, dont l'entrée était protégée par une épaisse porte d'airain. Un sinueux chemin de ronde bien protégé faisait le tour de la citadelle. Guenièvre grimpa les escaliers, ses deux mentors à la traîne, peinant à la suivre. Au sommet, des creusets de pierre abritaient de petits brasiers qui donnaient un peu de chaleur et de lumière à la garde de nuit. Des torches illuminaient l'eau du lac ceinturant Camelot. Les sentinelles saluèrent leur future Reine qui observait, brûlante d'impatience et d'angoisse, la galiote avançant à la surface du lac et, à sa proue, Jacob et sa célèbre tenue écarlate. Il était si proche, maintenant, que Guenièvre, folle d'angoisse et transie du désir de savoir, hurla sa question : « Jacob, Jacob, qu'est-ce qui se passe ? » Du bateau, la réponse fut étouffée par le capuchon écarlate qui masquait sa face. La Dame de Léonesse descendit accueillir la figure familière de son précieux messager. Elle lui tendit la main :

– Par pitié, Jacob, dites-moi quelles sont les nouvelles de Léonesse.

Une main virile rabattit en arrière le capuchon sanglant et un visage blême, aux arêtes coupantes comme lame, du plus affreux maraud qu'il puisse être donné de voir sur cette terre, apparut dans toute sa cruauté. Guenièvre hurla et fit demi-tour, mais les hommes de Méléagant se ruaient déjà sur la main royale, entraînant son frêle corps. Malgré sa forte défense, ils la ferrèrent comme fraîche truite et la jetèrent sur le bateau. Elle se débattait encore, ses cris bloqués dans sa poitrine par l'étonnement d'avoir été si facilement prise. Tout autour du bateau des formes se dessinaient. Le navire filait et des nageurs tout armés jallissaient des flots et s'interposaient entre la galiote et la garde mugissante qui se ruait pour sauver la Reine. La garde se jeta dans l'onde, et les berges du lac de Camelot résonnèrent du bruit odieux des flèches d'arbalète se fichant dans la chair et du choc métallique des armes de guerre.

Sur les remparts, Lancelot, surpris par le chaos, retrouva rapidement ses esprits. « Les fous ! Ils ne sont même pas capables de protéger leur Reine quand ils ont tous les avantages ! » Il vit la forme blanche de Guenièvre se débattre dans les bras honnis et entendit ses cris désespérés qui montaient vers lui. Le bateau l'emportait irrésistiblement. L'homme que Lancelot avait pris pour un assistant particulièrement audacieux du pêcheur s'affairait à nouer une corde à la proue. Plongeant dans une gerbe d'écume, il s'approcha d'une sente qui se dégageait du fouillis d'herbe de la berge. Un équipage de lourds chevaux bien fringants fut relié au cordage solide et lancé au galop sur le sentier. Aussitôt le bateau s'élança, soulevant un flot de vagues d'argent, vite, vite, toujours plus vite, vers la berge, puis le pays où les marauds pourraient dans leur territoire continuer leur route. Il n'y avait plus d'issue pour Guenièvre.

Lancelot se hissa au sommet des remparts. Ses mains s'écorchèrent à la façade, mais peu lui chalait. Le cri de Guenièvre résonnait à ses oreilles, violent, qui l'emportait vers l'exploit fou, coûte que coûte…

Il était parvenu à se hisser au sommet des créneaux, surmontant l'endroit où le bateau ne pourrait manquer de passer, se dirigeant vers le rivage. Lancelot regarda l'eau noire, lisse et scintillante comme miroir de jais, six pieds sous ses chausses… Choisissant son angle d'approche comme il l'avait fait pour aller cueillir le cruel Gantelet, il calcula, mémorisa à la vitesse de l'éclair et, inspirant ce qui serait sans doute sa dernière bouffée d'air, il piqua comme l'aigle pêcheur dans le miroir. L'air hurlant lui fit un mantelet dans lequel il aurait fait bon s'oublier. Un instant, Lancelot voulut se laisser aller et tomber comme une pierre dans le lac, pour n'en point rejaillir. Puis sa tête heurta l'onde en un choc glacé et une froideur de tombeau l'enveloppa. Il désirait y rester, mais il effectua malgré lui un battement de pieds pour remonter à la surface, sa bouche folle cherchant l'air en une bordée de bulles de cristal. Un moment il resta à s'agiter dans l'onde, le temps que son corps s'adapte à la fraîcheur. La lueur d'une torche passa sur lui et il sut qu'il avait chu au bon endroit. Il était face à la barque, à quelques brassées du cordage tendu. Il n'y avait pas un instant à perdre.

Prenant une profonde inspiration, il nagea le plus vite qu'il put pour parvenir au cordage et, le trouvant, le serra de toutes ses forces. Il se sentait comme un cheval fougueux lancé vers le précipice. Il s'était approché trop rapidement ; la corde tendue lui passa dessus, l'étouffant et le blessant. Ce contact rêche et rugueux lui entama profondément la paume, comme une lame. Il serrait les dents. Il avait vaincu l'invincible Gantelet, il n'allait pas se laisser emporter et couler par une barque et une simple corde tendue. Ses vêtements gorgés d'eau le tirant vers le bas, la corde le poussant vers le large, il s'agrippa tant bien que mal et s'approcha de l'embarcation. Il fallait qu'il se hisse à sa proue. Pour l'heure, les marauds qui avaient enlevé Guenièvre étaient occupés à godiller pour conserver au bateau son audacieuse allure. Il vit Guenièvre, mordant, lançant ses pieds en tous sens, et jurant comme une poissarde.

– Malédiction ! C'est encore vous ! souffla Lancelot hors d'haleine, des algues plein les cheveux, avançant son visage de triton en s'agrippant des deux mains au rebord de la barque.

L'homme affublé du capuchon de Jacob fut alerté par le balancement anormal du bateau. Ses mains se tendirent pour tirer Guenièvre à l'abri. Il vit des mains agrippées et lança ses lourdes bottes à l'assaut de ces fragiles articulations. Lancelot retira à temps une main, mais l'autre subit la mordante douleur. Le maraud tapa encore, déterminé à disloquer la main du nageur. L'élan fut suffisant pour que Lancelot change de main, mais la bataille était trop inégale. Un pauvre nageur, même empli de vaillance, ne pouvait rien contre un groupe de marauds bien au sec. Le faux Jacob heurta une nouvelle fois si fort les doigts de Lancelot que celui-ci ne put tenir. Le bateau s'échappa et Lancelot, dans le brouillard de la douleur et des algues qui lui recouvraient la face, vit de nouveau la forme blanche de Guenièvre se débattre vivement dans la nuit. Lancelot aurait pu retourner à la nage à Camelot et une nouvelle fois être accueilli en héros pour avoir tenté l'impossible. Mais il ne supportait pas de laisser Guenièvre aux mains de cette gent félonne et d'avoir perdu la bataille. Cette bataille, il la voulait gagner, pour la joie de vaincre, mais surtout pour Guenièvre… et pour lui. Pendant qu'il battait furieusement l'onde des pieds, restant à bonne distance du bateau mais tentant de demeurer dans son sillage jusqu'au rivage, Lancelot éprouvait peur, angoisse et détresse, sentiments trop humains qu'il avait enfouis au plus profond de son âme. Voilà qu'ils revenaient soudain, dans cette quête éperdue.

Sa détermination remonta d'un coup, comme les bulles de sa respiration hachée aspirées vers la surface.

Il suivit le bateau jusqu'à son port improvisé, se hissa sur l'herbe à quelque distance du sentier et observa de tous ses yeux. L'endroit où accostèrent les marauds était gardé par abondance d'hommes, tous harnachés et armés. Lancelot, caché par les roseaux, la végétation touffue de l'été et la nuit profonde, vit la captive que l'on sortait rapidement de la galiote, les mains désormais liées. La fureur du chevalier s'en accrut vivement. Il remarqua trois arbres fort pourvus en feuillage épais et disparut dans leur manteau de nuit.

Par-delà les eaux profondes, la porte Nord de Camelot était le siège d'une grande panique. Les forces venues à la nage par-delà les eaux noires du lac s'en étaient retournées sur l'autre rive, une fois leur forfait accompli. Là-bas les attendaient chevaux tout harnachés et habillement sec dissimulés par les buissons épais du rivage.

Guenièvre fut prestement hissée sur une selle et conduite vers sa prison, entourée de noirs marauds galopants.

– Bien joué ! Vous serez récompensés pour ce coup de maître !

Le Capitaine Ralf était fort satisfait que la ruse grossière de faire accroire à Guenièvre qu'elle avait affaire à son bon Jacob ait si bien réussi. L'homme secoua sa grosse tête encore encapuchonnée d'écarlate, puis rejeta son accoutrement.

– J'ai connu rude angoisse en traversant le lac. Un homme s'est jeté du haut des remparts au moment où nous longions encore la citadelle et a tenté, nageant et s'agrippant à notre barque, de m'arrêter ! Je l'ai rejeté à l'eau en lui frappant vivement les doigts, mais c'est un nageur aussi intrépide qu'acharné à notre poursuite. Je crains qu'il ne réapparaisse quelque part, aussi ai-je donné des ordres pour que les hommes ouvrent l'œil.

– Je n'ai pas besoin de vos conseils !

Le Capitaine Ralf donna congé au faux Jacob et, se tournant vers deux cavaliers qui attendaient sur la berge le retour des nageurs, il cria :

– Gardez bien les chevaux et gardez aussi un œil sur l'onde noire, un de ceux qui en sortiront pourrait ne pas être à nous !

Puis il sauta en selle et rejoignit l'équipage qui emmenait captive la Reine. Ses yeux impitoyables glissèrent sur la fine silhouette aux cheveux fauves dénoués retombant avec grâce sur sa robe de lin blanc et, lui souriant comme une gargouille, il lui dit :

– Laissez-nous emmener Votre Royale Seigneurie vers une cour digne de sa beauté...

Les chevaux se mirent en route, le ciel nocturne semblant refléter leur échine noire.

Les deux soldats en faction sur la berge commencèrent à voir l'onde bouillonner et se rider profondément, puis les premiers nageurs apparurent. Derrière eux, les chevaux paissaient tranquillement l'herbe tendre et encore sèche de rosée de la nuit. Lancelot, à l'abri de son vaste perchoir de fortune, regardait les hommes de Méléagant agripper nerveusement leurs lourdes épées, noué par la tension.

De l'autre côté du lac, Camelot ressemblait à un nid de fourmis dérangé par un coup de pied, tant les cavaliers se mettaient vivement en branle à la recherche des coupables.

Une grenouille plongea et aussitôt, les hommes de Méléagant, ivres de nervosité, dégainèrent leur épée.

Lancelot regardait les chevaux. L'animal le plus proche de lui avait à peu près la même taille que Jupiter. Lancelot eut à son attention le même petit sifflement qu'il avait émis à l'oreille de la jument de Guenièvre, la blanche Clair de Lune. L'animal leva droit ses oreilles et tourna sa longue tête dans la direction de Lancelot. Le nageur clandestin quitta silencieusement la masse brune des arbres protecteurs et se glissa vers l'étalon, qu'il enfourcha dans un souffle. L'animal, étonné, se cabra, eut une petite ruade puis, finalement, répondit à la tension des rênes et Lancelot, lui talonnant les flancs lui fit mener grand galop.

Les deux soldats en avaient terminé avec l'attente des nageurs et retournaient vers la ligne arrière où se trouvaient les chevaux. L'étalon noir que Lancelot avait choisi de voler était la propriété personnelle d'un des gardes qui entra en grande fureur, obligé de monter maintenant un autre cheval plus petit et de moins fière allure :

– Celui-là ! Je vais lui arracher le cœur et aller le clouer à la porte de Camelot !

Et il talonna à mort les flancs du pauvre animal pour le faire partir à un galop infernal.

Chevauchant bien trop vite sur une monture inconnue par une nuit noire, Lancelot entendit les sabots d'un poursuivant et le cliquetis d'armes ballottées par un galop furieux. De chasseur nocturne, il devenait animal furieusement poursuivi. Sur la selle de l'étalon volé, la main de Lancelot heurta un étui de cuir et reconnut le renflement d'une épée. Tenant fermement la rêne de sa main gauche, il dégagea l'arme de la dextre. C'était une épée un peu grossière, mais qui arrivait à point nommé. Les félons étaient fort près. Le garde dont il avait volé le noir étalon se trouvait à portée de lame. Lancelot pivota sur sa selle, libéra les rênes et chevaucha à l'arabe en guidant l'animal de ses genoux durs comme fer. Trois coups d'épée éclairèrent la nuit. Il s'en fallut de peu que Lancelot ne fût décapité lors d'un de ces assauts furieux. S'il avait été un peu moins rapide, c'en était fait de lui. Il avait l'avantage de la vitesse et de l'agilité, mais ses poursuivants ceux de bonnes grosses armures et du nombre. Deux contre un dans une forêt inconnue, et ç'aurait été l'épilogue d'une belle histoire pour plus d'un chevalier sans armure et sans retraite. Mais Lancelot aimait bien inverser les règles de la logique.

Son destrier n'était à la conclusion pas meilleur coursier que ceux des soldats de Méléagant, mais son cavalier avait plus d'expérience en matière de chevaux et aussi d'épées. Il continua quelques instants à chevaucher à vive allure puis, d'attaqué devint attaquant. L'homme qui combattait les villageois ou le champion du village pour une miche de pain et quelques deniers n'avait plus rien d'un joueur. Aucun de ses adversaires ne lui laisserait une chance. Son épée jaillit vers le premier homme et trouva la jointure de l'armure. D'un coup habile, il l'occit dans l'instant. L'autre homme n'eut que le temps de crier sa stupeur, avant de choir de sa selle, mort.

Le temps que les autres cavaliers changent d'habits, ajustent leurs armes et rejoignent leurs montures sous les hauts arbres, Lancelot filait à bride abattue dans la nuit brune. Il était seul. Il autorisa son destrier à prendre un trot de repos, essuya son épée dégouttant de sang sur la couverture de selle avant de la rengainer dans son fourreau.

Maintenant, tout ce qui lui restait à accomplir était de suivre Méléagant dans son repaire et d'ôter Guenièvre de ses mâchoires d'hyène…

11

– Enlevée ! Captive ! Mais où ? Expliquez-vous !

Messire Tor se tournait désespérément vers ses compagnons d'armes sans que ceux-ci puissent soulager le Roi par une juste réponse.

– Un bateau est arrivé par la porte Nord, Sire…

– Dame Guenièvre a appris de sa dame de compagnie que c'était une galiote de Léonesse, et que se trouvait à son bord un homme de sa cour, le fidèle Jacob… Elle l'a reconnu à sa cotte cramoisie. Dame Guenièvre est entrée en grande anxiété… Pour sûr, c'était là signe de grand malheur à Léonesse… Ses gardes aux talons, elle a filé comme un lièvre et a tendu la main à ses ravisseurs, dans sa hâte d'apprendre l'affreuse nouvelle…

– Cela n'est pas ! Je ne peux croire cela ! Non ! Gardée comme elle l'était ! Capturée ! Guenièvre ! En plein cœur de Camelot !

– Tout s'est passé si vite, Sire… Et leur plan était si fin et audacieux !

Arthur transperça Ké le Sénéchal de son regard de braise. Ses jugulaires se gonflaient dangereusement. Le Haut-Roi arpentait, chausses claquantes, les créneaux, son regard furieux et désespéré balayant tour à tour ses hommes et l'horizon inconnu. Il crispait les poings, les levait et les abaissait. Hurler sa douleur et d'amères récriminations ne la ferait pas revenir et il était dangereux d'entamer encore le moral chancelant des chevaliers. Après deux attaques réussies de Méléagant, ils étaient tout honteux. À chaque instant, ils se meurtrissaient l'âme et honnissaient leur sang trop bouillant incapable de garder une Reine d'un félon.

– Notre plan pour la protéger n'était pas assez strict et précis… Messire Patrice ! Où est Messire Patrice ? Je veux le voir tout de suite !

Un messager détala à la seconde. Arthur tournait dans la pièce. Son regard se posa sur un pot empli d'un vin blanc parfumé. Il s'en saisit. Que faisait le pot en ce lieu ? Un serviteur pensait-il apaiser le Roi par la boisson ? Il le reposa. Les chevaliers attendaient qu'Arthur parle, au supplice.

– Quelle direction ont-ils prise ?

– Vers la forêt, Sire… Un attelage les attendait sur l'autre rive.

Arthur réfléchissait, glissant fébrilement les doigts dans ses cheveux et sa barbe d'argent. Sa respiration haletait et s'amplifiait comme celle du dragon. Que pouvait-il y avoir de plus terrible que de savoir Guenièvre enclose dans un des repaires de Méléagant, en ces landes sauvages qu'aucun des barons de Camelot ne connaissait… ?

Messire Patrice fit son entrée, le souffle court, n'ayant eu le temps de revêtir qu'une partie de son armure. Derrière lui venaient messire Agravain et plusieurs autres chevaliers, tous d'ardent courage.

– Sire, les éclaireurs sont prêts et les mastiffs aux nez les plus fins sont déjà sur la trace... Donnez-moi un bataillon de gardes, Sire. Oui, donnez-moi solide garde et je ramènerai Dame Guenièvre !

– Non ! Un bataillon sur ces terres où chaque rocher cache une horde de mercenaires entraînés, ce serait lui offrir joyeux amuse-bouche. Non, Patrice, levez la troupe, une armée, et partez !

– Qu'il soit fait selon vos vœux, Sire !

Arthur croisa le sombre regard bleu d'Agravain.

– Il ne lui fera pas de mal, Sire. Elle a trop de poids, vivante, pour qu'il attente à sa vie. Il la retient sans doute pour obtenir enfin par peur et par ruse ce qu'il n'a pu conquérir par force.

Arthur mordait son pouce au sang, les yeux fixés sur le dallage de pierre.

– C'est bien ce que je crains, Agravain... C'est bien ce que je crains...

Agravain se tut tout à fait. Il n'y avait pas de mots pour soulager la douleur d'Arthur, chaude, folle et palpitante. Et le Haut-Roi connaissait la situation mieux qu'aucun de ses chevaliers et barons.

– Je donnerais ma vie pour elle, Agravain ! Mais il demande plus.

Arthur avait marmonné dans sa barbe et Agravain, au supplice, restait figé face à son Roi en grand tourment.

Arthur se sentait oppressé au milieu des pierres si blondes, si épaisses, si belles de son château, qui n'étaient pas parvenues à retenir sa Dame en leur sein. De ces centaines de paires d'yeux qui le regardaient en grande pitié, mais dont les possesseurs n'avaient pu arracher sa Dame des mains félonnes.

– Je veux connaître, d'heure en heure, la plus petite nouvelle des recherches, où que je me trouve !

Arthur marcha vers la lourde porte comme un nageur sort de l'eau, les jambes chancelantes et la respiration oppressée.

– Où pourrons-nous vous trouver, Sire ?

– Le jardin, le verger, les écuries ! Là où personne ne me cherchera du regard ou de la parole !

Dès qu'Arthur sortit de l'enceinte de la cour, il respira mieux. Mais en place de colère, la peur enfla en lui, à le rendre fou. Le Roi regarda les étoiles qui illuminaient le ciel nocturne dont les fleurs emblématiques de Camelot avaient absorbé la teinte. « Peut-elle seulement contempler le ciel ?... Peut-elle contempler le ciel ? » Arthur murmurait, le cœur brisé d'angoisse. Il tenta d'apaiser les battements désordonnés qui lui déchiraient la poitrine. « Oui, certainement... Pourquoi l'aurait-il enlevée pour l'occire ? Cela n'a pas de sens. » Arthur inspira longuement en regardant le tapis étoilé et il n'était sûr que d'une chose : il mourait de peur pour elle. Son être, pour la première fois de sa vie, n'était qu'un amas de fragments d'argile qu'un souffle divin favorable ou contraire pouvait réunir ou éparpiller aux quatre vents.

Arthur marcha jusqu'aux écuries. Personne. Les éclaireurs étaient déjà en route et la garde montée était logée dans un autre bâtiment. Ses yeux glissèrent sur le marbre blanc de la fontaine faiblement éclairée par un croissant de lune. Un flux tourmenté lui traversa la poitrine. Il caressa la pierre de la main. Cette main qu'elle avait effleurée, son doigt tendre courant sur la cicatrice, rappel charnel de leur première rencontre. Cette main qu'elle avait baisée de sa bouche chaude. Les yeux emperlés de larmes de courroux et de honte de Guenièvre… ses tendres aveux : « Je veux me marier avec vous, pour vous… » Elle, enfin, ivre d'allégresse, chevauchant son cadeau, cette pouliche rétive d'une blancheur argentée… Clair de Lune… Arthur s'approcha de la stalle. La jument le sentit arriver et passa sa longue tête inquiète par la porte, le flaira, lui donna quelques coups nerveux de naseaux. Et si Guenièvre ne remontait jamais plus sur le dos de cette beauté farouche ? Jamais… Jamais… Arthur tentait désespérément de faire refluer les noires pensées qui le submergeaient. Dans la stalle voisine, un autre cheval, un étalon aussi noir que Clair de Lune était blanche, éclaboussait la nuit de sa robe lustrée. Lui aussi vint interroger le Roi de ses grands yeux luisants. Ses oreilles se tendirent et, mâchonnant un peu de paille, il agita sa lourde tête. La jument hennit doucement et l'étalon lui répondit sur le même ton. Arthur flatta le mufle de velours.

– Où est ton maître ? Nous avons besoin d'hommes de grand courage, cette nuit…

Des pas crissèrent sur les petits cailloux…

– Ne puis-je avoir de paix !

– Je suis désolé, Sire… J'étais venu voir Jupiter pour m'assurer que tout allait bien, que Lancelot était revenu. Il ne manque jamais de panser son étalon, ni de nettoyer sa stalle, mais il n'est pas rentré aujourd'hui… Il m'a juste dit en partant : « Je ne serai pas long. »

Arthur se contrôlait avec peine, pourtant Pierre avait autant sinon davantage que lui le droit de rester aux écuries aux côtés des chevaux.

– Non… Restez…

Pierre retourna à la stalle de Jupiter, donnant à l'étalon une nouvelle ration de picotin. Après un moment passé dans l'obscurité tiède de l'écurie, il osa aborder Arthur, timidement :

– Nous sommes tellement honteux et angoissés de ce qui arrive à Dame Guenièvre ! Que Dieu nous écoute et la fasse revenir à Camelot saine et sauve !

Arthur remercia le brave écuyer d'un mouvement de tête et s'éloigna des écuries. Parvenu à la fontaine, il revint sur ses pas et, regardant à nouveau l'étalon magnifique au poil lustré :

– Savez-vous où Lancelot a pu aller ?

– Non, Sire, il m'a juste dit qu'il voulait être seul…

Un fin sourire étira la bouche d'Arthur. Ainsi, il était plus simple à un vagabond, à un cavalier errant, à un étranger à Camelot de trouver un peu de solitude qu'au Haut-Roi…

Pierre regardait le Roi dans la pénombre et hésitait à parler plus avant, le souffle suspendu…

– Qu'est-ce qu'il y a, Pierre ?

– Oh, sûrement rien, Sire, mais quand Dame Guenièvre a été emmenée, une rumeur a couru… On a dit qu'un homme a plongé des remparts pour tenter de bloquer le bateau. Personne depuis ne l'a vu. Vraiment, je ne sais pas si toute cette histoire est vérité ou conte… Je me demandais seulement si l'homme pouvait être Lancelot ?

Pierre flattait les naseaux de Jupiter qui hochait sa tête brillante.

– Il n'est jamais en retard pour panser Jupiter… Ça, jamais…

Le cœur chagriné d'Arthur battait à tout rompre…

– Et si c'était vrai ? Si c'était lui… Lancelot ?

– Tout est possible de la part d'un homme qui a vaincu le Gantelet. S'il ne rentre pas, c'est sûrement qu'il est déjà sur la trace de Dame Guenièvre…

– Il y a trop d'imprudence à prendre pour vérité les souhaits et les rumeurs du pays…

– C'est pour cela que j'ai hésité à vous parler de tout cela, Sire…

Arthur serra fraternellement l'épaule du jeune écuyer.

– J'ai été bien rapide à vous interroger… Je suis plus accoutumé à vivre dans le danger que le désespoir au cœur…

L'éclat froid et métallique des étoiles entourant une lune fine et tremblante comme un sourire crispé éclairait faiblement l'équipage qui cheminait vers Gorre. Pour conserver le train vif qui leur permettrait d'échapper à toute poursuite, ils allumèrent des torches. Par-delà l'épaisse forêt, ils avançaient, serrant de près leur proie. Les mains de la captive avaient été liées fermement par de rudes cordes de chanvre que ses cheveux dénoués venaient caresser. Elle gardait l'échine roide, le col haut, les sources de ses larmes demeuraient closes. La seule chose qu'elle acceptait de donner à ses ravisseurs était son regard dur qui voulait repousser la peur, repousser l'abattement et l'angoisse. La troupe l'encerclait, rendant toute tentative d'évasion impossible. Les chevaux des marauds touchaient, flanc à flanc, le destrier qui l'emmenait et dont un des gardes tenait le mors. Elle était à leur entière merci, mais ne leur livrerait rien de plus que sa muette et hautaine présence.

Les heures succédaient aux heures… La horde arriva près d'un croisement. La route se divisait en trois sentes. Le rythme se ralentit. Guenièvre goûtait dans toute sa chair ce répit. Elle était épuisée et ses nerfs à vif rendaient la chevauchée encore plus âpre et douloureuse. Les liens qui l'empêchaient de se tenir aux rênes ou au pommeau lui déchiraient les poignets, pendant que ses cuisses, tentant par leur seule force de la maintenir en selle, se crispaient et s'échauffaient vivement sous sa robe légère. Le Capitaine Ralf lança un ordre bref et aussitôt la troupe se divisa en trois groupes.

– Un groupe dans chaque voie !

Ralf regardait la captive avec un sourire cynique.

– Juste au cas où quelqu'un nous suivrait…

Elle répondit à son sourire par un regard glacé. Ralf ricana, engagea son étalon dans la sente qu'il avait choisie et tira durement le destrier de Guenièvre. Le trot lui meurtrit à nouveau l'échine et à nouveau le cuir de la selle mordit sa chair à vif. Sa bouche laissa échapper un cri de douleur qu'elle réprima aussitôt, se mordant les lèvres au sang. Si quelqu'un était parvenu sur ses traces, c'était le moment ou jamais d'indiquer à son sauveur la voie à suivre. Les cordes lui brûlant les poignets, elle leva les mains et les porta au col ouvragé de sa fine robe de lin. Son vêtement déjà malmené, froissé et tout entamé par endroits lors de sa lutte dans le bateau, perdait un fragment de broderie. Elle parvint à le saisir et, le tirant, le détacha de son col, puis le laissa glisser entre ses doigts. Il s'envola dans les courants de la nuit et alla, poussé par le vent, se ficher dans un sombre buisson aux confins des trois sentes. Guenièvre, qui ignorait où le morceau de broderie s'en était allé, continuait d'attaquer sa robe, en détachant des bandelettes et les laissant aller au vent comme Ariane son fil dans le labyrinthe.

Le terrain changeait. La forêt disparaissait et la lande, la terrible lande de Gorre, s'étendait, battue de vents tourbillonnants, semée d'énormes rochers noirs. Guenièvre espérait que la quête de Méléagant n'était que recherche d'un peu de douceur pour contrebalancer un âpre héritage. Elle se désespérait de ne plus avoir son mantel qui l'aurait protégée des vents et qu'elle aurait pu déchirer sur son chemin, mais l'habit était tombé de ses épaules pendant sa capture sur le bateau.

Ses ravisseurs la poussaient vers un haut plateau où apparaissait, dans la lueur blafarde de la lune, une forteresse massive, sans aucune grâce. La peur la tenaillait, mais elle refusait de s'y soumettre, préférant engranger dans son esprit encore alerte tous les détails concernant sa prison.

Les abords de la forteresse étaient vierges d'hommes. Le noir château n'était donc pas gardé ? Alors qu'ils avançaient dans le sifflement du vent, des cliquetis, des souffles montèrent dans la brise tourbillonnante. Guenièvre aiguisa son regard et découvrit dans les anfractuosités d'un rocher un garde en armes. Ses prunelles apprirent à reconnaître chaque silhouette diffuse, chaque reflet, et ce furent deux, puis trois, puis quatre gardes qu'elle distingua dans l'ombre des rocs, camouflés par de bas buissons. C'était sûrement à cela que ressemblait l'entrée des Enfers. L'équipage s'arrêta et Ralf poussa Guenièvre à bas de sa pouliche. Elle releva la tête, rejeta ses cheveux en arrière d'un geste fier, mais son cœur était transi d'effroi.

Le Capitaine Ralf était tendu. Il serrait convulsivement le pommeau de son épée et les mâchoires. Solidement escorté, il poussa Guenièvre derrière une froide cascade qui masquait de son rideau l'entrée d'un tunnel. La traversée du Styx commençait… Creusé dans la roche, le couloir de pierre, illuminé de sinistres torches de pin fichées dans des anneaux de fer suintait d'humidité. La pente s'accentuait encore et encore, et Guenièvre se sentait descendre dans la gorge d'un dragon énorme qui allait la déglutir, la digérer à jamais. Le tunnel s'acheva dans une énorme chambre souterraine, vivement éclairée de torches de poix, de brasiers. Guenièvre regardait les murs bruts sans tapisseries pour en réchauffer la rudesse, les meubles rudimentaires : coffres mal dégrossis, sièges de guerre, râteliers d'armes… Rien ne venait réjouir l'âme, adoucir la peine. Tout était utilitaire, brutal, travaillé dans la masse froide et sinistre de Gorre, à l'image de l'âme froide, impitoyable et moite de rancœur de Méléagant. Le silence de caveau oppressait les gardes comme il oppressait le Capitaine Ralf et sa captive. Tous attendaient. Attendaient la venue du maître de leurs destins.

Dans la pénombre grise, une ombre noire se précisa, enfla à obscurcir la horde figée. Une torche lança des ombres maléfiques sur l'épaisse cotte de cuir et les protections de fer d'un homme de haute taille, au regard aussi noir que sa mise.

– Bienvenue dans mon palais, ma Dame !

Sa voix était adoucie par le miel étouffant de la vilenie. Son visage se dégageait maintenant, dans les reflets infernaux des brasiers. Guenièvre se raffermit. L'heure n'était pas à la panique, aux larmes inutiles, à l'effroi qui fait claquer des dents. Elle serra les mâchoires avec force.

Le regard de faucon glissa sur son cou, caressa du feu de son trait le col déchiré. Le geste suivit son regard et Guenièvre vit la main de Méléagant approcher de sa nuque. Cette main étonnante, d'une finesse virile parfaite, magnifique, rendit plus oppressante encore la présence charnelle du Prince de Gorre. Le cœur de Guenièvre se convulsa, en proie à une terreur mêlée d'étonnement. Les longs doigts se saisirent du col déchiré de la robe.

– Qu'est-ce ? Votre robe est entamée, ma Dame… Ralf !

– Mon Prince ?

– J'avais donné ordre qu'elle ne soit pas touchée !

– Mon Prince, elle ne le fut pas…

Un coup de poing percuta la face du Capitaine Ralf, qui s'écroula sur le sol de terre battue.

Pétrifiée par la violence du coup, Guenièvre écarquillait les yeux. Méléagant se tourna vers elle, un sourire étincelant relevant les coins lourds de sa bouche vile.

– Votre robe est endommagée, ma Dame… Et cependant vous restez une Reine.

Une nouvelle fois, ses doigts furetèrent à hauteur du col, cherchant l'endroit où la broderie manquante reprenait, sur le lin malmené. Ses deux mains tâtonnèrent doucement, avec des gestes féminins, puis, d'un coup bref, impétueux, précis, il déchira en deux la cotte ouvragée de Guenièvre. Un cri de surprise jaillit de ses lèvres, qui résonna en écho sur les murs. Elle se reprit, pâle et chancelante, serrant les dents. Son fin bliaut ne dissimulait rien de sa souple sveltesse, du dessin de sa poitrine où les regards chargés de désir de Méléagant se posaient avec une rage contenue. Il claqua dans ses doigts :

– Ralf !

– Mon Prince ?

Le Capitaine Ralf se relevait à grand-peine de l'étourdissement du coup porté à sa face. Son nez cassé pissait un sang noir.

Méléagant se tourna vers Guenièvre, un franc sourire aux lèvres.

– Avez-vous vu cela ?

– Oui, mon Prince.

Le Capitaine Ralf répliquait n'importe quoi, en vassal soumis.

– Voilà ce qu'Arthur ne peut pas comprendre. Les hommes n'ont que faire de la fraternité, ils veulent un maître !

– Vous êtes fou !

– C'est Arthur qui est ivre de déraison, ma Dame, pas moi.

Ses belles mains viles se rejoignirent en un claquement sonore et la troupe, nombreuse et parfaitement ordonnée, approcha du centre de la pièce, les armures graissées de frais luisant dans les lueurs des brasiers.

– Moi, je commande. Arthur n'a aucun pouvoir de ce genre !

Le ton de sa voix s'amplifiait, basse profonde résonnant contre les murs de la pièce. Il s'imprégnait de sa sonorité, la faisait sourdre et grimper pour impressionner, pour s'impressionner lui-même…

– Je pense que, vu les circonstances, la jeune Dame peut être déliée !

Méléagant se saisit de sa dague.

– Si elle le désire, bien entendu…

Méléagant laissa sa lame contre le nez de Guenièvre et ne bougea pas d'un pouce, attendant que la captive fasse allégeance en y frottant ses cordes. Guenièvre ne voulait pas s'abaisser à le faire sourire en hissant ses pauvres poignets. Elle réalisa en outre que, placée comme elle l'était, la dague lui entaillerait profondément le nez si elle tentait de se libérer de ses liens à son fil tranchant. Toisant son ennemi du regard, elle se recula, haussa ses mains de l'autre côté et, faisant pivoter la lame, se défit en quelques secondes de ses cordes, qui glissèrent sur le sol comme une poignée de serpents morts.

Les sourcils de Méléagant se haussèrent de dépit. Guenièvre, malgré ses bravades de soldat, l'impressionnait. Les autres femmes se seraient jetées à ses pieds en implorant merci dès leur arrivée. Elle, non.

– Venez ! Je ne veux pas vous laisser ici alors qu'il y a encore tant de choses à voir…

Guenièvre en avait assez vu pour être remplie de désespoir, mais le choix ne lui appartenait pas. Méléagant la poussa devant lui et elle dut à nouveau descendre un escalier de marches glissantes. Le tunnel continuait dans le tréfonds de la terre et de ses murs dégouttait une eau malsaine. Méléagant commanda à deux gardes d'illuminer davantage le boyau. La poix fumante empuantissait l'atmosphère déjà âcre. Il manda deux autres gardes pour les suivre.

– Juste une précaution…

Il rit et l'éclat de sa voix vint heurter de ses notes lugubres les murs pourris.

– Bien que je doute que quiconque nous suive jamais jusque-là !

Guenièvre ne disait rien, se contentant de maintenir son esprit en éveil, comme une petite bougie dans une nuit de tempête. Elle fixait ses regards sur la seule source de chaleur et de justice : la flamme des torches, symbole de ce que Dieu avait donné à l'homme : le feu de la vie. Méléagant parlait de son fief. Il raconta à Guenièvre que la forteresse était le cœur du pays de Gorre.

– Les anciens disaient que c'était le plus grand château jamais construit. Maintenant, ma Dame, regardez ! L'herbe pousse là où les rois festoyaient, et les vilains ont dépecé les murs pierre à pierre pour en faire des abris pour leurs cochons… Tout est vanité !

Guenièvre fixait toujours le feu de la torche, se demandant comment des hommes pouvaient vivre ici, dans ce dénuement sinistre, total... Certainement, ce n'était pas par plaisir qu'ils servaient. Méléagant devait bien payer la troupe et la punir sévèrement. L'argent et la peur dominaient seuls les esprits de ces marauds... Et l'espoir de faire le sac de contrées riantes ou prestigieuses comme Léonesse ou Camelot et de se vautrer un jour dans le stupre et la volupté. Elle releva ses yeux fatigués d'avoir trop contemplé la flamme et les planta dans les pupilles noires de son ravisseur :

– Qu'allez-vous faire de moi ?

– Vous garder jusqu'à ce qu'Arthur devienne plus... raisonnable.

– Je ne troquerai pas Léonesse contre ma vie ! Je préfère mourir ! Arthur sait bien cela !

Méléagant se moquait de ses yeux noisette lançant des éclairs, de toute cette jeune fougue stupide...

– Se sacrifier est vraiment très facile... C'est sacrifier quelqu'un que vous aimez plus que tout au monde qui fait vaciller votre résistance... Je pense que vous savez qu'Arthur soupèse déjà les mérites d'un compromis...

– Jamais ! Son âme royale est bien trop élevée pour penser comme vous !

– Et c'est aussi un homme sur le déclin qui tient à portée de main la promesse d'un grand bonheur... si tardif...

– Et dix fois l'homme que vous ne serez jamais !

Le sourire s'éteignit sur la face de Méléagant, comme une bougie subitement mouchée.

– Je commande à son esprit, Dame Guenièvre, que cet esprit soit fou, délirant de vanité ou confit en désespoir !

Le tunnel déboucha à nouveau sur une pièce souterraine, encore plus vaste que la première. Malgré les torches, Guenièvre ne put en voir le plafond et les murs ; les lueurs n'atteignaient aucune limite et leurs propres respirations s'amplifiaient à l'infini dans cette gigantesque chambre d'échos. Guenièvre songea que, si elle criait, sa voix hurlerait à l'infini, à la rendre folle. À part le son obsédant des gouttes d'eau s'échappant des stalactites, un son plus angoissant entrait dans les oreilles frémissantes de Guenièvre. La plainte d'un homme gémissant de douleur et de désespoir. Cherchant d'où pouvaient provenir les râles, les regards anxieux de la captive aperçurent, profondément insérés dans la roche, une énorme roue et un treuil gigantesque. Devançant ses inquiétudes, un des soldats ficha sa torche de résine dans le mur et actionna l'appareil. La chaîne massive, ruisselante de graisse à l'odeur sure, grinça péniblement dans ses rouages. Le travail était dur et la sueur du maraud dégageait dans la pièce ses effluves nauséabonds. Quelque chose s'ouvrit. Méléagant pinça la chair du bras délicat de Guenièvre et la poussa en avant dans l'abîme qui venait de s'ouvrir à ses pieds. Elle haletait, transie d'effroi au bord du précipice. Si ses sens ne l'abusaient pas, l'horrible plainte provenait des profondeurs de ces enfers moites et sombres. Écoutant mieux, elle perçut de pauvres sanglots. Contre sa volonté, elle chancela.

Le sourire était revenu sur la face du félon.

– On appelle cela une « oubliette », une expression du royaume de France qui signifie quelque chose comme « lieu d'oubli éternel »…

Méléagant se saisit d'une torche et, lentement, dirigea sa lueur vers les profondeurs de l'oubliette, jusqu'à son tréfonds, où gisait une masse irrégulière. Sur le sol, des corps qui avaient été humains, certains à l'état d'os d'un blanc immaculé ou jaunis par l'humidité. D'autres, sortes d'outres gonflées à la chair putréfiée, exhalaient des vapeurs morbides sous les pattes de rats énormes, dont les yeux rouges luisaient effrontément dans la lueur de la torche. L'unique survivant dont Guenièvre avait entendu les gémissements déchirants tendit les bras, et sa bouche pourrie se mit à sourire. Le pauvre bougre était devenu fou et Guenièvre, si cela continuait, allait perdre à son tour la raison. La torche éclairait maintenant la longue chaussée de bois qui courait le long du mur taillé dans la roche. Elle aussi luisait d'humidité et d'énormes clous rouillés maintenaient les planches de chêne épaisses qui la constituaient. Méléagant se saisit d'une nouvelle torche tenue par un de ses gardes et poussa Guenièvre vers le pont.

– Ce chemin, si ma Dame veut bien se donner la peine d'avancer…

Sa voix était redevenue mielleuse, sournoise. Guenièvre avançait comme le mouton sacrificiel vers ce destin fait de peur, d'obscurité, d'affreuse angoisse. La passerelle étroite glissait dangereusement et elle n'avait rien ni personne à qui se raccrocher pour ne pas tomber.

– Faites attention ! Quelle pitié ce serait si vous tombiez, ma Dame !

– Je n'en dirais pas autant de vous…

Elle entendit à nouveau son petit ricanement sardonique. La chaussée de bois conduisait à un cirque taillé dans la pierre à dix pieds de profondeur. Les murs nus, aveugles, exsudaient la terrible humidité mortifère de Gorre. Elle se retourna, mais Méléagant n'avait pas posé le pied dans cette chambre à l'infernal dénuement et était resté sur le pont. Il n'avait plus qu'à donner le signal au soldat de relever la passerelle. L'affreux grincement se fit à nouveau entendre et la trappe se ferma lentement. Il semblait à Guenièvre qu'on l'enroulait dans un suaire humide et que la pierre du tombeau se scellait sur elle.

– Vos quartiers, ma Dame ! Pas de barreaux, pas de verrous, pas de porte… Juste des murs et l'air du temps !

Il suivit la chaussée circulaire, retraversa l'abîme vers l'autre entrée du tunnel. Sous ses pieds, une dernière fois éclairé par la torche, le dernier prisonnier gémissait toujours.

– Je suis vraiment désolé pour le bruit, mais il va se tenir tout à fait tranquille d'ici un à deux jours…

– Sa compagnie me coûte moins que la vôtre !

Elle gardait la tête haute, refusant au plus poignant moment d'angoisse de sa vie de lui montrer son désespoir. Écoutant les derniers pas humains et honnis de Méléagant de Gorre, Guenièvre resta seule, bercée par les cris et les plaintes déchirants du dernier survivant des oubliettes…

12

Lancelot n'avait pas de torches de résine. Il ne possédait aucune expérience en matière de quête d'une dame et de ses ravisseurs, mais il était doté de l'instinct du chasseur et aguerri par plus de quinze années d'errance sur toutes les routes des royaumes environnants. Le cheval hongre en provenance des écuries de Gorre, dont il s'était emparé, semblait avoir de bonnes aptitudes à retrouver la paille divine de sa stalle. Lancelot comptait sur l'instinct casanier de la bête pour l'emmener au repaire des marauds. Il lui apprit en cheminant les rudiments de son vocabulaire si spécial et efficace avec la gent équine. La brave monture comprenait les petits sifflements de Lancelot et le montrait en agitant ses oreilles comme le faisait Jupiter. Certes, l'animal n'avait ni l'intelligence ni la fougue de l'étalon noir, mais une placidité de bon aloi. Lancelot chevauchait à vive allure, prêtant une oreille attentive aux bruits de ses poursuivants, l'autre dardée vers la troupe des marauds qui se trouvait quelque part devant lui. Un petit sifflement de dépit sortit de ses lèvres. Il était parvenu à la fourche et ne savait quel chemin prendre. Le chemin de droite l'attirait, sans qu'il sache bien pourquoi. Après tout, les brigands n'avaient peut-être pas tous emprunté la même voie. À y regarder de près, les trois sentes avaient été fraîchement piétinées sans autre forme d'indication.

Lancelot habitua son regard à l'obscurité, fixant comme le chat la pénombre, jusqu'à ce que les détails lui apparaissent. L'aube ne surviendrait pas avant une couple d'heures. Aller vers l'est ? Il en était à ces interrogations lorsque le brave hongre plongea vers le sol pour paître. Lancelot glissa un peu de sa selle et un petit objet clair qui flottait dans les buissons de la route de gauche attira ses regards. Une fleur ? Mais une fleur solitaire à l'orée d'un épais sous-bois ? Lancelot avança, mit pied à terre et s'approcha de cette étrange tache pâle dans la nuit. Ses doigts sentirent plus que ses yeux ne virent la trame fine d'une étoffe où couraient de délicates broderies. « Bien joué ! » Il parlait à Guenièvre, d'esprit toujours si fin malgré sa capture, et ce petit morceau d'étoffe était plus grand que le plus beau trophée de champion. Il froissa encore et encore le fragment entre ses doigts et le glissa dans un repli de sa cotte. Son âme conquérante était revenue et un flot de sang bouillonnant lui courait dans les veines, l'exhortant au courage, au dépassement de toutes ses limites pour quérir l'aventure qui s'offrait… jusqu'à la victoire, jusqu'à la mort. Le cheval hongre plongeait et replongeait le col vers la pâture, et Lancelot dut l'éperonner fermement pour qu'il se décide à partir en un trot vaillant sur la voie des ravisseurs. À moins d'un mille, Lancelot trouva un nouveau morceau d'étoffe déchirée puis, au hasard des branches basses, de nouveaux fils ainsi que quelques longs cheveux de Guenièvre flottaient au vent. Il en vit, dans l'obscurité, à peine éclairé par la lune pâlotte, le brun chaud aux reflets dorés. Lancelot traversa la forêt, sûr d'être désormais sur la bonne voie. La nuit laissait place à une aurore d'été, le ciel mauve s'éclaircissant progressivement en jaune paille et rose tendre, dans la fraîcheur perlée de rosée. Des nuages rouges passèrent, augurant une pluie matinale. Les arbres se raréfièrent et disparurent entièrement. Il fit une halte. Son cheval était fatigué. Il le conduisit vers les rudes collines de Gorre, recouvertes d'une herbe verte mais rare. Devant ses yeux, une vaste lande s'étirait au loin. Elle était parsemée de rocs noirs, inamicaux, qui s'élançaient en d'austères promontoires au-dessus d'une mer verte et déchaînée. Sur le versant d'un vaste plateau arasé de toutes parts, un château en ruine, construit avec les pierres sombres et brutes du pays, faisait saillir sa silhouette branlante, noiraude et irrégulière dans le pur matin. L'image d'une dent pourrie attendant d'être arrachée s'imposa à l'esprit de Lancelot. Il descendit de cheval et engagea sa monture d'emprunt à paître pendant qu'il observait les lieux. Le soleil allait faire jaillir sa blondeur d'un moment à l'autre derrière ces âpres rochers, rendant sa quête plus facile. Aucun bruit. Lancelot était seul face à la silhouette lourde du château démantelé, oublié. Nul garde. Uniquement le sifflement du vent enlaçant les rocs dressés vers le ciel menaçant. Uniquement le ressac de la mer fracassant la paroi de ce plateau stérile. Pourtant Lancelot savait qu'il était observé. Il approcha ses mains en cornet autour de sa bouche et lança d'une voix ferme :

– Vous pouvez venir ! Je suis désarmé et seul !

Pendant un moment, il n'eut pas d'autre réponse que le souffle du vent autour des pierres levées et le ressac mugissant sur les rochers. Mais Lancelot savait qu'il ne s'était pas trompé. Il sourit vaillamment, par malice, malgré la situation alarmante, lorsqu'il vit paraître le premier garde se dégageant d'une anfractuosité de la roche, son arbalète pointée vers la poitrine de l'étranger. D'autres émergèrent du paysage dévasté comme de mauvais génies, tous identiques avec leur chevelure de guerrier rasée sur la nuque, leurs armures de cuir noir garnies d'arbalètes et de dagues soigneusement aiguisées. Lancelot les laissa approcher calmement, ne montrant aucune forme d'émotion. C'était l'attitude dont Méléagant usait avec eux, une forme de domination qu'il comprenait.

– Maintenant, conduisez-moi au Prince Méléagant.

– Que voulez-vous ?

Le premier garde avait parlé, l'arbalète prête à ficher son trait dans la poitrine de l'étranger.

– Ce n'est pas à vous de le savoir ! Cela concerne le Prince, et personne d'autre. Je pense qu'il pourrait vous arriver de bien terribles choses si vous ne me mandiez auprès de lui.

L'homme ébahi ne savait que faire. Il gardait l'arbalète dardée, les doigts crispés. Lancelot restait aussi impassible que les rocs alentour.

– Par là !

L'homme, tenant toujours son arbalète pointée dans les reins de Lancelot, le fit glisser derrière le rideau de la cascade et entrer dans la bouche sombre de la forteresse.

Méléagant était assis à une table, auprès d'un feu de tourbe, se sustentant d'agneau froid, de pain et de vin lorsque Lancelot parvint dans la première pièce.

Méléagant arrêta immédiatement de mâcher et regarda le cavalier errant que son garde amenait dans la gueule de son repaire. Le pourpoint de l'étranger était usé jusqu'à la trame, sa cotte marron et ses chausses de cuir avaient connu des jours meilleurs. Tout laissait accroire qu'il avait passé une nuit de débauche dans la fange et avait galopé depuis lors…

– Qui êtes-vous ?

Et il continua de manger, prouvant que cette visite ne suscitait en lui ni étonnement ni angoisse.

– Un messager du Haut-Roi.

Lancelot profitait de chaque clignement de paupières de Méléagant pour mémoriser chaque détail des lieux.

– Vous avez fait vite.

– Il le faut bien… quand le diable conduit le train !

Les prunelles noires de Méléagant scintillèrent dans le rougeoiement du feu.

– Il est arrivé seul ?

– Oui, mon Prince. Nous avons tout surveillé et il est désarmé.

Méléagant passa sa langue sur ses lèvres, lentement.

– Quel est votre message ?

– En premier lieu, je dois m'assurer que Dame Guenièvre est sauve.

– Elle est sauve, vous avez ma parole.

Lancelot se retint de dire qu'en matière de parole, il aurait préféré croire celle d'un serpent.

– Je dois la voir de mes propres yeux.

– Ma parole n'est pas assez bonne pour vous ?

La voix de Méléagant s'était soudain adoucie et le garde se crispa dans l'attente de l'orage du maître.

– Je suis un homme simple, je ne me sers pas de mots. Ce que je ne peux pas manger, ce que je ne peux boire ou monter n'existe pas pour moi.

– Personne ne m'a jamais tenu ce genre de discours !

Sa jugulaire enflait et battait affreusement.

Il claqua des doigts et aussitôt un autre garde sortit de l'ombre.

– Tranchez-lui la gorge !

À peine la sentence avait-elle franchi les lèvres de Méléagant que le soldat avait saisi Lancelot aux cheveux, le forçant à rejeter la tête en arrière. D'un tour de poignet, l'homme se saisit d'une longue dague de chasse et l'approcha de la gorge de l'audacieux messager – la place la plus sûre, dont il avait parlé un jour avec Arthur… Lancelot sentit la brûlure froide de la lame. Désarmé, il plongea ses yeux effrayés dans les eaux noires du regard de Méléagant.

Le garde, un homme soumis et empli de crainte de son maître, attendait l'ultime confirmation pour exécuter sa besogne. Il était plus prudent de ne jamais faire tout de suite ce que voulait un maître si sombre et d'humeur si changeante.

– C'est bon… Laissez-le ! Puisque ce cavalier doit me donner le message d'Arthur, j'aimerais assez l'entendre avant de l'expédier en enfer !

Le garde envoya d'une bourrade Lancelot devant la table où Méléagant n'avait pas fini de manger et rengaina son arme.

Le Prince de Gorre agita la main :

– Approchez, fou que vous êtes, et allez donc voir par vous-même où elle se trouve !

Méléagant pointa son doigt graisseux vers deux soldats rencognés dans l'obscurité :

– Emmenez-le au trou, et ramenez-le-moi ! Cela me donnera une chance de terminer mon repas en paix !

Il découpa un gros morceau d'agneau et l'enfourna sans lever les yeux.

Les gardes poussèrent le messager dans le sombre passage. Lancelot ne reliait le mot « trou » à rien.

Méléagant marmonna, reprenant un peu de cervoise : « Ce que je ne peux pas manger, ce que je ne peux boire ou monter… Pff… »

Le premier soldat prit une torche et passa devant. L'autre, gardant l'étranger en joue avec son arbalète, fermait la marche. Le tunnel qu'ils empruntaient était sombre et profond. Leurs pas y résonnaient lourdement en écho, et les flammes ne pouvaient éclairer que des murs et encore des murs, taillés sommairement et ruisselant d'humidité. Lancelot apprenait les lieux pied à pied. Il nota que le noir tunnel était coupé par une seconde passe, et vit dans le reflet des torches le rideau de la cascade scintiller dans la nuit souterraine. Un véritable labyrinthe… dont il fallait trouver le centre et le commencement…

Derrière lui, le garde respirait bruyamment, le trait fiché dans l'encoche de l'arbalète, prêt à tirer au moindre mouvement suspect. Le premier soldat prit un coude et soudain s'arrêta. L'air entrait à flots dans l'espace immense du lieu ; ce n'était pas l'air sain et marin de la lande, mais un vent pourri de relents de chair fétide. Le premier garde abaissa sa torche vers l'abîme qui s'ouvrait à leurs pieds. Le second précisa :

– L'oubliette du Prince Méléagant. Il ne supporte pas les fous bien longtemps !

– Je ne suis pas un fou.

La bouche de Lancelot avait proféré cette phrase malgré lui, tant il était soudain surpris, ému par une vision semblant sortie d'un autre monde. Là, de l'autre côté du trou... Elle... lumineuse dans la blanche lumière du matin, ses longs cheveux brun-fauve ruisselant sur ses hanches. Elle, seulement vêtue de son bliaut de fine étoffe. L'or pâle de la lumière du jour naissant, la cotte de lin qui la revêtait amplifiaient la pâleur mortelle de ses joues et Lancelot se sentit submergé par l'émotion. Un sentiment où se mêlaient une extrême tendresse et la plus violente des fureurs. Si Méléagant avait été à son côté, il l'aurait empoigné, brisé et jeté dans ses propres enfers !

Au son des voix approchant de son tombeau, Guenièvre avait tourné la tête et l'avait relevée au-delà de l'abîme jusqu'au regard de Lancelot. Ses yeux s'ouvrirent immensément, sa bouche également, et Lancelot crut qu'un cri de désespoir, qu'une supplique allaient jaillir de sa gorge, mais elle se retint. Un frisson la fit tressaillir et elle entoura son frêle torse de ses bras enlacés.

– Vous l'avez vue ?

– Je l'ai vue.

– C'était ce que vous vouliez et ce que le Prince Méléagant nous a ordonné de vous montrer. Maintenant, nous retournons vers lui.

– Non. Je veux d'abord me rendre compte de sa santé et je veux entendre de sa bouche qu'elle va bien. Tout me porte à croire que quelque chose ne va pas. Et pourquoi ne porte-t-elle que son bliaut ? N'a-t-elle pas une cotte, un mantel décent pour se protéger du froid et dormir ?

– Vous allez revenir avec nous à l'instant !

– Non !

Le second garde pointa son arbalète sur la gorge de Lancelot.

– Vous l'avez entendu : avancez !

– C'est cela… Tirez donc !

L'homme hésitait. Ses yeux cherchaient l'avis de son compagnon d'armes.

– Avez-vous des ordres pour me tuer ? Je ne crois pas. Je pense que votre illustre Prince ne serait pas d'avis que vous me rameniez à lui un trait d'arbalète en travers de la gorge, qui m'empêcherait à jamais de lui délivrer mon message !

Le premier garde abaissa son épée.

– Tiens-le, Jos. Ramenons-le et voyons ce qu'en pense le Prince !

Le second garde détacha ses doigts de son arme et s'apprêta à enserrer le cou de Lancelot. Lancelot tressaillit et s'esquiva comme un serpent. Il lança son poing rageur contre le premier maraud qui leva son épée très haut avant de la relâcher d'un mouvement incontrôlé. Avant que le garde n'ait eu le temps de comprendre ce qui lui arrivait, il lui assenait un nouveau coup de toutes ses forces. Une expression de profonde stupeur se peignit sur la face de l'homme et il s'écroula aux pieds de Lancelot.

Un trait d'arbalète siffla aux oreilles de celui-ci. La flèche rebondit sur le mur et retomba sur le sol de pierre. Le second garde allait remettre un trait dans l'encoche, mais Lancelot fondit sur lui. Il lâcha l'arbalète et dégaina son épée. Lancelot se saisit de la torche et la fit virevolter adroitement sous les yeux du maraud. Il recula pour se protéger. Lancelot se saisit de son poignet qu'il tordit et le poussa. Le trou l'aspira. Il y eut un cri alors qu'il descendait dans les entrailles de la terre, puis un choc dur. Un cri d'agonie et… le silence.

La respiration haletante, Lancelot vérifia si le garde était bien mort. Il ne voulait pas qu'une main félonne l'étrangle tout à coup et le projette à son tour dans l'abîme. Il rattrapa la torche et se précipita vers Guenièvre. Son regard, tout à l'heure, l'avait terrorisé et empli dans le même temps d'un courage, d'une force inouïs.

– Allez vers votre droite ! Il y a un anneau dans le mur, tournez-le !

Lancelot s'en empara et actionna le treuil précipitamment. Il n'y avait pas un instant à perdre. Méléagant allait se douter de quelque chose et donner des ordres. Des bruits provenant du grand hall leur parvinrent. Le branle-bas de combat avait commencé. Les hommes de Méléagant allaient leur courir sus et sûrement aussi le Prince lui-même.

Quand l'extrémité de la passerelle arriva tout près des bras étendus de Guenièvre, elle s'y agrippa, tentant de la guider vers la base de la plate-forme. Pendant qu'elle déployait toutes ses forces dans cette tâche, une patrouille de soldats déboucha du tunnel, les épées menaçantes. Dans la maigre lumière, ils mirent quelques secondes à comprendre la situation, et quelques secondes étaient ce qu'il fallait à Lancelot. « Tenez bon ! », c'est tout ce qu'il put dire à Guenièvre avant que les gardes ne chargent le long de la glissière dans leur direction. Lancelot abandonna le treuil et, prenant la passerelle à pleines mains il la projeta de toutes ses forces. Elle tourna sur ses chaînes, tournoya dans l'air sombre dans un terrible grincement et se fracassa sur la troupe qui fonçait sur eux. Il n'y avait aucun moyen de se retenir aux planches glissantes et le bruit des cris et des corps s'écrasant dans le trou infernal résonna longtemps dans la chambre. Dans le même temps, la rotation du treuil avait hissé Guenièvre sur le rebord où se tenait Lancelot.

– Vous sentez-vous bien ?

L'heure n'était pas à la sollicitude, à la courtoisie de cour. Non, Lancelot voulait juste s'assurer des forces de la captive, et tout particulièrement si elle était capable de marcher.

Guenièvre était prête. Le temps de se saisir de la torche restée accrochée à la porte, Lancelot arrivait auprès d'elle. Ensemble, ils se précipitèrent hors du cirque infernal et, au-delà, dans le tunnel qui menait à la grande chambre de Méléagant.

– Il n'y a pas de voie libre par là ! Nous nous jetons dans sa gueule, les gardes sont partout !

– Qui vous dit que nous allons vers la chambre de Méléagant ? Voyez-vous ces passages ?

Lancelot avait pointé son doigt vers deux bouches plus sombres taillées dans le roc.

– Vous voyez, l'eau s'engouffre à flots par ici. Si l'eau peut passer, nous aussi !

Lancelot prit la main tremblante de Guenièvre et la guida dans le courant.

– Tout ce que nous avons à faire est de le suivre…

– Faut-il avoir une foi aveugle !

Guenièvre donnait à sa pauvre voix épuisée et effrayée le ton badin qu'affectionnait Lancelot. Il sourit dans l'obscurité mais sa voix tremblait aussi.

– Non ! C'est là notre bonne fortune !

Ils suivirent un moment le courant, cernés de pierre ruisselante. La voie se divisait en deux. Lancelot choisit celle où s'engouffrait l'eau. Elle devenait plus abondante maintenant, embrassant leurs pieds épuisés de blanche écume. Derrière eux, l'écho conduit par la courbe du tunnel leur renvoyait le bruit métallique des pas lourds des soldats de Méléagant en grande alarme et grande quête. Guenièvre laissa échapper un pauvre sanglot d'angoisse.

– Tout ira bien… Tout ira bien…

Lancelot n'était pas plus certain qu'elle-même de l'issue de l'aventure, mais il fallait garder courage, vaille que vaille. Il avait l'habitude de toujours s'en tirer, sinon de vaincre avec les honneurs ; cependant, le jeu dans lequel il avait entraîné la pauvre Reine de Léonesse était le plus cruel et douteux auquel il ait jamais joué. Le fracas des marauds à leur poursuite s'intensifiait, augmentant la certitude d'une séquestration éternelle pour Guenièvre et d'une mort immédiate pour Lancelot.

Ils passèrent un coude et débouchèrent dans une pièce circulaire totalement close qui s'étendait comme un âtre de cheminée dans la nuit sépulcrale. Lancelot élevait la torche, en balayant chaque recoin de ce tombeau. Leur tombeau. Il continua, le souffle court, désespérant de trouver une issue. Non, il n'y en avait pas. Les marauds allaient les occire dans quelques secondes. Il abaissa la torche. Au centre de la chambre, les dernières lueurs de la résine fumante éclairèrent un levier. C'était là l'instrument qui régulait le passage du courant. Lancelot continuait de scruter les parois de la pièce, cherchant une voie en hauteur. Guenièvre dardait ses regards bien plus bas, vers le puits, et elle exulta soudain :

– Regardez dans le puits ! Pouvez-vous y voir une lumière ?

Lancelot se pencha. Au-dessous de l'eau, tout près de la surface, on voyait luire une pâle lumière verte, comme un verre soufflé à la bouche dans le soleil levant.

La course et les voix des marauds étaient maintenant tout près. Lancelot regarda Guenièvre :

– Pouvez-vous le faire ?

Elle leva son petit menton déterminé et, s'il y avait de la peur dans son regard, le feu y tenait également une grande place.

– Je préfère mourir en m'échappant que rester captive de Méléagant.

Lancelot regarda dans le puits une dernière fois, jeta la torche et se lança à sa suite, tapant du pied pour remonter à la surface. Au travers de l'étrange pénombre filtrait un fantomatique jour céladon. Guenièvre aspira une immense bouffée d'air et sauta à son tour. L'eau referma sur leurs têtes son étreinte glacée. Ils ouvrirent les yeux et distinguèrent l'inaccessible lumière. Cette lueur longeait une arche de calcaire sous-marine ; mais Lancelot et Guenièvre ne pouvaient l'atteindre, une barre de métal solide bloquait le passage. Il aurait fallu une épée pour faire levier, mais toutes les épées avaient volé dans l'eau dont ils étaient les otages. Les captifs échangèrent un dernier regard affolé. Ils ne pouvaient plus attendre. Lancelot secouait vigoureusement la porte, tonnant contre les pierres. Il fallait que cela s'ouvre ! Il le fallait. Des étoiles noires se mouvaient derrière ses paupières. Ivre de désespoir, ses dernières forces décuplées, il tirait, comme un cheval fou sa dernière charge. Soudain, le tunnel s'élargit, et l'écluse sous-marine laissa jaillir une eau abondante. Il n'y avait plus qu'un mince espace entre l'arche de pierre et l'onde douce qui coulait abondamment. Il atteignit la surface et respira une profonde goulée d'air. Guenièvre avait avalé de l'eau pendant la remontée de l'onde captive, mais elle se contrôla et parvint à recouvrer son souffle.

– Vous allez bien ? On peut continuer ?

– Aussi longtemps que j'aurai un souffle d'air dans la poitrine !

Cette réplique toute de courage et d'humour dans un moment aussi tragique fit gonfler le cœur de Lancelot d'un sentiment qu'il ne voulait pas nommer. Jamais il n'avait rencontré une femme comme elle et probablement jamais plus il n'en rencontrerait. Elle était si près de lui, et pourtant inaccessible…

– Il doit y avoir un autre passage !

Il plongea une nouvelle fois.

Ils suivirent le tunnel, nageant puis aspirant une poche d'air à la surface et replongeant sans répit. Lancelot le ferait jusqu'à ce qu'il ne lui reste plus un souffle d'air dans la poitrine, galvanisé par les mots fiers de Guenièvre. Le tunnel s'élargit, ils nageaient désormais dans une immense salle édifiée de main d'homme, entre des lices de bois pourries et des piliers de pierre. Sans doute, en des temps anciens, cet espace avait-il été un magasin ouvrant sur un dock donnant sur la haute mer. Lancelot regarda par-dessus son épaule et vit Guenièvre qui le suivait avec vaillance. Glissant, toute blanche, avec sa longue chemise de lin et sa voluptueuse chevelure détachée, elle ressemblait à la sirène mythique des anciens Grecs. Elle était là pour guider et perdre les marins. Certainement, elle avait déjà attiré le cœur de Lancelot et l'avait enserré dans ses rets pour l'éternité. Guenièvre suivait Lancelot, à bout de forces ; la rage et une foi qu'elle n'aurait jamais pensé éprouver la guidaient par-delà les piliers sous-marins. Son pied heurta quelque chose. Donnant un coup dans l'eau, elle se retourna et regarda au travers de l'onde verte. Un assemblage impressionnant d'armures sommeillait depuis des années. Le battement de pieds de Guenièvre les avait fait bouger, leur rendant un moment l'apparence de la vie. Un casque était grand ouvert et un crâne y apparut, les orbites défoncées. « Je suis la mort… La mort que Méléagant promet à ses opposants », semblait dire ce crâne maudit au nom de tous les morts de Gorre. Terrifiée, le ventre et le cœur noués par un ressac de dégoût, elle s'élança vers Lancelot, qui représentait la vie dans toute sa force. Il devenait évident cependant qu'ils cheminaient dans une rivière souterraine. Lancelot était interdit. Pour lui, toute rivière se jetait dans la mer, mais celle-ci semblait continuer au-delà de cette immense réserve, au-delà de ces quais. Pourtant, elle devait bien aller vers la mer. Glissant entre les piliers amincis par le laminage de l'eau, ils se trouvèrent dans un courant vif. Ils étaient entraînés, se choquant, se détachant l'un de l'autre, se choquant encore, submergés, ballottés, entraînés de plus en plus rapidement. Ils comprirent ensemble que le tourbillon d'écume allait les projeter vers un large trou dans le mur de l'ancien château. Un trou où le courant tout à coup canalisé s'engouffrait furieusement. Lancelot fut balayé le premier par le tourbillon. Il se sentit propulsé vers le mur et ses côtes s'écrasèrent douloureusement sur la pierre. La force de l'eau le maintenait en biais comme un barrage de chair, et il forçait son corps à ne pas dériver, attendant Guenièvre pour la protéger de l'abîme tourbillonnant. Lancelot n'en pouvait plus. Guenièvre arrivait sur lui et leurs deux corps confondus étaient submergés par les flots mugissants. Guenièvre fit un effort désespéré pour pivoter et se rapprocher du bord. Lancelot attendit encore un moment l'issue de sa tentative puis, lorsqu'il vit qu'elle y était parvenue en s'accrochant patiemment au muret de pierre, il la suivit, jusqu'à ce qu'ils retrouvent une onde calme. Les vagues furieuses ne les atteignaient plus. Ils reprirent haleine près d'une autre passe. Un nouveau tunnel s'élargissait, empli d'une eau courante. Épuisés par leur rude combat, ils ne pouvaient que s'accrocher à la paroi le temps de reprendre leur souffle. Lancelot chercha le regard de Guenièvre. Il n'avait pas la force de parler, mais il voulait savoir si elle allait bien. Elle le fixa, incapable également de prononcer une parole et cherchant une goulée d'air pour revivre. Rassuré, Lancelot se tourna et observa le tunnel où s'engouffrait l'onde agitée. On pouvait distinguer une arche, tout au bout, où une lumière blafarde mourait doucement. Il fallait explorer plus avant, rapidement. Ils étaient tous deux épuisés, l'eau froide commençait à les engourdir, ses côtes le faisaient souffrir et leurs mains étaient déchirées par les pierres. Il fallait trouver la sortie. Il se tourna à nouveau vers Guenièvre pour lui dire qu'il allait en éclaireur dans le tunnel mais, avant qu'il n'ait ouvert la bouche, un bruit de pas dans un escalier de pierre et des voix dures emplirent la voûte. Une brigade de soldats de Méléagant avançait, toute proche.

– Ils sont là ! Je te dis qu'ils sont là !

Le maraud hurla et déchargea son arbalète en direction de la tête de Lancelot. Le trait coula dans l'onde, tout près, suivi d'une pluie de flèches. Dans quelques secondes ils allaient s'engager à leur poursuite. Lancelot regarda Guenièvre. La même volonté les traversait. Gonflant leurs poumons, ils plongèrent dans l'onde transpercée d'une nouvelle volée de flèches. Si la mort les attendait au bout du tunnel, c'est qu'il devait en être ainsi. À la grâce de Dieu !

Le fort tourbillon les aspira dans ses bras noirs, glacés et puissants, puis ils s'engouffrèrent dans un gouffre de calcaire, un passage sous l'ancien château, dont les murs avaient été polis et lissés par les flots. Respirer était un calvaire. Rarement ils pouvaient ouvrir la bouche, ballottés dans le torrent souterraïn. La paume de Lancelot trouva un énorme anneau dans le mur et ses doigts, de toutes leurs forces, s'y agrippèrent. Pour la seconde fois, son corps barrait la voie au corps de Guenièvre qui s'y emboîtait. Au loin, il pouvait voir la lumière poudrée du plein jour mais, devant eux, le courant furieux débouchait sur une chute dont ils ne se relèveraient peut-être pas.

Lancelot lança ses pieds contre le mur, il les poussa vers le haut et parvint à tirer sur l'anneau en faisant contrepoids. Aussitôt une trappe s'ouvrit dans le torrent. Il hurla : « Venez ! Venez ! » et l'onde folle les avala. Lancelot et Guenièvre furent catapultés dans une immense gerbe d'écume vers le soleil doré du matin, hors des murs pourris de la citadelle de l'enfer et, dans un arc-en-ciel de paradis, ils retombèrent dans la cascade, huit pieds plus bas.

Froide, salée était l'onde émeraude qui les vit remonter et les accueillit dans ses flots libérateurs. Les hommes de Méléagant qui les avaient poursuivis jusqu'à la chambre souterraine ne pouvaient que penser qu'ils avaient bel et bien été occis après un tel baptême et leurs lourds armements de guerriers leur interdisaient toute plongée, sous peine d'être transformés en ancres de marine pour l'éternité.

Guenièvre et Lancelot jaillirent à la surface comme des dauphins, se souriant l'un à l'autre, encore ébahis de leur triomphale lutte contre tant d'ennemis et d'éléments. Ils étaient vivants et libres. Grâce à Dieu…

13

Le hongre était un brave animal aux larges flancs, mais il était poussé à bout. Deux jours qu'il n'avait pas connu la protection d'une écurie, et il chevauchait depuis le petit matin, lourdement chargé, ce qui ne lui permettait pas de se reposer au petit trot comme il en avait besoin.

Guenièvre enlaçait Lancelot, ses bras autour de sa taille, sa joue pressée sur sa tunique saturée d'eau de mer qui lui piquait la joue. Elle se sentait bien ainsi, rassurée par la présence chaude de l'homme et le bercement du flanc du cheval. Surtout, surtout ne pas se retourner. Elle brûlait d'envie de regarder par-dessus son épaule mais, si elle avait au loin aperçu la troupe noire de Méléagant, elle serait devenue folle. Non, il ne fallait pas se retourner, mais avancer, avancer encore et toujours. La végétation rare de la lande se remplit progressivement d'arbres épars, puis de plus en plus serrés, jusqu'à ce que la forêt fasse un écrin d'émeraude à leur équipage. Alors seulement son inquiétude diminua. Les troncs imposants des chênes, les tilleuls embaumés étaient autant d'amis sur qui compter. Une douce pluie commença de tomber, diffusant lentement son eau bénéfique dans l'éventail des branches, et Guenièvre fut entièrement recouverte d'une douce rosée apaisante. Ils s'enfonçaient toujours davantage dans l'épaisse forêt. Lancelot ralentit l'allure. Le cheval était éreinté. La pluie qui ruisselait sur ses flancs révélait de profondes marques, dues au frottement irrégulier de la selle. Il avait maigri et, à l'évidence, il n'en pouvait plus. Devant eux, un gigantesque chêne étendait ses branches comme autant de bras accueillants de géant. Son tronc, qui semblait porter mille ans d'âge, était recouvert de gigantesques plaques d'écorce et ses rejets l'avaient rendu tout noueux. Ses branches montaient vers l'azur comme les arches d'une cathédrale. Lancelot s'arrêta et relâcha les rênes, parlant doucement dans sa langue au cheval.

Guenièvre retenait Lancelot, l'enlaçant plus fort.

– Continuez de chevaucher, je vous en prie ! Je veux retourner à Camelot !

Lancelot hocha la tête :

– Il serait plus sage de prendre un peu de repos.

– Je ne veux pas prendre de repos !

– Vous ne portez pas deux personnes sur votre dos, vous !

Il y eut un silence, puis Guenièvre parla d'une petite voix :

– Je n'avais pas pensé à cela…

Lancelot mit pied à terre et lui tendit les bras pour qu'elle descende à son tour de la selle. Ivre de fatigue, elle glissa entre ses bras et pendant un moment, il la porta, presque nue, plus que nue, sa fine chemise de lin toute rétrécie collée à sa peau par l'eau salée. Lancelot aussi était toujours trempé. Il sentait le cœur de Guenièvre battre la chamade dans sa poitrine et elle sentait également tout son corps et son cœur ivres d'émotion. Ils n'étaient plus qu'une même étoffe tissée dans la même laine. Son étreinte se relâcha et elle sauta loin de lui. La laisser s'éloigner demandait à Lancelot un effort plus grand que le plus éprouvant combat. Car il n'était pas responsable des élans de sa chair, des brûlures de son regard. Des années durant il avait connu des femmes, mais toujours il était reparti. Ces femmes avaient donné un peu de chaleur dans la chambre vide de son âme et de son cœur mais, repu de leur corps et de leur tendresse, il n'avait conservé d'elles qu'un souvenir doux et un peu triste. Ce qu'il ressentait maintenant n'avait rien de comparable. Le trait qui le perçait de part en part était de fer rouge. Il la voulait. Il luttait avec le désir. Mais ce que même Méléagant n'avait pris, il n'avait pas le droit d'y porter la main.

Guenièvre le regardait. Il vit les éclats d'un vert profond de ses iris et les petites flammes dorées qui les léchaient. Et il reconnut le miroir de son propre désir. La voix de Guenièvre implorait, le souffle court :

– Par pitié… ne me regardez pas ainsi.

Il lui rétorqua d'un timbre amer :

– Comme si tout était possible…

Lancelot crispait ses poings jusqu'à ce qu'ils deviennent blancs. Il ne fallait pas qu'il l'étreigne et ouvre ses lèvres pour un premier baiser qui en appellerait mille autres. Il sursauta et se projeta contre l'arbre, s'asseyant à l'ombre de ses branches, là où le tronc formait un siège naturel. Il pressa son dos contre le bois apaisant et ferma les yeux. Au cours de cette journée terrible, il avait senti ses forces décroître et il avait lutté contre l'extrême fatigue, mais désormais il se sentait à nouveau dans l'état nerveux du guerrier prêt à l'action.

Guenièvre était toujours debout. Son fin bliaut de lin révélait les courbes et les saillies de son corps.

La pluie redoubla. Elle n'était plus douce ni tiède, mais tombait en traits perçants au travers de la ramée fraîche, heurtant les branches, résonnant comme tambour sur la terre. Elle semblait inviter à une infernale copulation, réveillant de puissantes odeurs, sève, mousse, terre grouillante de vie, humide et chaude, herbes odorantes, comme corps en amour…

Lancelot ouvrit les yeux et l'aperçut à la même place, blanche et immobile comme une statue de nymphe antique, mais il pouvait voir son cœur soulever la matière douce qui la recouvrait.

– Venez vous mettre à l'abri ici ; la pluie ne perce pas la ramure de cet arbre !

Elle hésita, regardant l'eau qui se déversait à seaux et se demandant si supporter ce petit supplice de fraîcheur mordante n'était pas préférable à l'intimité de Lancelot.

Elle le rejoignit pourtant mais resta debout.

– Rapprochez-vous… Vous allez attraper la mort. Ne pensez à rien et venez…

Elle hésitait encore, et Lancelot savait bien qu'elle redoutait de se trouver aussi intimement recluse avec lui.

– Asseyez-vous… Je vous en prie !

Elle le regarda, pleine de doute et d'appréhension, puis, sans un mot, elle s'assit, les genoux relevés, s'enroulant dans sa robe et cachant ses appas de ses bras noués sur ses jambes. Des frissons commencèrent à la parcourir que ses minces bras ne parvenaient pas à étouffer. Ses dents claquaient malgré ses efforts pour se détendre et respirer. Elles se choquaient de peur, de fatigue, de trop de lutte, de trop d'émotions, de trop de froid.

Lancelot regarda le cheval, pour s'apercevoir qu'il n'y avait aucune couverture sous sa selle, seulement une flasque de vin. Pour s'être trop avancé, Lancelot reçut en récompense une gerbe d'eau fraîche amassée, tombée d'une poignée de larges feuilles. La tête trempée, il restait interdit, épuisé. Il entendit Guenièvre respirer profondément.

– Je dois à nouveau vous remercier. Je ne sais pas comment je le peux et je ne veux pas le demander !

Le sourire de Lancelot était plus qu'une grimace.

– Vous connaissez la coutume des temps anciens : si vous sauvez une vie trois fois, elle vous appartient…

– Je n'ai jamais entendu cette légende !

– Deux fois déjà… Il en reste une…

– Vous avez dit que c'était une très ancienne coutume, donc elle n'a plus cours. Mais… Que faites-vous ?

– Vous allez voir…

Elle ne voyait rien, car Lancelot était masqué par un épais rideau de feuilles.

– Voilà… Cela va très bien nous aller. Prendre un verre, c'est ce qu'il vous faut !

Guenièvre le regarda revenir avec la flasque du maraud, totalement interdite.

– Inclinez votre tête… Un peu plus à droite… Oui, c'est cela. Maintenant, ouvrez la bouche !

Elle recula et Lancelot, se saisissant de la feuille la plus haute, déclencha une cascade d'eau pure qui ruissela dans la gorge de Guenièvre. Elle s'étrangla, puis rit aux éclats. Un rire qui n'en finissait pas, qui partait en sanglots, retombait, repartait.

– Je n'étais pas prête ! Refaites ça !

Lancelot, en d'autres occasions se serait bien laissé aller à rire, mais le soudain changement d'attitude, le relâchement de Guenièvre le laissait muet et tout ému. Il saisit à nouveau une feuille et tira. L'eau ruissela doucement sur la branche, retomba sur des feuilles plus basses, qui laissèrent fuser leurs eaux pures dans d'autres plus basses encore, et ainsi Guenièvre but à nouveau, et toute l'onde du ciel pénétra dans sa gorge assoiffée. Lancelot était fou de son visage tendre, alors qu'elle goûtait pleinement dans toute sa simplicité ce plaisir de la nature.

– Encore !

Elle ordonnait comme une enfant.

À nouveau le filet cristallin se perdit dans sa bouche. Elle but encore une fois, puis le regarda, satisfaite et souriante.

– Où avez-vous appris à faire ça ?

Elle s'était dressée sur ses pointes de pieds face à lui pour regarder par elle-même comment l'eau ruisselait de feuille en feuille jusqu'à la terre nourricière.

– J'ai passé la moitié de ma vie à chevaucher par tous les temps. J'ai appris ces choses, et bien d'autres, pas à pas…

Guenièvre le regarda de nouveau. Il était tellement sûr de lui, fier et toujours prêt à la pirouette et en même temps si assuré, si ferme, si courageux. Il avait vaincu le Gantelet, et avait fait plus grand exploit encore. Bien que très orgueilleux et de mine suffisante, il s'effaçait toujours devant les autres, et servait la justice et la vérité. Guenièvre remarqua ses mains. C'étaient celles d'un artisan, d'un artiste… mais certainement pas celles d'un guerrier, d'un mercenaire.

Les yeux sombres de Lancelot se voilèrent. Il se sentait déstabilisé, en danger.

– Vous avez un logis quelque part ?

– Non, je n'ai pas de logis, excepté la voûte du ciel !

– Mais un jour, vous avez bien dû en connaître un ?

– Pas très longtemps…

– Cela doit être dur.

– Pourquoi le serait-ce ? Je suis mon seul maître. Je vais où je veux et je n'ai rien à perdre !

Son ton était redevenu amer.

– À quoi sert de bâtir un logis, de le remplir de meubles ouvragés avec amour, si des guerriers félons peuvent vous le prendre et le brûler ?

Il baissa la tête à ce dernier mot qui lui avait échappé. Il avait un instant perdu son fier contrôle de soi. Il n'avait pas parlé de ces événements depuis le jour où ils s'étaient produits, comme la foudre s'abat sur le plus bel arbre du verger. Tant de jours à chevaucher devant le souvenir, et il revenait lui faire face comme un spectre.

Guenièvre parla d'une douce voix féerique :

– C'est ainsi que cela s'est passé ?

– C'était il y a longtemps... Bien, bien longtemps...

– Chaque matin, lorsque je me lève, je me prépare à entendre d'un messager que Léonesse vient d'être brûlé.

– Dieu vous protège d'un pareil jour !

Il tourna son regard vers elle mais, au lieu de son doux visage et des vertes feuilles, il ne vit qu'une couleur : celle du feu !

Cela s'était passé si vite. Les marauds étaient venus sans que rien laissât prévoir leurs intentions. Son père, le Roi, était à la tête d'un pays prospère. Le plein été avait vu le retour de l'abondance et la foire battait son plein dans la ville en liesse. Lui et son père avaient fait le tour des remparts, des écuries, puis s'étaient promenés avec les femmes de la famille. Sa mère, ses trois sœurs regardant les jeunes hommes de la cour entre leurs longs cils, sa femme, Hélène, rayonnante sous le dais blond de ses cheveux, alourdie par son premier enfant. Comme toujours attiré par les chevaux, Lancelot était retourné sur ses pas observer encore et encore les nouveaux étalons, et en particulier ce cheval bai de si belle allure. C'est alors que la mort avait fondu sur la ville.

Son père avait conduit en grande alarme les femmes dans l'église. Avant qu'il ne soit revenu sur ses pas, pensant que l'idée n'était pas des plus sûres, le mal avait ravagé l'innocence. Lancelot ne pouvait que se souvenir du sol de l'écurie sous son corps profondément matraqué, le crâne ouvert. Les écrans de fumée ! Le mugissement des flammes ! Le souvenir revenait soudain parfaitement, plus brûlant que jamais. Il n'avait plus de défense. Il était nu et regardait son passé. Il revit l'église devenue un incroyable brasier d'apocalypse et la dernière image de la Vierge Marie du vitrail central tenant l'enfant Jésus dans ses bras. Elle seule était encore intacte. Les corps flambaient, silhouettes infernales dans les reflets du feu. Les artisans et villageois étaient occis, brûlés, pourchassés...

Lancelot sentit un poids, presque une caresse sur son bras, et les flammes refluèrent assez pour lui laisser entrevoir le visage de Guenièvre.

– J'avais dix-neuf ans. Je venais de me marier.

Le visage de Guenièvre était empreint de douleur et de compassion.

– Votre femme ?

Certainement, elle était folle de poser cette question.

– Ma femme, mon enfant à venir, mes parents, mes sœurs, tout le monde ! Ils les ont conduits dans l'église ! Non, c'est faux ! Ils n'ont pas eu à les y conduire ! Tout le monde sait bien qu'une église chrétienne est un sanctuaire inviolable, si sûr...

Mais les marauds n'avaient jamais entendu parler de cette loi !

Il suffoquait. Les flammes étaient revenues, les vitraux s'amollissaient encore dans le brasier et les corps se tordaient en agonie, carbonisés. Soudain, le poing d'une femme avait percé une vitre, mais les marauds riaient et lancèrent une nouvelle catapulte de feu. Les vitraux s'effondrèrent tous en même temps. Il n'y eut plus de Vierge

Marie, plus d'enfant. Un dernier cri, et tout fut consommé. Un dernier cri... Excepté dans sa tête, où la vie décimée hurlait jour et nuit.

– Je ne pouvais rien faire, rien. Je n'étais pas avec eux. J'étais dans une autre partie de la ville, et les marauds m'avaient assommé. Mourir là, le front fendu, aurait été mieux pour moi, je le pense, mais cela n'a pas été.

Un sanglot monta de sa gorge.

Guenièvre saisit ses mains, essayant d'apaiser sa peine par sa présence. Au début, elle avait détesté Lancelot pour son arrogance et ses manières, mais elle avait appris à comprendre que ce n'étaient que hautes lices qui protégeaient bien mal sa vraie nature, sa vraie peine. Son vrai visage se dévoilait maintenant à elle sans pudeur. Guenièvre répéta la phrase protectrice de Lancelot en pensant à Léonesse et à Camelot.

– Que Dieu nous garde d'un pareil jour !

– Il ne m'a pas sauvé, moi... Pourquoi ?

– Il a fait de vous l'homme que vous êtes, qui ne craint pas la peur, qui ne redoute rien ni personne. Certainement, vous pouvez user de ce cadeau douloureux pour sauver et servir. Car si vous ne le faites pas, c'est que vous êtes mort dans l'église avec tous les autres...

– Vous ne savez pas combien de fois j'ai espéré qu'il en ait été ainsi.

Guenièvre connaissait la réponse : « probablement chaque jour de votre vie », mais elle garda ces mots par-devers elle, se contentant de prononcer d'une voix assurée :

– Mais vous n'êtes pas mort ! Vous avez survécu et vous avez une grande responsabilité désormais. Croyez-vous que votre famille aurait souhaité que vous preniez ce chemin ?

Elle le regardait, sentant sur sa face la souffrance se dessiner précisément et tentant de faire passer la chaleur de ses doigts dans les siens.

– Vous n'êtes pas seul. Personne n'est seul.

– Nous ne le sommes pas ?

L'amertume était encore là, bien ancrée dans ses paroles gonflées de peine.

Guenièvre serra ses mains :

– Nous nous aimons les uns les autres ou nous mourons !

L'atmosphère avait changé. Il était silencieux, mais elle pouvait sentir que l'amertume avait reflué en lui. Elle lui avait insufflé un peu d'espoir et continua son doux prêche :

– Chacun de nous peut choisir le chemin de sa propre maison, mais il existe une maison commune à tous. Je crois cela et je sais que c'est la vérité de mon cœur.

Lancelot était envoûté par ces paroles, submergé par ce besoin d'amour et de justice si longtemps refoulé. Il n'était plus qu'un enfant suppliant la Vierge Marie.

– Dites-moi que faire et je le ferai…

Ses yeux brillaient, comme si le voile glacé de la peine qui les recouvrait en permanence s'était détaché, laissant à nouveau le pur regard s'élever.

– Je ne le peux… Votre vie vous appartient…

– Aussi, je vous la donne.

Guenièvre fut incapable de prononcer une parole de plus. Il avait dit ces mots si forts d'une façon si naturelle, si droite, si pure qu'elle se sentait troublée au fond de l'âme. L'homme qui l'avait intimidée en prenant son baiser dans la forêt, deux semaines plus tôt, en la traitant cyniquement, était le même que ce cavalier, preux et courtois, si totalement captif de l'amour.

– Je ne peux accepter cela. Vous oubliez… Je vais me marier.

– Et si vous étiez parfaitement libre de faire ce que bon vous semble, épouseriez-vous Arthur ?

La tension entre eux était revenue, vive, brûlante. Elle sentit la question pénétrer dans son cœur et y lutter. Arthur était noble et bon, honnête et avisé. C'était un vainqueur et un homme de cœur. Elle n'avait aucun doute : ce mariage était fondé sur la courtoisie la plus fine et le respect mutuel le plus affirmé. Mais c'étaient là choses bien civilisées et bien austères. La volonté ne commande pas aux élans primitifs du corps, ni à la part de l'esprit qui veut l'élever dans le feu de la passion.

– Je suis libre. Aussi libre que vous l'êtes.

Dès qu'elle eut prononcé ses mots, elle voulut les ravaler. Jusqu'où Lancelot était-il libre ? Elle avait lu dans ses yeux à quel point il était enchaîné au passé.

– Prouvez-le !

La pluie tombait en gouttes serrées, formant un écran translucide entre eux et la forêt. Ils étaient unis dans l'intimité la plus close. L'espace qui les séparait n'était pas plus large que la lame d'une dague. L'esprit de Guenièvre prononçait « comment ? » mais son corps savait déjà ce qu'il voulait et comment il le voulait et il en avait tellement assez de lutter… Il parla :

– Juste pour un instant, oubliez qui vous êtes. Laissez tous les mots s'envoler, et avec eux les gens qui les ont prononcés. Juste vous et moi. Et juste pour un instant, faites ce que vous avez envie de faire. Maintenant. Avec moi.

Et tous les mots, les promesses, les souvenirs de Guenièvre refluèrent. Il n'y avait plus que lui et elle. Lui et ses yeux brûlants qui caressaient sa chair. Elle tremblait, les yeux levés vers lui.

– Je vous en prie…

Mais sa voix était plus un souffle de désir que l'espoir d'une promesse.

Accepter sa supplique ou y passer outre. Lancelot ne savait plus maintenant ce qu'il devait faire. Elle le regardait, le visage levé, et Lancelot y lisait la peur et l'effroyable attirance du désir, de l'irréparable. Que pourrait-il faire après qu'il l'aurait embrassée une fois ? Comment faire, après ?

Elle parla :

– Pardonnez-moi. Je ne peux pas.

Elle se releva et laissa la pluie fraîche laver son corps brûlant. Le lin, ce lin si fin, se colla à nouveau contre elle, révélant dans sa trame le satin rose de sa peau, la pointe de ses seins, ses flancs effilés…

Lancelot n'avait jamais connu plus diabolique bataille. « Elle peut être à toi », disait une petite voix suave dans sa cervelle. « Penses-tu vraiment qu'elle te repoussera maintenant si tu l'enlaces ? » Mais au moment où il allait obéir à la voix scélérate, il se rejeta en arrière. Il ne voulait pas la vaincre. Il voulait qu'ils se combattent mutuellement et de plein choix. Jamais elle ne lui pardonnerait de l'avoir séduite dans ce moment d'émotion et d'intimité intenses après une lutte si épuisante dans les enfers de Méléagant.

Il sut alors que l'amour pur est plus fort que le désir le plus effroyable.

Devant eux, à travers la ramée, il détecta un mouvement, un bruissement : un homme qui se déplaçait. Il se tendit et regarda son cheval, estimant la distance qui le séparait de son épée. D'autres silhouettes apparurent entre les arbres, baissant la tête pour se protéger de la pluie. Il vit l'éclat froid des armures et soudain sa tension atroce cessa. Ce n'était pas la troupe de Méléagant de Gorre. Celle-ci venait d'une autre direction, et la robe[1] n'était pas la même. Il reconnut les gardes de Camelot. Sa part d'aventure dans la quête de Guenièvre était terminée.

– Elle est ici !

– Nous l'avons trouvée !

Guenièvre croisa ses bras sur sa poitrine face à la trogne ivre de joie et toute triomphante du garde. Avant qu'ils ne l'emmènent, elle regarda par-dessus son épaule, et toute son âme était contenue dans ce dernier regard d'intimité. Tous deux connaissaient maintenant l'amour et le désir, les regrets et le renoncement, et savaient ce qu'ils avaient gagné et ce qu'ils avaient perdu.

1. Terme générique pour désigner l'habillement. *(N.d.T.)*

14

– Gloire à Dieu ! Gloire à Dieu ! Gloire à Dieu !

La grosse voix d'Arthur s'étranglait dans sa gorge et ses bras la serraient éperdument.

– Êtes-vous blessée ?

Arthur, n'attendant pas la réponse, ne pouvait s'empêcher de couvrir le visage ruisselant de pluie de Guenièvre de ses chauds baisers.

– Non, non... Je vais bien.

Elle tremblait dans ses bras rassurants, aussi solides que rocs, pleins d'amour et de compassion. Une petite voix s'insinuait dans son esprit, et chantait en direction de son cœur, de son âme tout entière : « Oui... saine et sauve, mais je ne suis plus la même, à jamais... » La garde avait conduit Guenièvre à la magnifique cathédrale où Arthur était agenouillé depuis des heures, suppliant Dieu d'aider les poursuivants des marauds à la délivrer. Suppliant Dieu de faire ce miracle. Au-dehors la pluie tombait toujours, entourant la cité royale d'un écran de gris brouillard. Plus que jamais, Camelot était un rêve de pierre participant des trois éléments, la terre, l'onde et l'air léger... Une apparition. Un mystère. Une page de livre d'heures symbolisant la première pluie après les moissons... Guenièvre portait l'épaisse cape d'un soldat sur son bliaut trempé, mais rien ne parvenait à la réchauffer. Elle frissonnait et ses dents claquaient légèrement.

– Vous frissonnez ! Venez ! Il vous faut tout de suite la chaleur d'un feu et des vêtements chauds !

Le cœur d'Arthur battait violemment... Il avala sa salive avec difficulté et la regarda :

– Aux heures les plus sombres de la nuit, lorsque j'étais cerné par la peur de voir votre vie enlevée, je voulais mourir avec vous, mais maintenant que vous êtes face à moi, sauve, vous êtes ma raison de vivre, de vivre à nouveau !

Guenièvre ferma les yeux, retenant ses larmes. Lancelot avait dit : « Je vous donne ma vie. » Maintenant Arthur, à son tour, lui offrait sa vie et sa mort. Guenièvre était submergée par la force de l'amour d'Arthur, par sa grande vulnérabilité, malgré sa puissance, son âge, sa sagesse. Elle aurait voulu lui dire que nul être au monde ne peut donner sa vie ou prendre celle d'autrui. Que seul Dieu le peut. Mais elle se retint. L'émotion d'Arthur était trop forte et sa propre fatigue si intense. Arthur l'étreignit une nouvelle fois et la laissa avec ses dames de compagnie prendre le chemin du château.

Un feu intense brûlait dans l'âtre et l'eau d'une chaude étuve où les herbes aromatiques se diffusaient vivement attendait Lancelot. Un serviteur le conduisit au bain et emporta ses vêtements usés et trempés. Dans la chaleur embaumée du bain, Lancelot sentit ses yeux aussi lourds que plomb se fermer. Son esprit autant que son corps avait dépassé ses limites et son cœur aussi était mort d'épuisement, de meurtrissures, de douleur. Il tenta d'ouvrir les yeux. Les referma. Sous ses paupières, l'image sans cesse recomposée de Guenièvre, debout, plus que nue dans son bliaut accroché aux saillies roses de son corps. Guenièvre et sa chevelure pour seule pudeur. Lorsqu'il les rouvrait, c'était pour voir le pouvoir, la magnificence du pouvoir de son futur époux, si généreux, si bon. Mais la générosité du Haut-Roi n'irait pas jusqu'à laisser Guenièvre s'en aller, la main dans celle d'un autre homme. Lancelot venait de voir Arthur la prendre dans ses bras, et les ruisseaux qui sillonnaient la face du Haut-Roi en cet instant n'avaient rien à voir avec la pluie.

Il sortit de l'étuve, épuisé, parfumé par les plantes réconfortantes : la menthe revigorante, la sauge et le tilleul apaisants, la lavande qui guérit de toutes les plaies, dit-on. Il fallait qu'il sorte avant de s'écrouler de fatigue dans la vapeur libératrice qui avait enveloppé son corps. Il se sécha dans de grands draps de lin chauffés à l'âtre. Mais tout ce bonheur physique ne valait rien. Il eût préféré rester trempé jusqu'aux os à côté d'elle ! Le serviteur apporta un lourd plateau d'argent couvert de nourriture et un hanap de vin doré. Il donna à Lancelot chemise, surcot, cotte d'un tissage admirable et chausses neuves, et posa sur un siège le mantel brodé qu'Arthur réservait à ses barons et chevaliers.

Il y avait si longtemps qu'il n'avait porté des vêtements chauds et surtout des habits de son rang. Si longtemps... Dans une autre vie, chez lui... lorsqu'il appartenait encore à une famille de vivants...

Lancelot regarda le feu. Les belles flammes léchaient les grosses bûches de chêne auxquelles le serviteur avait ajouté des branches de pin odorantes. Il observait le reflet orangé du feu sur son corps nu et se laissait embrasser par cette chaleur naturelle, presque humaine. Le serviteur arriva derrière lui, tendant la chemise à Lancelot. Quelle étrangeté qu'un homme qui arrive à la cour perde l'usage de ses bras pour se vêtir ! Sans se détourner de la vision apaisante du feu, Lancelot remercia le valet :

– Merci… vous pouvez vaquer. Je suis certain que vous avez bien d'autres choses à faire que de me servir !

Il y eut un silence, puis un raclement de gorge.

– Vous m'avez rendu la vie même. Le moins que je puisse faire pour l'heure est bien de vous mettre un vêtement sur le dos…

Lancelot sursauta et, tournant la tête, vit la face joviale, pleine, éblouissante de bonheur du Haut-Roi.

L'expression de Lancelot était moins franche et joyeuse.

– Ne vous donnez pas cette peine, Sire.

– Dites-moi ce que vous souhaitez et je vous le donnerai !

Les mains ouvertes qui avaient saisi la tunique lui offraient maintenant le monde…

Lancelot se laissa vêtir par le Roi. Il en était ainsi, le Roi pouvait prêter allégeance très-chrétienne au sauveur de sa Dame.

– Je ne veux rien, Sire. J'ai fait ce que tout homme aurait pu faire.

– Vous avez risqué votre vie pour autrui… Il n'y a pas plus grand amour.

C'était pire que ce que Lancelot avait pensé. Aucun mot n'aurait pu le tourmenter davantage. Il se tourna, gêné, mortifié et angoissé, et murmura :

– Si seulement, vous saviez…

– Oh, mais je sais ! Vous m'aviez déçu, je l'avoue, mais j'ai compris la vérité, votre vérité.

– Vous savez ?

– Le jour du Gantelet, vous m'avez dit vivre uniquement pour vous. La vérité est que vous ne faites rien, jamais, pour vous-même. Regardez-vous ! Ni paix, ni pouvoir, ni logis, ni but ! Juste l'esprit libre et pur qui permet de réaliser les grandes choses. Dieu aime les hommes tels que vous, libérés de toute attache, de toute vanité. C'est parce que votre cœur est grand ouvert que vous ne pouvez regarder en arrière. Vous donnez tout, sans vous retourner, dans l'immédiate justice !

Lancelot se tourna tout à fait, regardant le Roi, les yeux scintillants, tenant ses vêtements comme un serviteur et prêt à servir lui-même son champion, le Christ lui-même à l'en croire. Il ne pouvait entendre cela. C'était trop insensé.

– Si vous me connaissiez davantage, vous n'auriez pas prononcé ces paroles…

– Et pourquoi n'aurais-je pas dû les prononcer ?

Les bras immenses d'Arthur, comme les branches d'un chêne protecteur, encerclèrent Lancelot pour une chaude accolade.

– Venez ! J'accepte tout de vous, le meilleur et le moins bon, ensemble mêlés. Je ne peux aimer les gens découpés en tranches !

Lancelot resta un moment rigide. Il y avait si longtemps qu'il n'avait pas connu la vie de cour, la fraternité et la jalousie des hommes, les charmes de la conversation, que tout le retenait, l'incitait à reprendre le chemin de la civilisation, de la chaleur, de la compréhension.

– Ne protestez plus ! Je vais vous remercier à ma façon. Allons… mangez et dormez, nous reparlerons de tout cela demain !

Lancelot aurait aimé ajouter qu'il ne désirait aucun merci, aucune récompense, mais les mots ne voulaient pas sortir de sa bouche et il restait silencieux et roide au milieu de la chambre. Puis il se retourna vers le feu et dit aux bûches rougeoyantes :

– Moi aussi, je ne peux aimer qu'entièrement…

La pluie cessa durant la nuit, et un matin magnifique et doré fit scintiller Camelot comme un talisman d'or pur. Le ciel était parfait, d'un bleu clair et virginal. Les seuls nuages qui passaient en V étaient ceux des oiseaux migrateurs chassant les nuées d'insectes dans l'azur.

Dans la chambre du Haut Conseil, les hautes fenêtres avalaient les premiers rayons du soleil et inondaient d'une lueur mystique la légendaire Table Ronde.

Au centre, le brasier qui ne s'éteignait jamais dispensait son rougeoyant symbole de vie.

Les onze chevaliers avaient gagné leur place et attendaient leur suzerain qui autour de cette table devenait leur égal.

Arthur entra, Guenièvre à son bras. Elle avait repris des forces et marchait le menton fièrement levé, un sourire doux aux lèvres. Ses yeux voilés de gris et sa démarche un peu raide montraient seuls l'effroi, la fatigue extrême et la lutte qu'elle avait dû mener dans les enfers de Méléagant. Arthur la couvait des yeux, se repaissant sans lassitude de sa jeune beauté. Lorsqu'elle voulut le quitter pour rejoindre sa place parmi les scribes et les clercs, il retint son bras et la conduisit à sa propre place, puis sa voix s'éleva au milieu du cercle des chevaliers :

– Je vous ai conviés à la Table Ronde aujourd'hui pour vous entretenir d'une question de la plus haute importance !

Il regarda un à un ces guerriers, ces preux dont la vaillance était parfaite et la franchise pure malgré les défauts de chacun.

– Nous devons la liberté et la vie de Dame Guenièvre à un seul homme.

Arthur fit signe au garde d'ouvrir grands les battants de la porte.

Un homme hésitant apparut dans la lumière tendre du jour qui le nimbait avec douceur. Il avait été tiré de sa couche fort tôt et informé par un serviteur zélé que le Haut-Roi requérait sa présence à la Table Ronde. Il n'avait eu que le temps de se revêtir de cette nouvelle robe donnée par le Roi, de glisser un peigne dans sa chevelure rebelle et de finir le vin de son plateau lorsqu'il fut emporté par les corridors du château. Il se sentait mal à l'aise et affamé et espérait que l'affaire serait de courte durée, qu'il puisse avaler un morceau de pain.

Voir tous ces hommes en armes l'observer, autour de cette table de paix et de justice. Sentir les yeux éblouis et heureux d'Arthur le couver comme Jésus dans la crèche et ceux, fixes et pleins de confusion de Guenièvre, le saisit d'inquiétude. Le Haut-Roi l'avait accolé chaleureusement la nuit précédente et lui avait offert le prix qu'il lui plairait de demander. Devant son refus, Arthur avait promis une surprise de son cru. Elle était là et il semblait à Lancelot qu'une trappe s'ouvrait sous ses pieds et qu'il tombait dans une vie qu'il n'avait pas choisie. Arthur lui adressa un franc sourire rassurant. Quant aux chevaliers, ils le regardaient avec la même méfiance que Lancelot mettait dans ses regards.

– Que pensez-vous que je puisse offrir à cet homme ? Il est prêt. Je crois qu'il est venu à Camelot dans ce but, sans même le savoir lui-même. Le destin, la main de Dieu le guidait.

Arthur quitta le bras de Guenièvre et marcha vers le siège et la part de table gravée de Méléagant le félon.

– Un siège reste vide…

Le silence qui suivit les paroles du Haut-Roi envahit l'atmosphère comme un brouillard. Les chevaliers tressautaient, se lançaient des regards surpris, mécontents, pleins de méfiance.

Il n'y avait pas de plus grand honneur de par les océans que de s'asseoir à la Table Ronde et chaque place était conquise de haute lutte de parfaite loyauté par les farouches chevaliers. La grande mission chrétienne de la Table réclamait des hommes de guerre et de justice, de sagesse et de paix. Chacun mettait plus de prix à y tenir sa place qu'à la vie même. Ké le Sénéchal prit le premier la parole, regardant Lancelot de la tête aux pieds.

– Vous voulez faire de lui un chevalier, Sire ?

Arthur ignora la saillie et se tournant vers Lancelot :

– Je ne lui offre pas une vie de privilèges, mais une existence rude de service.

Mador se haussa à son tour :

– Nous ne savons rien de lui, seulement qu'il a vaincu le Gantelet et qu'il vit de combats monnayés…

L'impressionnant regard d'Arthur toucha chacun comme une braise brûlante.

– Si vous acceptez cette place, Lancelot, elle est vôtre, de tout mon cœur.

Ké le Sénéchal insista :

– Sire, je pense que cela doit être discuté…

– Assez !

Arthur, sa haute taille dressée et les sourcils relevés, en grand courroux, ressemblait au Jupiter foudroyant des images antiques et les chevaliers étaient transis sur leurs sièges. Il s'adressa à Lancelot :

– Que voulez-vous ? Vous joindrez-vous à nous ?

Lancelot regardait le Roi, tout palpitant. Dire que quelques jours auparavant il aurait ri, embarrassé d'une pareille question et se serait assurément défilé d'une pirouette, sans aucun regret ! Mais aujourd'hui les mots ou le ricanement de fuite ne sortaient pas de sa bouche. De nombreux événements étaient survenus, qui avaient changé son cœur. Il regarda Guenièvre, pâle et défaite, les lèvres serrées. Les raisons de vivre pour elle étaient aussi nombreuses que les raisons de mourir pour elle.

– Sire, me permettez-vous de parler ?

Guenièvre avait haussé sa voix pure parmi les regards jaloux et coléreux des chevaliers.

– Assurément, ma Dame, cela vous concerne aussi intimement qu'il se peut…

Elle rougit jusqu'à la racine des cheveux et, lorsqu'elle prit la parole, ses mains moites serraient nerveusement les plis de sa robe.

– J'ai appris à connaître cet homme mieux qu'aucun de vous ne le connaît. Il mérite pleinement l'honneur de siéger parmi vous, comme l'a affirmé Arthur… Mais il ne souhaite pas rester à Camelot, ou n'importe où en particulier. Cet homme suit sa propre voie, avec pour seules compagnes la solitude et la liberté. Si nous voulons l'honorer, ce qu'il mérite grandement, faisons-lui la grâce de le traiter selon son propre vouloir, et non comme nous aimerions qu'il le soit. Aussi, laissons-le s'en aller, seul et libre, avec tout notre amour.

– Alors, Lancelot ?

Lancelot, regardant le Roi, avala une immense bouffée d'air.

– Dame Guenièvre m'a très bien compris et il y a quelques jours encore, j'aurais été parfaitement en accord avec ses paroles, mais… ici… parmi vous, j'ai découvert quelque chose qui m'importe désormais plus que la liberté.

Lancelot regarda Guenièvre, au supplice.

– Je ne savais pas quelle vie j'étais en train de vivre… mais je sais désormais que mon âme se briserait de vous quitter.

Guenièvre, plus rose que jamais devant ces paroles qui s'adressaient à toute l'assemblée mais qu'il avait prononcées en la regardant, ne savait plus comment cacher son trouble.

Oubliant toutes les réactions autour de lui, Arthur s'écria comme un guerrier :

– Merci ! Alors vous nous rejoignez ?

Son regard glissa sur la rougissante Guenièvre qui se tordait les mains de désespoir. Il planta ses yeux dans ceux d'Arthur.

– Oui !

Tout à sa joie, Arthur étreignit son protégé comme il l'avait fait devant le feu, lorsqu'il l'avait servi.

– Aussi, je vous souhaite la bienvenue parmi nous ! Une nouvelle aventure commence ! Une nouvelle gloire ! Vous passerez la nuit devant l'autel de la cathédrale en contemplation et prières. Demain, au lever du jour, une nouvelle vie s'offrira à vous en tant que chevalier de la Table Ronde.

Les fortes paroles d'Arthur se répandirent dans la pièce, résonnant en écho et étourdissant le cœur de Lancelot. Pour le meilleur ou pour le pire, il avait pris une décision, non par curiosité ou par jeu mais de son plein gré, guidé par la foi qu'il avait en Dieu et en l'homme, intensément. Il lui sembla que le ciel s'ouvrait et que tout désormais était possible. Sa main se tendait vers cette étoile si brillante. Peu importait qu'elle fût si loin, qu'elle fût inaccessible, rien n'égalerait jamais son amour éternel.

15

Vint l'heure de silence parfait. L'heure du repos. Le moment où la nuit même semblait dormir. La lune blanche croissait dans le ciel, lourde et traversée de nuages qui passaient en traînes déchirées, inquiétantes. Le feu du foyer, la torche de résine, la bougie, tout était éteint, même les braises. Les seules lueurs provenaient de la tour de garde.

Guenièvre n'avait pris ni torches ni escorte pour accompagner sa retraite silencieuse. Elle s'était vêtue d'une sombre cotte et d'un mantel couleur de nuit. Restant dans l'ombre, elle traversa les allées de la cour vers le couvent, et prit le passage qui reliait directement la citadelle à la magnifique cathédrale de pierre dorée. C'était un édifice tout de splendeur, plus beau peut-être que le château lui-même, avec ses formes et ses sculptures polies par les ans et la dévotion du peuple de Camelot. Les figures bibliques gravées dans la pierre, la grande rosace symbolisant la variété du monde créé, les arcs-boutants… tout y contribuait à élever l'âme et à lui accorder la foi qui sauve et la paix qui secourt dans les tourments de la vie.

Elle poussa la petite porte de chêne pratiquée dans le monstrueux portail clouté et entra dans la chapelle rayonnante comme une modeste femme venue implorer Dieu. La cathédrale baignait tout entière dans une lumière de bronze doré qui émanait des centaines de veilleuses inondant de leurs lueurs mystiques les visages saints, de bougies dont les flammes s'élevaient dans les lourds candélabres.

Guenièvre, marchant sans bruit dans les bas-côtés, atteignit l'immense autel. Le courage l'avait jusqu'alors soutenue mais, cette nuit, elle se sentait défaillir.

Elle n'aurait jamais dû se trouver là, la veille de son mariage, allant à la rencontre d'un autre homme que son promis. C'était une grande folie, mais elle était venue. Folle aventure, et si dangereuse… La ville était fort peuplée et toujours quelque part une âme, bonne ou fielleuse, veillait. Guenièvre remonta son capuchon et respira pour sentir le courage remonter dans son esprit et affermir son cœur. Quelles qu'en soient les conséquences, elle devait lui parler.

Il ne pouvait pas l'avoir entendue, pourtant il relevait la tête, sentant une présence dans l'atmosphère où les fumées d'encens dessinaient des volutes. Elle dépassa l'homme en prière. Sa traîne pâle et ouvragée glissa sur le sol de pierre brute. Elle s'arrêta à distance, devant l'autel où Lancelot était agenouillé. Les candélabres faisaient luire ses cheveux comme l'eau sombre d'un étang traversé par le crépuscule. Elle le regardait, le cœur tressautant comme un chevreuil furieux, ses jambes soudain paralysées. Avec Arthur, elle se sentait paisible, sereine, protégée… Mais Lancelot n'avait qu'à la regarder pour qu'elle se sente pourchassée, traquée et atrocement satisfaite de l'être, malgré elle. Elle avait pris tous ces risques pour le voir, lui parler ; il ne fallait pas qu'un seul regard la trouble au point de lui faire changer son propos. Elle respira plusieurs fois, tentant de rendre Lancelot invisible à son cœur trop gonflé. Elle parla en un souffle tremblé, regardant autour d'elle encore une fois. Vérifiant encore une fois s'ils étaient seuls.

– Pourquoi ?

– Vous savez bien pourquoi.

La voix de Lancelot était encore plus basse que celle de Guenièvre, et profondément voilée.

– Je vous en supplie, quittez Camelot. Dites à Arthur que votre âme est changée, que vous avez prié et que vous ne souhaitez plus être adoubé.

Guenièvre s'était approchée pour mieux se faire entendre. Lancelot se releva.

– Je ne peux pas. Je resterai où vous serez. Toujours.

Des larmes jaillirent des prunelles de Guenièvre. Des larmes de dépit. Que voulait-il ? Pourquoi la faire ainsi souffrir, puisqu'il savait que rien n'était possible ? Tôt ou tard, l'un d'eux briserait le serment fait à Arthur. Un sanglot fit tressauter sa frêle poitrine sous son gros mantel de drap brodé.

– Je vous en supplie…

– Et que suis-je censé dire ? Voulez-vous que je mente ?

– Dites que vous êtes mon ami, et prenez congé. Il n'y a aucun avenir à tout ceci.

Lancelot jeta le regard sur la plus haute flamme du candélabre posé sur l'autel. Le temps de trouver les mots justes. Il la regarda de nouveau intensément.

– Alors que je cheminais vers Camelot, je me suis dit que je devais repartir, ne jamais entrer dans cette cité… Puis je suis entré malgré moi. J'allais repartir, il le fallait, et, la nuit de votre capture, je regardais l'horizon des remparts de la citadelle pour la dernière fois. Maintenant, non… Il est trop tard. Tout ce que je pense va vers vous. Tout ce que je veux de la vie est vous. Quinze, seize… années de vagabondage stérile. Que n'ai-je enduré dans le néant ! Vous le savez comme moi, vous me l'avez si bien dit, chacun, un jour, doit trouver le chemin de son logis.

Entendant ces mots, Guenièvre sut qu'elle s'était trompée. Elle avait voulu, en ces lieux sanctifiés, saisir l'honneur de Lancelot sans pirouette et qu'il se rende comme elle à l'évidence de leurs destins : elle auprès d'Arthur et lui, libre comme il l'était depuis si longtemps. Quelle folle enfant elle avait été ! La voix étranglée par la peur que lui inspirait leur relation, elle souffla contre l'autel :

– Vous savez que cela ne peut pas être…

– Dites-moi que vous ne m'aimez pas.

– Je… Je ne vous… aime pas.

Sa voix forcée, étranglée, avait jailli à la force de sa volonté, rude et éprouvée depuis son plus jeune âge.

Tous les saints du paradis entendirent son pieux mensonge, leurs faces impassibles. La fumée d'encens s'épaississait et entrait dans ses poumons, faisant chavirer son esprit.

– Regardez-moi maintenant et redites-le.

Le cœur de Guenièvre voulait s'échapper de sa poitrine et courir, gambader. Elle se tenait dans le lieu le plus sacré du monde. Là où nul mensonge ne pouvait être dit. Son âme n'était plus qu'une tempête, les vagues hautes de la raison et de la passion se succédaient sur le rivage escarpé de son cœur. La sensation insupportable de brûlure et d'étouffement qu'elle avait ressentie dans sa chair et dans son cœur, blottie à côté de lui contre l'arbre millénaire de la forêt, était revenue. Intolérable. Elle fit front malgré tout, le cœur en fusion, et par deux fois tenta de parler. Mentir effrontément dans ce lieu était un crime. Lancelot tendit les mains et sépara les siennes qui fermaient le mantel. Son cœur battait dans sa gangue charnelle, libre, jeune, joyeux…

– Tout votre corps sait que vous mentez.

Il prit ses mains et en baisa les poignets.

– Je peux quitter Camelot. Je peux partir à l'instant, mais… seulement si vous venez avec moi.

Un « Oui ! » total hurlait dans la poitrine de Guenièvre, que sa bouche retenait. Un « oui » qui signifiait partir libre, chevaucher sans responsabilités, sans château, sans marauds, sans souvenirs. Elle poussa un soupir à fendre l'âme et songea à sa fortune infortunée… « Si seulement, je n'étais qu'une servante… » Mais elle ne l'était pas. Il en était ainsi, à la grâce de Dieu. Elle était la Dame de Léonesse, et avait donné sa parole au Haut-Roi. Elle avait un devoir envers elle-même et envers cet homme magnifique à qui elle avait donné sa foi.

– C'est votre chance de bonheur. Saisissez l'espoir d'une nouvelle vie, Guenièvre…

Les mains de la future Reine tordaient sa robe ; elle avait le cœur ravagé.

– Non, ce n'est pas ainsi que peut survenir le bonheur. Je dois faire ce qui est juste et laisser le bonheur venir ou non, selon la volonté de Dieu.

– Dieu ?

Le mot résonna dans la cathédrale et la lueur des candélabres vacilla.

Craignant de perdre sa foi, son orgueil et sa parole si elle restait davantage, Guenièvre, à cette parole synonyme d'absolu qui résonnait encore dans le sanctuaire, se drapa et repartit vers la chapelle. Lancelot entendit le grincement de la petite porte de chêne. Ses yeux se fixèrent, affolés, sur les scènes bibliques et les rosaces magnifiques. Il plia un genou à terre mais les mots s'étranglaient dans sa gorge « Cela ne peut être… Cela ne doit pas être… »

Le jour grimpa les hauts murs et entra triomphalement dans la cathédrale, faisant chanter à l'unisson le rubis et l'améthyste, l'émeraude et le topaze des vitraux. Dans un entrelacs de pierre, le visage d'un christ glorieux et libérateur, les mains tendues vers ses brebis, rayonnait de bonté. Certains voyaient dans les traits du Sauveur une ressemblance avec le Haut-Roi lorsqu'il était encore un homme jeune. Une trompette résonna et le son se dissipa vers les clefs de voûte comme l'alléluia d'une troupe d'angelots. Arthur traversa la nef dans le silence et s'arrêta, sa haute silhouette nimbée d'une aura d'or pur. Il tenait en main sa royale épée et la lumière courant sur sa lame parfaite y faisait luire les couleurs de l'arc-en-ciel.

Arthur appliqua le plat de la lame sur les épaules de l'homme, tête inclinée, en grande dévotion. Lancelot avait un genou à terre, l'autre pied posé bien à plat. Il combinait par ce geste le service dû à Dieu et à son roi et la marche pour secourir les royaumes dévastés par les félons.

– Relevez-vous, Messire Lancelot !

Lancelot se remit sur ses deux pieds et le Christ Sauveur l'accepta dans ses bras immenses, au milieu des couleurs de la Création. Arthur remit sa lame dans son fourreau et donna l'accolade de bienvenue et de paix à ce nouveau frère.

– Le frère pour le frère. Tous unis à jamais dans la vie et dans la mort.

L'un après l'autre, les chevaliers du Haut Conseil firent serment d'accepter Lancelot parmi eux en parfaite franchise et fraternité.

Seuls Mador et Ké le Sénéchal, qui avaient protesté lors de la proposition d'Arthur, mirent quelques accents acides dans leurs paroles. C'était le jour du mariage du Haut-Roi et il aurait fallu être parfaitement fol et vilain pour empêcher Arthur de soupirer de joie en voyant tous ses vœux exaucés. Lancelot avait prévu une longue cérémonie où il aurait dû se justifier longuement mais, dès que les chevaliers richement parés l'eurent accepté parmi eux en lui promettant comme il leur promettait fidélité jusqu'à la mort, l'adoubement prit fin. Tout était à la fois parfaitement solennel, juste, impressionnant et simple. À l'image de l'enseignement du Christ. Le sang de son nouvel état inonda son corps. L'adoubement, qu'il avait toujours considéré comme un acte un peu sot et dérisoire, prenait aujourd'hui tout son sens et le tirait vers le haut, vers l'honneur de servir... de mourir. « Le frère pour le frère. Tous unis à jamais dans la vie et dans la mort... »

La seconde cérémonie de la journée revêtirait une tout autre importance. Le monument sacré croulait sous les candélabres, les dais de velours ouvragés. Barons, chevaliers, dames et pucelles rivalisaient de splendeur. Les chevaliers tout parés[1], les barons en robe et mantel de riche samit à orfrois[2], les dames qui se protégeaient des premières fraîcheurs par de légers ornements de cisne[3] et supportaient, à leur poitrine et à leur front, de lourds joyaux se pressaient dans la cathédrale. Lancelot, habillé lui-même sobrement d'une robe argent et bleu, les teintes emblématiques de Camelot, se tenait parmi les chevaliers de la Table Ronde et formait avec eux une haie protectrice jusqu'à l'autel vers où s'avançait le couple royal.

Le sang de Lancelot s'était figé. Il vivait la dernière heure de sa vie. Lorsque Guenièvre avança vers le représentant de Dieu sur terre, un rayon de soleil traversant la grande rosace du porche l'enveloppa d'un nimbe blond, blanc et or. Les petits cheveux qui s'échappaient de sa coiffure tressée lui firent une auréole de madone. Un son pur de trompette. Tout le monde resta silencieux dans la nef alors que le couple parvenait à la pre-

1. Parure : la parure désigne, dans l'équipement du chevalier, toutes les pièces portant les couleurs et armoiries distinctives de leur possesseur.

2. Orfroi : broderie employée en bordure.

3. Cisne : cygne.

mière travée. Un enfant au-dessus du chœur fit pleuvoir des pétales de rose de la couleur des joues les plus fraîches de la plus fraîche des vierges. Lancelot la sentit approcher. L'air lui manquait. Il était décidé à regarder droit devant, à ne pas montrer l'once d'un sentiment. Guenièvre inspira et s'arrêta devant l'autel. Même si ses yeux ne voulaient plus rien voir, ses oreilles plus rien entendre, sa Dame dardait sa présence dans toutes ses veines. Sa promise, captive d'un autre, dans sa merveilleuse robe de noces de fin drap de soie blanc et argenté, éclat de la lune et du soleil réunis en grande merveille. Si proche… Inaccessible. Ses yeux se posèrent sur lui un instant, lui donnant une réponse, et déjà elle passait, royale, et il ne vit plus que sa traîne. Arthur suffoquait de joie sous le masque plein de bonté et de sérénité que devait arborer un roi. Guenièvre gardait un sourire nerveux, tiré sur ses jolies dents de nacre. Son cœur n'était plus assuré d'avoir fait le juste choix, mais son esprit en était certain. Ce mariage devait être, était pour son défunt père, pour Léonesse, pour Arthur et Camelot, la voie de l'unité. Et elle se mariait de sa propre volonté. Aussi, pourquoi emportait-elle dans son consentement ce sourire crispé ?

Le prêtre étendit la main et le couple, côte à côte, s'agenouilla.

Les cloches joyeuses de la célébration sonnèrent à toute volée de par la ville. Rue après rue, tour après tour, à chaque porte de la cité, la musique des carillons s'élevait dans l'allégresse. Sur la grande place, le jeu de Gantelet avait été démonté, malgré le dépit des jeunes hommes qui voulaient pousser Lancelot à le conquérir une nouvelle fois et peut-être eux-mêmes vaincre la mort et le quérir. Les mets et les vins arrivaient. Partout ce n'étaient que jongleurs lançant leurs balles, cracheurs de feu et lanceurs de couteaux, joutes et jeux. Dans le palais, les festivités débutèrent plus calmement. Avant de prendre part au festin qui les attendait, les chevaliers de la Table Ronde devaient rendre hommage à leur reine.

Guenièvre était assise sur son trône glorieux et attendait, Arthur à ses côtés, que chacun ait promis de la servir à tout jamais.

Agravain était le premier et ses yeux du même bleu que le drap de Camelot scintillaient de la joie de servir pareille suzeraine. Le genou à terre, il jura à ses pieds :

– Je jure d'aimer et de servir Guenièvre, ma Reine, loyalement, et de protéger son honneur de ma vie.

Les mots d'hommage sortirent de l'enclos de chaque bouche de chevalier, mais il y avait plus de courtoisie dans leur timbre que d'irréfragables amour et volonté.

À chacun, Agravain, Patrice ou Ké, Guenièvre montrait le même masque souriant et grave. Pourtant ses yeux cherchaient, bien malgré elle, le dernier de la chaîne de fraternité. Rien dans le regard de Lancelot ne laissait passer quoi que ce fût. Elle se sentit désespérée. Pourquoi était-elle sortie la nuit passée ?

– … ma Reine, loyalement, et de protéger son honneur de ma vie…

Guenièvre tentait encore de sourire. Sa main relevait d'un petit geste chaque chevalier. Cette main pâle où brillait désormais l'anneau celte d'or fin, symbole de fidélité et d'éternité de l'amour entre un homme et une femme. Tous les chevaliers étaient retournés à leur place à la Table Ronde. N'en restait qu'un pour la dernière place restée vide si longtemps.

– Je jure d'aimer et de servir Guenièvre, ma Reine, loyalement, et de protéger son honneur de ma vie.

Le serment à peine terminé, on entendit une volée de coups à la porte. Tous les yeux se tournèrent, anxieux. Les gardes ouvrirent.

– Jacob !

Guenièvre avait crié, la face pâle comme neige en voyant son fidèle serviteur soutenu par deux soldats. Son visage dégouttait de sang et sa respiration n'était plus qu'un horrible gargouillis.

– Pardonnez-moi, ma Dame…

Et un flot de sang sortit de sa bouche.

– … cette terrible nouvelle… Méléagant… a détruit… Léonesse… par le feu…

– Jacob.

Guenièvre, étouffée d'angoisse, tentait de ranimer Jacob. Les soldats l'étendirent sur le sol et son dernier regard alla à sa Dame, la seule qu'il eût jamais aimée et servie.

– Il est mort, ma Reine. Je pense que seul son esprit a parlé. Son corps, lui, était déjà mort depuis longtemps.

Un sanglot jaillit dans la gorge de Guenièvre, qui l'étouffa à grand-peine. Maintenant, elle devait être encore plus forte que jamais. Surtout aujourd'hui. Être reine, plus que reine, pour Jacob, pour Léonesse.

Elle se tourna vers Arthur :

– Vous avez entendu ce qu'il a dit ?

– Oui, j'ai entendu.

Le bras protecteur d'Arthur enlaça ses épaules.

– Aucun délai ne doit être souffert. Le Haut Conseil est déjà assemblé, l'armée est prête. Nous pouvons être sur le chemin de Léonesse avant la tombée de la nuit.

Le Haut-Roi se tourna vers les gardes :

– Conduisez cet homme à la chapelle et qu'on le veille jour et nuit.

– Bien, Sire.

Arthur donna ses ordres aux capitaines et aux chevaliers dont faisait maintenant partie Lancelot. Guenièvre le regardait. « Que Dieu vous garde d'un pareil jour... » Mais Dieu pour elle non plus n'avait pas consenti à pitié. En fait, elle doutait que Dieu ait quelque chose à voir avec cette terrible nouvelle. Et lorsque ses yeux croisèrent ceux de Lancelot, elle y vit la plus chaleureuse des compréhensions.

16

Trois jours et trois nuits durant, la grande armée de Camelot marcha vers Léonesse. Le temps était clément et les routes n'avaient pas été dévastées par les orages ni le passage des chariots, si nombreux en été. Seuls pouvaient les arrêter des bataillons dispersés de Méléagant. Les éclaireurs du Haut-Roi étaient constitués de tout le peuple paysan qui attendait son passage et s'offrait spontanément pour renseigner l'armée du Haut-Roi. Le quatrième jour, la vallée fertile de Léonesse fut en vue et, dans la rivière, le soleil couchant refléta la ville, dont le beffroi restait muet à leur approche.

Dire qu'il y avait quelques mois elle se tenait sur cette même colline, regardant, le cœur gonflé d'amour et de fierté, sa ville, son activité joyeuse, cette populace en fête pour la foire, ces murs couleur de froment, ces toits de tuiles rouges, les vergers... Léonesse... Elle chuchotait ce mot qui résumait toute son enfance, tout le poids de ses responsabilités, et son cœur se serrait d'angoisse.

Finalement, Méléagant ne semblait pas avoir brûlé la cité. En tout cas, pas comme il avait fait pour certains villages, ne laissant que braises et murets. Mais n'était-ce pas là un de ses pièges ?

Arthur aussi regardait intensément les lices et tours de la ville, sa bouche crispée dans sa courte barbe argentée.

– Le pont n'est pas gardé et les portes sont ouvertes...

– Que pensez-vous que Méléagant prépare ? Peut-il s'être envolé à notre approche ?

Les mots de Guenièvre tenaient plus du fol espoir que de son intime conviction.

– Je ne pense pas. Méléagant va nous faire connaître son prix... Il a perdu la première manche, et maintenant il va résister...

Arthur avisa Ké le Sénéchal dont le cheval piétinait autour d'eux.

– Nous allons camper ici pour la nuit...

– Où, Sire ?

– Ici...

Arthur montra un pré clos de hautes herbes vertes. Quelques gras moutons y paissaient et le doux bruit de leurs mâchoires, leur vision rassurante étaient un baume pastoral à la veille de la guerre.

– L'endroit est trop exposé, Sire. Comment pourrions-nous nous défendre, ici ?

Arthur ne répondit rien. Un regard de lui suffisait et Ké s'en alla après avoir salué le couple royal et vaqua aux préparatifs.

La voix saccadée de Ké ordonnant l'installation du camp trahissait son mécontentement. Pourtant, rapidement, les tentes constellèrent le champ et le feu de la soupe gémit sous les marmites. Autour du campement, les soldats avaient détaché les chariots et s'en servaient comme d'observatoires. Chacun restait vaillant et sur la défensive, aiguisant et graissant encore et encore ses armes.

La première réaction de Lancelot aux ordres d'Arthur avait été la même que celle de Ké, mais il passa outre à ses doutes. Arthur était bien trop expérimenté pour commettre une erreur aussi grossière. On disait qu'il avait gagné sa première bataille contre des envahisseurs venant de la grande mer alors qu'il n'avait que quatorze ans, et jamais depuis son jugement et sa vaillance ne l'avaient trahi. Pendant qu'il pansait Jupiter, l'idée qu'Arthur ourdissait une ruse s'installa dans son esprit. Méléagant était posté en observation et attendait qu'Arthur descende vers Léonesse se jeter dans sa gueule. Maintenant Arthur tentait de bousculer les plans de Méléagant. Lancelot flatta longuement son bel étalon. Ces derniers jours avaient été rudes et la bataille ne tarderait pas. Il devait prendre bonne nourriture et prompt repos. Lancelot le laissa avec un picotin généreux, une fraîche gerbée de foin et marcha vers les soldats. Il était maintenant un membre du Haut Conseil, et devait se faire connaître et respecter.

Il s'arrêta devant un feu et accepta un brouet. Le soldat le servit, puisant les légumes et le pain cuits dans le gros chaudron culotté. Le breuvage était brûlant et Lancelot prit son temps, soufflant sur sa surface et observant la troupe. Les hommes fourbissaient leurs armes et trompaient la tension de la bataille à venir en se lançant de lourdes plaisanteries. Un archer préparait ses flèches, les garnissant de plumes d'oie finement taillées pour assurer un équilibre parfait. Il ajustait les ailettes dans les fentes du trait à l'aide d'une coulée de glu de racine de jacinthe. Les derniers préparatifs. Le dernier graissage des armures. Les soldats se poussaient, se bousculaient en faisant des blagues morbides et se signaient en passant près de la tente du chirurgien en espérant qu'ils n'aient jamais à s'allonger sur un de ces brancards de campagne. Les moines médecins préparaient les bandages et passaient au feu les instruments tranchants. Ils sortaient aussi la bonbonne de marc sans laquelle aucune opération n'était possible…

Lancelot les comprenait, mais n'était pas l'un d'entre eux. Il restait le nouveau venu. L'étranger. Un inconnu. « Le frère pour le frère »… Il sourit mais ses lèvres n'étaient plus amères ou cyniques. Terminant son brouet, il rapporta son écuelle au soldat, le remercia et marcha vers la tente du Roi au sommet de la colline. Un abri de plus petite taille avait été dressé à côté, et le longeant, il entendit des murmures de femmes s'en échapper. Son cœur tressauta lorsqu'il reconnut la voix de Guenièvre et il se sentit tout pétrifié comme un jouvenceau. Elle sortit au moment où il passait. Un instant, il hésita… mais les capitaines et lieutenants entraient déjà sous le plus vaste chapiteau. Il les suivit, s'arrêtant un instant sous le dais qui venait d'être soulevé par un éclaireur qui revenait, encore haletant, d'une mission de reconnaissance à Léonesse. Arthur était accoudé à une table reposant sur de solides tréteaux, ses chevaliers autour de lui. De la pointe de sa dague, il expliquait sa stratégie sur une carte de la région déroulée et maintenue par de gros galets.

Le messager se présenta devant son suzerain :

– Sire, la ville est vide !

Les longues mains d'Arthur jouaient nerveusement avec la dague. Ses soupçons prenaient forme :

– Y êtes-vous entré ?

– Non, Sire… Mais toutes les portes en sont ouvertes. Rien ne bouge à l'intérieur, ni armée, ni gens… Et je n'ai vu ni chats ni corbeaux. Il n'y a pas de morts.

Les hommes se regardaient, interdits.

– Bon rapport… Allez vous nourrir, puis revenez ici dans une heure. J'ai encore de l'ouvrage pour vous. Quant à vous, les responsables, restez et écoutez…

La stratégie d'Arthur était simple, une version du plan de Méléagant lui-même en quelque sorte, mais plus vicieux, plus élaboré.

– Nous allons combattre le feu par le feu !

Telle phrase ne pouvait que revivifier les souvenirs que Lancelot avait eu tant de peine à étouffer. Aujourd'hui, lors de sa première bataille, c'est à nouveau par le feu que tout serait dit…

Il marcha autour du camp et au-delà vers les chariots, vérifiant si les sentinelles étaient en alerte, à leurs postes, et si le guetteur était à sa place. Chaque ordre donné au centre de la tente royale était rapidement et efficacement relayé vers les capitaines, leurs lieutenants et les soldats.

Lancelot retourna vers l'arrière-garde. L'escorte royale lui barra le passage durement. Les bannières de Camelot et de Léonesse, bleu, argent et or, claquaient à sa lance.

– La Reine vient, faites place !

Guenièvre passait les troupes en revue, parlant à chaque soldat, galvanisant leur courage de sa présence. Le son de sa voix fit palpiter Lancelot. Sa silhouette gracile et si décidée qui se révélait dans toute sa finesse au milieu de ses hommes en armes était plus qu'il n'en pouvait supporter. Être près d'elle était insoutenable, être loin d'elle n'était pas vivre.

Guenièvre acheva sa revue par un archer qui modelait la courbe de sa flèche dans les braises rouges. Ses regards se portèrent au-delà du feu, sur Lancelot. Rien n'avait trahi sa présence, mais elle savait qu'il était là à la qualité spéciale de l'air qui l'entourait, la rendant chancelante et plus forte à la fois. Quant à Lancelot, amour le gouvernait aussi et, à la vue de la dame de son cœur, il voulait crier, hurler : « Je vous aime ! » Mais ces mots devaient à tout jamais rester enclos dans sa tête.

Désormais elle était une dame. Elle avait épousé le Haut-Roi : les paroles sacrées prononcées dans la nef avaient tout changé. Elle bénéficiait de la protection d'Arthur et elle-même avait des devoirs envers cet homme, si vulnérable malgré son immense stature. Pourtant, elle osait s'avouer maintenant que l'amour qu'elle portait à Lancelot ne diminuait pas. Lui aussi était vulnérable. Plus désarmé devant la vie qu'Arthur. Comme il pesait à Guenièvre de lui infliger chaque jour la douleur de sa présence, attachée fidèlement à un autre homme ! Arthur convenait parfaitement à son esprit loyal, royal, à sa destinée, à ses devoirs, mais lorsqu'elle plongeait en son cœur, la vérité grimaçait et elle voyait Lancelot qu'elle désirait comme un amant. Lorsque

Arthur la couvait du regard, elle se sentait enveloppée d'un chaud mantel d'hermine. Lorsque Lancelot posait ses regards sur elle, son corps s'embrasait.

Marchant lentement dans le tumulte de son cœur, elle revint à la tente de commandement. Arthur se tenait debout face à plusieurs braseros qui scintillaient comme des étoiles dans l'obscurité de la toile. Le vent du soir rabattait vers eux l'odeur du foin et la fumée du bois. Guenièvre inclina la face vers son époux et une soudaine impulsion lui fit refermer son jeune et souple bras autour de lui, le serrant, se nichant à son côté pour qu'il la protège des marauds, du doute, d'elle-même… C'était bon et fort. C'était ainsi que devait se continuer sa vie. Il fallait tout oublier hormis Arthur et Léonesse.

Le Roi était tout surpris, ému et amusé de la caresse de sa jeune épouse. Il embrassa le haut de son front et enlaça sa fine taille de son bras de guerrier. Il savait bien ce que disaient barons et chevaliers et toutes les dames de la cour, qu'il avait l'âge d'être son père et même… son aïeul. Il ne voulait prendre en considération que le fait qu'elle était assez âgée pour prendre époux et lui assez jeune pour être un mari. Et lorsque Léonesse serait repris, il le deviendrait naturellement et les langues se tairaient. Pour l'heure, ils n'étaient mariés que par les mots, que par le nom. Il aurait pu donner des ordres pour que la tente royale soit transformée en chambre nuptiale, mais l'espace était trop restreint, la toile trop fine, les oreilles trop aiguisées pour de premières étreintes. Il voulait une union totale et intime entre un homme et une femme, non les rites convenus entre un roi et une reine. Son bras glissa de la taille cambrée de Guenièvre et ses regards survolèrent le campement. Il savait avec l'assurance de son expérience qu'ils allaient gagner cette guerre.

– Qu'y a-t-il, mon doux Sire ?

Arthur inclina sa belle tête argentée. Être fort de la certitude de bientôt vaincre Méléagant n'empêchait pas ses os d'être glacés et une armée de fantômes de gémir dans son cœur.

– Rien… Une mélancolie soudaine de vieux soldat !

Il l'enlaça à nouveau et lui baisa la tempe.

– Les nuits d'été et une jolie jeune femme, n'est-ce pas ce qui convient à un guerrier à la veille d'une bataille ?

– Méléagant peut frapper n'importe quand, que vous soyez mienne ou non.

Tout se faisait silencieux au plein cœur de la nuit. Les étoiles lançaient de muets appels dans le ciel d'encre et sur terre, seules les petites lampes de corne et les brasiers éclairaient encore le campement. Le guetteur caché dans la tour restait en alerte. Les sentinelles marchaient lentement, l'oreille tendue sous les bannières qui se mouvaient lentement dans le vent frais de la nuit. Les moutons s'appelaient de temps à autre et continuaient de paître bruyamment sous le ciel nocturne.

Endormi à son poste, Ralf souriait dans son sommeil. Peur et vaillance s'étaient endormies au sein des armées de Camelot au cours de toutes ces années de paix sous le règne d'Arthur. « Vieux fou ! » Le capitaine de Méléagant toucha du bout de son index la profonde blessure qui lui barrait la lèvre, puis il héla le lieutenant en faction.

Autour de la tente d'Arthur, les moutons s'approchaient et, à leurs croupes, ramassés sur eux-mêmes, les noirs marauds gagnaient du terrain dans l'herbe haute. Derrière la première ligne de félons, une autre rangée de marauds rampait dans le pré, l'épée à la main. Les moutons se mirent à courir, martelant le sol tendre de leurs dizaines de sabots et bêlant, tout effrayés. Derrière Ralf, la troupe montée attendait le signal. Dans la nuit noire, les dents aiguës sous les babines retroussées, les yeux et les épées luisaient d'un éclat froid. L'étalon de Ralf hennit à la lune noire et le capitaine hurla : « Maintenant ! » Le sonneur lança les violents accords de la charge qui résonnèrent dans le silence de la nuit comme les trompettes de l'Apocalypse.

Les moutons s'égaillant dans le camp semaient un désordre que les noirs marauds se hâtèrent d'aggraver alors que la cavalerie chargeait l'armée de Camelot endormie.

Vague après vague, la horde de Méléagant de Gorre affronta la troupe de Camelot, tirant maints traits d'arbalète. Les marauds ouvraient les tentes à l'épée, et passaient leurs lames au travers des corps parfaitement endormis. Ralf, d'un promontoire, contemplait la scène de terreur qui se déroulait au cœur de l'enceinte violée du camp de Camelot. Un bruit l'alarma. Étaient-ce des cris d'agonie ? Il contourna les tours de guet enflammées et regarda le guetteur mort à ses pieds, une flèche profondément enfoncée dans la poitrine. Le feu avait pris dans ce corps humain et, lorsqu'il abattit son arme sur sa tête, celle-ci roula comme une balle de paille. Les corps n'étaient que croix de bois à têtes de paille sommairement recouvertes de fragments d'armures et de hardes.

Un coup de poing magistral renvoya Ralf dans un court sommeil. Lorsqu'il en émergea, sonné, la tête aussi étoilée que les cieux, et se remit sur pied, il entendit la voix de Méléagant croassant à sa troupe : « Fols ! Fols que vous êtes ! Vous ne voyez même pas que vous combattez des épouvantails ! des fantômes de guerriers ! » Méléagant n'était pas le seul à avoir hurlé de dépit. Les autres soldats avaient rapidement découvert que leurs victimes ne luttaient pas et ne saignaient pas davantage. À quelque distance de cette bataille très inégale, l'éclat pâle des armes et des armures rayonnait dans la nuit et les torches éclairaient l'armée de ligne en ligne.

– Ils vont payer pour cela !

Lancelot grinçait des dents à l'approche de la bataille, ses yeux étaient à nouveau ceux d'un prédateur et son impatience lui faisait rouler des épaules comme un fauve s'approchant à l'affût. Il tenait haut la torche qu'Agravain l'avait laissé prendre et la donnait maintenant à Messire Patrice.

– Il va payer pour bien davantage que ce que vous savez, Messire ! Et nous allons nous en débarrasser à tout jamais !

Agravain éperonnait son destrier. Il regarda Lancelot avec un intérêt plein de morgue.

– On dit beaucoup de choses sur vous, Messire, mais tous parlent de votre vaillance dès que vous tenez une épée…

– Espérez-vous que la rumeur soit vérité ou mensonge ?

Agravain lui sourit.

– Pour la vaillance, vérité, à coup sûr !

Les chevaliers tout appareillés et armés progressaient vers le camp où régnait encore la confusion la plus grande. Chevauchant flanc à flanc, comme s'ils étaient montés sur palefrois de parade, leurs armures étincelantes reflétaient leurs capes vermillon. L'armée de la Table Ronde fondait sur les marauds dans toute sa gloire. Frères en la vie, frères en la mort ! Arthur leva vers le ciel étoilé son épée magnifique.

– Chargez !

Un cri de guerre déchira l'armée de Camelot. Jupiter s'élança et son flanc toucha presque le flanc du destrier d'Agravain, un jaune d'Espagne tout de beauté et de force nerveuse. De plus en plus vite, ils passaient, étincelants, comme la comète éclaire un instant les champs fauchés. L'infanterie suivit, l'épée solidement empoignée. Les chevaliers laissaient aller leur ire, le sang bouillonnant qu'ils avaient si longtemps contenu contre Méléagant. Là où passaient leurs épées plus tranchantes que faux ne restaient que chairs mêlées de cuir noir. Ils frappaient si bien qu'ils les abattaient tout plats et que le sang chaud et bouillant sortait du corps des marauds par maintes blessures. Vint le temps où le Capitaine Ralf entendit pour la seconde fois de la nuit des cris d'agonie, mais cette fois, c'étaient ses hommes qui les poussaient, avant de tomber tout occis. Les noirs marauds se défendaient pourtant avec vigueur. Les traits d'arbalète fusaient de ces maudites armes. Une flèche passa tout près de la tête de Lancelot et vint finalement occire un maraud incendiaire. Agravain et Patrice ne pouvaient arrêter le baptême du sang qu'ils imposaient à leurs ennemis. Alors que les chevaliers rendaient plus de coups qu'ils n'en recevaient, une troupe de renfort du Capitaine Ralf arriva à se glisser vicieusement par les fourrés et prit à revers la piétaille. Ils firent face vigoureusement, mais les marauds lançaient si fort leurs épées que les boucliers gauchissaient.

Arthur restait sur son cheval un peu à l'écart, observant la bataille, et pouvant à tout moment donner de nouveaux ordres à ses hommes. Il ne quittait pas des yeux le flanc où Agravain, Sire Patrice et Lancelot se battaient comme les preux qu'ils étaient. Si le Haut-Roi avait éprouvé maintes fois la vaillance des deux premiers, il découvrait Lancelot au combat, et l'estimait égal, sinon meilleur guerrier que ses fidèles compagnons d'armes. Une fois encore son sentiment premier ne l'avait pas trompé. Si son protégé n'avait pas la forte stature d'Agravain et de Patrice, façonnés par le métier de la guerre, il possédait une rapidité d'esprit et une subtilité dans le maniement de la lame et du cheval qui en faisaient un combattant magnifique.

L'observation d'Arthur fut interrompue par deux cavaliers qui galopaient vers lui.

– Les archers sont en place, Sire.

– Bien… Je leur donnerai le signal.

– Sire ! L'aile gauche se rabat !

– Qu'elle se regroupe en ordre. Trouvez Agravain. Dites-lui de charger !

– C'est fait, Sire !

– Bien. Je veux que le second bataillon vienne épauler l'aile gauche.

Les hommes saluèrent avec déférence et repartirent au grand galop. Arthur regardait le déroulement de la bataille, de plus en plus intensément, une main toujours en alarme sur le pommeau de son épée. Il avait servi dame la guerre pendant près de quarante ans et cette riche expérience pesait lourdement sur ses épaules. Il ne lui semblait aucunement douteux que l'armée de Camelot soit victorieuse de la horde de marauds de Méléagant. Sur la colline, bien préparées pour une course de retraite rapide sur Camelot, Guenièvre et l'escorte royale attendaient, à l'abri. Il pouvait sentir son âme l'accompagner à distance. Il savait que son cœur était dans la bataille, avec toute sa fougue, toute son angoisse, tous ses espoirs et combien elle était fière que les deux royaumes, Camelot et Léonesse, s'unissent à tout jamais par cette lutte commune contre l'ennemi commun. Il espérait qu'elle entendrait les paroles apaisantes qu'il lui dédiait dans son esprit, de toute sa foi : « Méléagant ne peut être victorieux. Tout va aller bien. Je vous aime. »

De l'autre côté du val, sur la colline qui faisait face à celle où Arthur commandait, Méléagant suivait impassiblement le mouvement de sa horde. Il avait perdu une manche, et un frais bataillon de marauds qui étaient descendus en vague du haut de la colline et s'étaient heurtés aux forces puissantes et sans pitié des meilleurs chevaliers de Camelot. Ils refluaient dans les bois, et leurs gémissements et cris d'agonie s'élevaient dans la nuit profonde.

Arthur piaffait sur son destrier. L'aile gauche tenait. Les chevaliers continuaient leur percée dans les rangs des noirs marauds. Agravain, Lancelot et Patrice formaient le fer de lance de cette joute. Un nouveau galop furieux se dirigeait vers Arthur. Le messager salua et, tout à son allégresse, cria au Haut-Roi :

– Ils sont vaincus, Sire ! Les ennemis vont se rendre !

Arthur avait bien entendu, mais nul éclat triomphal, nul sourire satisfait, nul souffle de paix retrouvée ne vint modifier son maintien raide et anxieux. Il savait que souvent les batailles se perdent au moment où personne ne doute de l'issue victorieuse du combat. Sévèrement, il donna des ordres plus fermes que jamais.

– Tenez le centre. Ne chargez surtout pas. Restez dans les rangs !

Un nouvel écuyer arriva auprès d'Arthur. Une coupure profonde saignait à sa joue.

– Le premier bataillon est regroupé, Sire.

– Que le premier bataillon marche et prenne de l'avance. Regardez le flanc gauche !

– Sire !

Le sang d'Arthur bouillonnait sans ses vieilles artères. Une part de lui voulait se précipiter dans la bataille parmi ses chevaliers et connaître de nouveau les tourments merveilleux de la lutte, frère contre frère, dans la vie et dans la mort, mais l'autre part, sage et royale, savait que sa place était au commandement et qu'il était désormais trop vieux pour entrer ainsi dans un combat sans merci.

À son poste d'observation, Méléagant n'ignorait pas que tout pouvait encore se faire et se défaire. La chance légendaire d'Arthur pourrait bien tourner ce jour. « Mon temps est venu », se répétait souvent le Prince de Gorre, et aujourd'hui, il sentait la voie royale s'ouvrir pour lui. Ces mots, il ne les prononçait pas dans sa tête félonne pour se rassurer, mais bien parce qu'il savait que la royauté lui revenait de droit par une conquête totale sur le roi chrétien et sa clique d'apôtres.

Le Capitaine Ralf se présenta à son prince, le visage dégouttant de son sang et de celui jailli des plaies de ses ennemis. Le sang dégouttait aussi de sa lame, qu'il serrait de son poing crispé.

– Gagnons-nous la bataille ?

– Presque, mon Prince.

– La situation est donc si mauvaise ?

Ralf mordit sa lèvre déchirée, ne sachant que répondre à l'humour noir de son maître.

Méléagant disparut derrière la colline et fit face à une seconde armée, sa réserve. Il était temps de la lancer contre Arthur, maintenant ! L'heure, son heure, avait sonné. Ou il vainquait maintenant, en une terrible bataille finale, ou il fallait tout de suite opérer une retraite tactique. Il choisit la retraite. Les chances étaient plus grandes de s'en sortir en se retirant précipitamment de cette gueule de dragon que représentait l'aile gauche de Camelot. De plus, si Méléagant savait de combien d'hommes était constituée sa réserve, il ignorait la puissance de celle d'Arthur. Il donna le commandement de retraite et attendit. Finalement, il occupait la place. Gorre était si proche. Le temps jouait pour lui.

Agravain avait quitté la bataille pour remonter vers Arthur. Le col fièrement dressé, un sourire de triomphe aux lèvres, le chevalier délaça son heaume et fit face à son roi :

– Ils fuient, Sire. Devons-nous les poursuivre ?

Arthur lança ses regards vers la colline où se trouvait le poste de commandement de Méléagant. Les torches ne brûleraient pas longtemps à son faîte.

– Non. Laissons-les. Ils ont été durement frappés. Occupons-nous désormais de la ville.

Les rangs se reformèrent et l'armée de Camelot marcha vers les portes ouvertes de Léonesse. Moines, chirurgiens et serviteurs s'occupaient fébrilement à recoudre, réduire, amputer et donner l'extrême-onction ou réciter la prière des morts. Les olifants sonnèrent. Les bannières de bataille claquèrent dans le vent de la nuit. L'aurore rosissait l'horizon et Guenièvre galopa depuis les collines sur Clair de Lune rejoindre Arthur pour son entrée dans sa cité.

Elle chemina vers le carré de chevaliers qui protégeaient, entouraient le Haut-Roi, son époux. Maintenant, à la peur de voir Léonesse tomber entre les mains de Méléagant, succédait son inquiétude pour les deux hommes qui lui étaient tout : protection, tendresse, amour et passion. Malgré son angoisse grandissante à mesure qu'elle approchait de la ville, Guenièvre remerciait les chevaliers pour leur vaillance sans faille. Clair de Lune frôla le flanc de Jupiter. Genou contre genou… Elle regarda un instant les doigts de Lancelot serrer les rênes et se rappela ces mêmes mains prenant les siennes et les baisant dans la cathédrale, le souffle et la brûlure de son baiser sur ses paumes… Elle rejoignit Arthur et ne le quitta ni d'un regard, ni d'un pas jusqu'aux lices de la ville. Agravain regardait fixement Lancelot et écarta la suspicion qu'il venait de former à son encontre. Non, l'éclat violent et pur qui brillait dans son œil était sa nouvelle fierté de chevalier, le sang bouillant de la bataille, la joie d'avoir servi la cause de sa reine. Non, le regard qu'il avait un instant lancé à celle-ci n'était qu'allégeance et courtoisie. Qu'elle ait pu lui répondre, voilà qui aurait été terrible pour Arthur et pour Léonesse.

17

L'aurore éclaboussait le ciel vert pâle de ses doigts de rose, lorsque l'armée de Camelot franchit la porte grande ouverte de Léonesse. Lancelot, les sens en éveil malgré une nuit magnifique et terrible de bataille, observait chaque signe. Il se glissa dans chaque rue donnant sur la grande place, regardant et regardant encore. Les seuls bruits étaient les leurs, ceux du pas de leurs chevaux sur la terre battue ou le granit du pavement. Agravain aiguisait son regard…

– Dieu merci, la place est déserte. Mais où est la gent de Léonesse ? Où est la Cour ?

Lancelot ne répondit rien. Une mortelle inquiétude lui serrait la poitrine et son esprit se contractait douloureusement sous la force des souvenirs et l'angoisse que l'histoire se répète une nouvelle fois. Il lui semblait encore être dans la rivière souterraine, luttant contre les éléments, les noirs marauds toujours présents avec leur force destructrice, Méléagant qui symbolisait le mal, l'absence de compassion, la vanité, contre lesquels il combattait désormais inexorablement. Sa destinée ne lui appartenait plus. Il était chevalier. Il avait juré de servir. Servir le Christ. Servir le Roi. Servir ses frères. Servir… Guenièvre. À chaque pas il découvrait des traces de la violente occupation de Méléagant : les portes ouvertes et dégondées de force, les meubles, tables et chaises sans valeur aucune, hormis pour leurs propriétaires, brisés et épars sur le devant des maisons. La moindre échoppe avait été pillée. Chaque étal avait été vidé, nourriture et objets le plus souvent écrasés au sol. Aucun habitant n'était visible. Aucun ne pouvait être ouï, même en tendant l'oreille. Ni chiens, ni chats, ni oiseaux. Toute vie avait fui devant les troupes noires. Les voix des barons de Camelot ricochaient sur les murs de la cité et se moquaient d'eux en écho.

Guenièvre, interdite, faisait et refaisait le tour de la place centrale.

– Où est mon peuple ? Mais qu'a-t-il fait de mon peuple !

Lancelot étudiait la place, l'église sur le côté, le palais, l'évêché… L'angoisse se posa sur sa tête comme une couronne de fer glacée. Sur le sol, couchée dans la poussière devant le portail de l'église, une petite poupée de chiffon avait été abandonnée en hâte et piétinée par les lourds sabots des chevaux.

Ses regards se hissèrent de la poupée déchiquetée jusqu'à la flèche gracieuse, puis aux vitraux qui révélaient leurs teintes puissantes dans le petit jour. Les couleurs en étaient si brillantes qu'elles lui pénétraient douloureusement dans le cœur. Ses yeux se fermèrent. Il voyait une autre église, si loin dans le temps, si présente dans l'espace de son souvenir. Une autre église dont les vitres en fusion laissaient fondre à tout jamais l'image de la Madone et de son enfant sauveur dans les hurlements des femmes et des enfants transformés en torches vivantes. Ce poing ! Ce poing de femme qui avait cassé désespérément une vitre de l'église avant de retomber auprès de son corps carbonisé…

– Non !

Le cri jaillissait de sa bouche, comme quinze ans auparavant pour retenir le temps, pour donner une chance, pour hurler l'impossible destruction. Il se rua vers l'église. La lourde porte du porche avait été barrée de madriers solidement cloués. Les autres entrées également étaient interdites.

– Non ! Non !

Lancelot sanglotait et heurtait la porte de toute la force de ses poings, de sa tête, fou de douleur. Les souvenirs furieux galopaient dans sa mémoire. Il avait failli une première fois et aujourd'hui ! Aujourd'hui ! Pouvaient-ils avoir été tous occis, comme hier ? Ses doigts se déchiraient, saignant d'abondance en tentant d'ôter les clous.

Arthur envoya une escouade en renfort auprès du pauvre Lancelot qui perdait la raison à s'échiner contre cette maudite porte. De l'autre côté des entrées barrées, on pouvait maintenant entendre les appels de détresse de la gent de Léonesse et ses coups redoublés contre les portails. Les cris ramenèrent la raison dans l'esprit de Lancelot. Ses forces décuplèrent. Il était un bélier. Plus un agneau sacrificiel, mais un bélier furieux qui se ruait contre la porte, allait la faire voler en éclats. Tout ce qu'il entendait, c'était ces cris de détresse, et tout ce qu'il voyait, c'était la tour en flammes. La lourde porte finit par céder. Lancelot, mort d'épuisement, tomba soudain sur le sol. Un enfant sortit dans la rue et s'arrêta, pétrifié, devant l'armée de Camelot. Sa mère le suivait déjà, tremblant de peur, ne sachant qui ou que trouver au-delà du porche de l'église. Elle saisit vivement et serra contre elle son enfançon comme un trésor. Puis elle vit les bannières croisées de Camelot et de Léonesse. Et elle vit sa reine, Guenièvre.

– Oh ! Ma Reine ! Ma Reine est revenue pour nous !

La femme courut vers Guenièvre toujours montée sur Clair de Lune, et baisa le bas de sa robe. Descendant prestement de sa jument, Guenièvre la fit relever et lui prit les mains.

– Tout va bien maintenant. Méléagant ne reviendra jamais plus.

La gent captive de Léonesse sortit comme un innocent troupeau de l'église et se regroupa autour du Roi Arthur et de son armée. L'angoisse muette remplaçait la joie de la libération. Malgré les embrassades, le peuple agenouillé qui rendait grâce à Dieu et à ses sauveurs bien humains, Arthur savait que Léonesse était plus que jamais menacé par Méléagant et que l'heure était encore plus dangereuse qu'au plus tragique de la bataille. Guenièvre, pleurant, riant, se laissait aller dans les bras de ses barons, relevant le peuple à genoux qui lui rendait hommage. Et finalement, elle tomba dans les bras d'Oswald. Le vieux conseiller la tint tendrement embrassée et baisa paternellement ses joues inondées de larmes.

– Oh, Oswald, quel bonheur de vous revoir ! J'ai eu si peur !

Arthur à son tour embrassa le vieil homme.

– Vous avez survécu, vieux frère ! Remercions Dieu de Sa protection sur votre tête blanche !

– Oh ! Je suis trop vieux maintenant, cela ne satisfait plus personne de m'occire !

– Si, cela satisfait Méléagant !

Se cachant à l'abri d'une chapelle latérale, Lancelot, épuisé de fatigue charnelle et nerveuse, avait posé sa tête dans ses mains et s'était appuyé contre les pierres fraîches du mur. La scène finale de la libération de l'église le laissait tout pantois. Un monstre avait été vaincu. Une résistance avait cédé dans sa poitrine. Les vitraux de l'église étaient toujours debout. Le feu n'avait pas fait fondre leur plomb et la Madone tenait toujours son enfant sauveur sur ses genoux. Rien de plus sinistre et désespérant que le lever joyeux du soleil ne venait pour l'heure troubler les rues en liesse de la ville.

Lentement, chancelant d'émotion, il se remit debout dans le soleil qui dardait maintenant de chauds rayons consolateurs. Une femme, qui sortait en tablier de l'église, s'agenouilla devant Lancelot et baisa ses mains toutes saignantes.

– Que Dieu vous protège, Messire ! Que Dieu vous protège !

Et ses yeux étaient emplis de larmes.

Lancelot ne pouvait prononcer une parole et restait pantelant au milieu de la ruelle. Un petit garçon le regardait de toutes ses prunelles bleues, la face ahurie. Désignant le pont de son petit nez rose, il questionna le grand chevalier :

– Je peux rentrer à la maison, maintenant ?

Lancelot chuchota. Sa gorge était sèche et serrée.

– Oui. Oui, ta maison… maintenant.

Une vague salée emplit les yeux de Lancelot lorsqu'il vit l'enfant partir vers son logis, tout seul par la place de la grande cité. Son enfant, son enfant à lui, si rond et palpitant dans le ventre de sa femme bien-aimée. Son enfant jamais né… Il sanglota. Il ne pouvait rejoindre les autres. Nulle célébration jamais ne saurait le satisfaire. Il voulait être seul. Seul.

Cherchant un chemin parmi la foule en liesse qui dansait, riait, hurlait, il s'engagea sous le haut portail d'une noble maison. Personne ne savait où il était. Enfin, dans l'obscurité des pierres, il fut seul tout à fait. Ignorant où il se trouvait, il pénétra sous un porche sobre et magnifique et gagna un verger. Les plantes médicinales d'un jardin d'apothicaire s'élevaient dans les premières chaleurs. L'anis le disputait à la menthe poivrée, et le thym à l'excitante sarriette. Les parfums harmonieux des simples et celui plus charnel des pommes, symbole d'Avalon[1], enlacèrent son âme et, après tant d'années à se perdre, les fragments de l'ancien et du nouveau Lancelot se raccordaient. Il avait voulu chasser ses fantômes et le plus important d'entre eux, lui-même, si ardent, dans l'errance, mais n'y était pas parvenu. Des sanglots déchirants jaillirent enfin, après quinze années à mugir, captifs dans son sein, et son âme éclatait de trop de souvenirs perdus, de trop de temps à se gâcher, de trop d'amours inassouvies.

Le soleil montait lentement, étendant ses bras de feu, tiède encore, au-dessus du verger. Lancelot s'allongea dans l'herbe, respirant la terre et

1. Avalon : lieu mythique, l'île des pommes *(Insula Avallonis)* où se trouve une chapelle pour les sépultures d'Arthur, Guenièvre et Lohot (fils d'Arthur et de Guenièvre).

ses fruits. Ses vêtements se mouillaient de rosée et il grelottait de la fièvre des retrouvailles avec son âme. Il voyait clairement tout ce qu'il n'avait pu goûter au cours de ces années à chevaucher comme un damné, la mine faussement réjouie, le cœur barré d'une lourde porte de chêne cloutée. Soudain, les beautés du monde s'ouvraient à nouveau à son admiration. Soudain, le voile des limbes où il se mouvait comme en un rêve se déchira et il vit clairement, aussi clairement que le soleil réchauffe la terre, sa vie, son passé, la Création et toute cette peine à surmonter. L'ombre d'une robe passa près de son visage inondé de larmes.

– Vous avez pleuré ?

– J'étais en train de me retrouver.

Il se releva et saisit les doigts de Guenièvre, les baisant et les adorant follement. Il ne fit rien de plus, goûtant chaque seconde éperdument, dans le cristal si fragile de cet instant magique. Ils se regardaient et le monde n'était plus que ce verger, que ce soleil autour de leurs corps qui s'attiraient affreusement, que leurs âmes qui se reconnaissaient en d'autres dimensions, de rêve en rêve.

Au-delà du palais, les cloches du beffroi carillonnaient d'allégresse pour la célébration de la libération de Léonesse. Les sons leur parvenaient assourdis par les lourdes portes, les corridors, l'attention qu'ils se portaient.

Lancelot laissa glisser sa main.

– Écoutez… C'est la voix de votre vie, de votre logis, de votre peuple. Chez vous…

– En un sens…

Ils se regardaient passionnément dans la bulle de verre de leur amour si vaste et si limité.

Un petit bruit, dans le verger, les inquiéta. Guenièvre sut que déjà elle était restée trop longtemps. Elle le laissa en garde au jardin d'Éden à jamais perdu. Il la regarda reculer lentement, interdit.

– C'était l'église… Lorsque je les ai vus tous danser et rire sur la grand-place, ils m'ont libéré.

– Je sais…

Il sourit et regarda le soleil les saluer dans sa splendeur.

– Je voudrais remonter le cours de mon passé, jusqu'au fond de mon cœur, si je le pouvais…

Lancelot ne la suivit pas. Il la regarda, demandant sans parler à rester dans ce lieu qui était le passé de Guenièvre et celui de ses propres retrouvailles avec le présent.

Elle inclina ses paupières en guise de consentement et, relevant ses jupes d'un geste gracieux, quitta le verger embaumé de son vieux palais.

Guenièvre restait accolée à la fenêtre de sa chambre de jeune fille, la seule où elle eût jamais fermé les yeux sur ses rêves avant de partir pour son destin de femme. Mais elle n'était qu'en visite et tout avait tellement changé en son cœur… La fragile jeune fille était devenue une reine et une femme, et avait découvert la douce amertume de l'amour interdit.

Elle ouvrit la fenêtre et regarda au loin. Son peuple avait remis échoppes, logis et rues en ordre et la vie semblait avoir repris son cours. Arthur allait de par la ville, rassurant, expliquant, réconfortant. Il plaçait encore et toujours autrui avant lui-même. Il était le symbole vivant de la loyauté et de la sérénité dont elle avait besoin.

Guenièvre se retourna vers sa chambre. Élise venait d'entrer et attendait les ordres de sa maîtresse. Les yeux de la demoiselle de compagnie étaient largement cernés de noir, après l'effroi de la capture dans l'église. Guenièvre la regarda avec tendresse et compassion.

– Allez prendre du repos, Élise. Il n'y a rien que vous puissiez faire pour moi, hormis me laisser seule et en paix.

– Ma Dame, il n'est pas convenable que je me retire avant que vous ne soyez en repos sur votre molle couche.

Guenièvre lui offrit un pauvre petit sourire.

– Mais je suis aussi une reine, Élise, et si je vous dis d'aller vous coucher, c'est que vous devez prendre du repos. Du reste, je me coucherai également dès que j'aurai parlé au Roi.

Élise, tout en joie, s'inclina en une gracieuse révérence.

– Alors, bonne nuit, ma Dame. Enfin ! Je voulais dire… bonjour, et bon repos…

– Reposez-vous bien, Élise.

La porte retomba dans ses gonds derrière la tendre Élise et c'est seulement à ce moment que Guenièvre put rester un moment seule. Depuis une semaine, l'enlèvement, la capture, la libération miraculeuse par Lancelot, son mariage, la marche vers Léonesse, ses sentiments révélés, tout cela la bousculait. Son âme drainait le torrent de ses responsabilités et de ses sens chavirés. Elle était épuisée et si heureuse de voir Léonesse rendu à la vie, mais elle ne pouvait rire et danser avec son peuple. Elle ne pouvait se blottir dans les bras du Roi. Elle ne pouvait aimer Lancelot. Elle se demandait s'il était toujours au jardin, si elle le trouverait à nouveau le visage baigné de larmes. Son cœur se remplit d'amour et se contracta en une douleur merveilleuse en revoyant son cher visage.

Un groupe passa sous sa fenêtre et un homme plus hardi l'interpella :

– Que Dieu vous protège, ma Reine !

– Que Dieu nous protège tous !

Guenièvre avait répondu simplement d'une voix forte à ces gens simples, marchands ou artisans qui rentraient chez eux après l'effroi. Derrière elle, on frappa de nouveau. Guenièvre espérait que ce n'était qu'une servante venue lui apporter un peigne, un mantel…

– Élise ?

– Non.

Guenièvre étouffa un cri et une vive couleur pourpre monta jusqu'à son front. L'avoir laissé au jardin était fort imprudent, mais le voir pénétrer dans sa chambre n'avait pas de sens. Il redescendit deux marches et attendit. Elle ouvrit et le trouva trempé de larmes et de pluie.

– Par Dieu, que faites-vous ici ?

La voix et les regards de Lancelot n'étaient que forces vives, magnétiques, brûlantes comme brandons. Il la regardait comme s'il voulait d'une seule morsure prendre son âme, son cœur et son corps et les avaler à tout jamais.

– Je pense que vous le savez. Il est temps pour moi de partir. Je suis venu vous dire au revoir et vous souhaiter…

Sa voix faiblit, tremblante.

Ils se regardèrent, éperdus d'amour, ne pouvant s'approcher l'un de l'autre, ne pouvant se laisser.

– Ce fut une longue nuit… Vous n'avez pas dormi de deux jours. Sans doute il vaudrait mieux attendre demain…

Il secoua la tête et ses mâchoires serrées, et ses regards noirs avouaient sa profonde détermination.

– J'ai eu tout le temps de dormir et j'en aurai encore davantage. Je m'en vais cette nuit même.

Les mains de Guenièvre tremblaient, à l'abri des larges plis de sa robe.

– Et où voulez-vous aller ?

– Je n'en sais rien. Vers l'est… Où les routes vont au sortir de Léonesse.

– Et vous en reviendrez-vous par cette route ?

– Je… Je ne pense pas.

– Jamais ?

Guenièvre avait baissé les yeux, tremblante, dans l'attente de l'inacceptable réponse. De la seule réponse qu'il devait prononcer. Elle releva la tête et vit son visage anxieux reflété dans ses yeux de miel sombre.

– Jamais. Il ne peut en être qu'ainsi, désormais.

Il ôta la main du pommeau de sa lame d'un geste gracieux et le cœur de Guenièvre plus encore se serra d'amour dans sa poitrine palpitante.

– Je n'ai jamais cru en quoi que ce fût avant. Mais je crois en Camelot. Je ne peux le servir qu'en partant.

– Je…

– Dites au Roi qu'il est le meilleur exemple que j'aie connu dans cette vie.

– Et pourquoi le lui dirais-je, moi ?

Il ne pouvait que lui exprimer les mots les plus intenses, les plus tendres, les plus poignants qui lui venaient aux lèvres, affolés, dans un souffle.

– Il était une fois un homme qui vous aimait tellement qu'il s'en alla pour vous, pour que vous restiez vous-même…

Guenièvre, le cœur bondissant dans la poitrine, fit quelques pas vers lui, à le toucher…

– Je ne l'oublierai pas. Je ne l'oublierai jamais. J'étais un jour sous la ramée d'un chêne aussi grand que l'amour… avec lui… Il pleuvait toutes les eaux du ciel… Depuis, je l'aime. Il en est ainsi et il en sera toujours ainsi…

Lancelot tremblait. Maintenant qu'elle était si près, elle pouvait voir le battement ivre de l'artère de sa gorge et les larmes de cristal gonfler ses yeux.

– Dites-moi adieu et laissez-moi aller…

– Je ne le peux… Les mots ne viennent pas…

– Alors, donnez-moi votre main.

Elle retira sa main, glacée et brûlante, moite et tremblante, de sa robe et la lui tendit, la droite, pas la gauche, où brillait l'anneau nuptial. Il la prit comme un joyau et la baisa encore et encore, tendrement. Elle ouvrit la main et, la remontant à sa joue, la toucha d'une caresse, sentant la rugosité de la barbe naissante, puis la douceur de la peau, puis la force de l'homme. Sans le vouloir, sa main la touchait aussi, il allait l'étreindre.

– Lancelot ! Lancelot, donnez-moi un baiser et partez !

Il hésitait. Elle voyait le désir poignant, désespéré, luire dans ses yeux et un sourire rageur, terrible de tendresse, étirer sa bouche.

– Je vous le demande, aussi vous ne pouvez pas le refuser.

Il s'approcha encore.

– Non, ma Reine, je ne puis le refuser…

– Pas une reine, pas maintenant, jamais avec vous…

Elle lui retournait les mots de la forêt comme un écho de sa première flamme.

– Juste pour un instant, laissez partir les mots, et la gent, et le poids des responsabilités… Juste vous… et moi.

Il prononça son nom comme un sésame et la serra désespérément dans ses bras. Il se pencha, plongeant ses regards fous d'amour dans les siens. Elle se haussa sur la pointe des pieds et leurs lèvres s'unirent pour un instant d'éternité. Trop et pas assez. L'éternité n'est rien à l'amour pur et à la violente flamme de la passion. Les mains de Guenièvre empoignèrent les cheveux de Lancelot en un geste de furieuse possession. Elle le pressait contre elle plus encore et les mains de Lancelot devenaient folles, à sentir sa taille fine.

Au milieu de sa revue, Arthur se souvint qu'il avait promis à Guenièvre de prendre une collation avec elle, après tant d'heures de veille. Il demanda à messire Agravain de retourner au palais.

– Elle doit être déçue et lasse de m'attendre. Elle prend certainement quelque repos…

– Non, je suis certain qu'elle vous attend, Sire…

– Si vous saviez… Elle peut lire à travers moi comme à travers un verre !

Arthur ne s'en plaignait pas, au contraire. Les chevaliers non plus. Depuis que Guenièvre était entrée dans la vie de leur roi, il remontait les années à une vitesse folle, retrouvant joie et désir. Il fallait maintenant voir ce que ce mariage donnerait, avec une si jolie et si jeune reine.

Au palais, les serviteurs avaient disposé maintes couches molles dans le grand hall. Agravain se dirigeait vers un repos bien gagné, mais Arthur le retint.

– Venez, et prenez une collation avec nous. Vous préciserez ce que j'oublierai de lui dire. Je suis si fatigué moi-même… Elle doit dormir. Il est sûrement trop tard !

Arthur monta les degrés, ivre de joie et de fatigue à l'idée de rejoindre sa reine.

Dans l'antichambre de Guenièvre, la servante venait d'ouvrir la porte et allait préparer la couche. Le Roi s'engouffra avant qu'elle ne pût se retourner, pétrifiée.

Le dernier souffle d'Arthur se glaça dans sa poitrine, et son corps devint un bloc de marbre recouvrant le tombeau de son cœur. Derrière lui, Agravain étouffait un cri entre ses dents. Près du lit, Guenièvre, embrassant passionnément Lancelot, se laissait baiser sur la bouche par lui et lui rendait passionnément son baiser. Surprise, elle se retourna et en un instant, plus que de la surprise, Arthur lut de l'amour dans les yeux de Guenièvre, son amour pour un autre homme. Jamais, jamais plus… Tout était changé à tout jamais. Le cœur d'Arthur devint de granit et il lui sembla que, sous la pression d'un choc trop intense, il éclatait en milliers de grains. Vraiment trop tard ! En effet !

Après une éternité de statue, Lancelot osa, d'une voix où pointait la lassitude de vivre désormais :

– La Reine est innocente. Je l'ai forcée à me dire adieu.

Arthur tentait de retrouver une respiration normale, mais chaque mouvement qu'il faisait lui déchirait des chairs emprisonnées dans la glace de l'horreur.

– Vous n'irez nulle part ailleurs qu'à Camelot ! Il en est de même pour la Reine. Agravain, appelez la garde et faites retenir ces deux-là jusqu'à nouvel ordre !

Agravain hésita, affreusement peiné et mal à l'aise.

– Sire, je…

– Allez !

– Bien, Sire…

Arthur tourna les talons sans un regard et, longtemps, les amants pétrifiés entendirent son pas lourd d'homme vieux et brisé.

18

Arthur était seul dans la chambre de la Table Ronde. Le visage ravagé et trempé par la pluie, son mantel rejeté, tout taché par l'averse, il tournait comme un lion. Son visage buriné par le reflet impitoyable des torches prenait des teintes infernales. Les flammes à son passage vacillaient et l'encens s'épaississait dans l'air froid et salé.

L'armée était retournée à Camelot après une marche forcée, entraînée par un Arthur plus sombre qu'aux plus mauvais jours de son règne. Une victoire avait été gagnée, mais le Haut-Roi avait perdu de la plus outrageuse manière. Arthur marchait maintenant plus calmement, s'arrêtant à chaque place. Il entendait ses chevaliers lui dire, comme une prophétie :

« *Elle te trahira, et Camelot avec toi, Arthur…*
Elle est bien trop jeune, bien trop jolie.
La loi doit suivre la voie de la raison… »

Arthur, furieux et désespéré, secouait la tête comme un démon.

– Dois-je tout perdre, toujours ? Dieu du ciel, pourquoi tout doit-il m'être repris ? Ô Dieu du ciel ! Je ne peux pas y croire ! Je ne peux pas y croire ! Je l'aimais ! Je l'aimais tant !

La pluie redoublait, heurtait les hautes vitres d'ambre.

– Ô Dieu ! Pardonne-moi ! C'est parce que je l'aimais trop ?

Son esprit à déraison lui envoyait et lui renvoyait encore l'image virginale de Guenièvre se rendant à son bras sous le dais nuptial. Guenièvre si pure, d'une irréfragable beauté et d'une loyauté absolue... Guenièvre, son visage de madone où se réfléchissaient les couleurs des vitraux, toutes les couleurs de la Création. Son sourire magnifique sur son pâle visage... Et avec cette folle beauté, cette fougue, cette loyauté qu'elle semblait partout porter avec elle, comme une chevelure de feu. Il lui avait donné tout son amour et toute sa foi.

L'image maintenant déformée, flétrie, était remplacée par une vision de cauchemar, celle où elle s'abandonnait dans les bras de Lancelot, son jeune corps intimement mêlé de toute la force de son ardente chair au corps d'un homme encore jeune, sans une once d'air entre eux, pleinement embrassés ! Les mains de Lancelot enserrant passionnément sa taille, attrapant ses cheveux. La bouche de Lancelot buvant sa bouche en un baiser d'amour fou.

Pourquoi ? Arthur suffoquait dans sa paume. Oui, pourquoi ? Il refit le tour de la Table, s'arrêtant à chaque place, et à la dernière il tonna d'une voix rauque et furieuse : « Pourquoi ? »

Les murs nus et froids encerclaient le captif. Lancelot avait laissé mourir le feu dans le brasero. Il était le prisonnier d'Arthur depuis une semaine et n'avait pas encore vu le Haut-Roi. Son cachot était tout de solitude, de dénuement depuis que le suzerain de Camelot, son protecteur, l'avait surpris enlaçant passionnément Guenièvre, la Reine. Il avait été tenu à l'écart et gardé comme un trésor, à l'abri des regards et de l'évasion pendant toute la durée du retour sur Camelot. Les hommes qu'il avait appelés « frères » maintenant le honnissaient.

Et lorsqu'il avait proféré un mensonge pour sauver l'honneur de Guenièvre, il s'était plus encore déshonoré et avait humilié et brisé le cœur du Roi.

Où était Guenièvre ? Certainement elle n'était pas au secret comme il l'était. Lancelot soupirait : « Oh, mon amour… Cela n'aurait jamais dû nous arriver. » Pourtant il ne regrettait rien. Un baiser d'elle, sentir son corps brûlant d'amour contre le sien et ses lèvres rejoignant les siennes valait toutes les rigueurs qu'il endurait, et bien plus encore. Il marcha et appuya son front contre le mur. Il ne pouvait trouver le repos. Guenièvre ne le quittait ni de jour, ni de nuit, et il préférait rester les yeux ouverts pour la voir encore et encore dans sa vérité.

Le son d'un pas dans un escalier résonna près de sa porte, suivi d'un second.

– Débarrez la porte !

– Sire !

L'énorme clé accomplit son office libérateur et Arthur entra dans le cachot.

Lancelot s'était remis prestement sur ses pieds, s'apercevant tout à coup qu'il avait dormi un peu. Arthur avait une mine épouvantable. Ses yeux étaient injectés de sang, des cernes profonds allaient jusqu'à ses joues qui avaient minci, en faisant saillir les pommettes.

– Sire, je…

– Taisez-vous !

Arthur employait une voix autoritaire, nette et sans émotion, mais un léger tremblement montrait à quel point il souffrait.

– Je ne veux ouïr aucune de vos explications oiseuses.

Lancelot serrait les dents, au supplice. Il savait que cette confrontation allait avoir lieu, mais maintenant que le Haut-Roi était face à lui, la torture commençait sans qu'il en connaisse l'issue. Arthur avança au milieu du cachot et toisa Lancelot :

– Êtes-vous venu à Camelot pour me trahir ?

– Non ! Sire, je…

– Vous la désiriez, vous la poursuiviez, vous…

La voix d'Arthur, pleine d'amertume et de colère, se déversait, grossissant comme un torrent de montagne.

Lancelot baissa les yeux. Il n'y avait que ce signe d'allégeance, de muette honte, pour atténuer le courroux du Roi.

Attendant un peu, Lancelot releva la tête.

– La Reine est innocente, Sire…

– Innocente !

Arthur partit d'un rire plein de fiel.

– Je l'ai vue si enclose dans vos bras et vous rendant vos baisers !

– Vous avez vu tout ce qu'il y a jamais eu de plus intime entre nous et tout ce qu'il y aura jamais…

Lancelot enlaça sa nuque à se faire mal, en un geste désespéré.

– Je suis follement épris d'une femme qui ne pourra jamais être mienne. C'est là tout mon crime et toute ma punition.

Les couleurs revinrent aux joues d'Arthur et son corps tremblait maintenant d'une vive colère. Toute trace d'abattement avait disparu et la voix profonde, pleine de morgue et de royal dédain, tonnait :

– Vous osez prononcer vous-même votre sentence ! Mais votre crime s'appelle trahison, et la félonie mérite la mort !

Lancelot avala sa salive, la gorge brûlante. Après bientôt vingt ans de chevauchées farouches en solitaire, il n'était pas préparé à pareille joute. Il répondit ce qu'il ne fallait pas :

– Je n'ai jamais voulu vous nuire ou nuire à Camelot.

– Comment appelez-vous cela, alors ? J'ai cru en vous. Je vous ai estimé, protégé, et vous m'avez trahi. Ne pensiez-vous vraiment pas à me nuire ? À moins que vous n'ayez rien pensé du tout, excepté avec vos reins !

Le Roi se tenait face à Lancelot, le provoquait, au sommet de sa rage. Il y avait bien un grain de vérité dans ce qu'Arthur avait dit, mais rien de plus, et ce qui s'était réellement passé avait été façonné par de nombreux grains jetés par la destinée pour que Lancelot et Guenièvre se rencontrent et s'aiment. Il fit un effort pour élever sa voix affaiblie par la honte.

– Tout ce que je voulais sur terre, c'était être avec elle. Aussi, j'étais prêt à quitter Camelot, seul. Vous nous avez surpris alors que je lui demandais de me dire adieu. Je ne serais jamais revenu.

– Je devrais donc vous remercier pour ce geste si loyal ?

Puis ses yeux étincelèrent, ses sourcils se haussèrent.

– Vous ne m'avez rien laissé ! Rien ! Rien !

Lancelot lançait des regards furtifs pleins de compassion et de détresse sur l'homme qui tremblait, s'avançant sur le chemin de la vieillesse sans avoir pu jouir de son unique amour, à cause de lui, le félon. Chaque fois qu'il ouvrait la bouche, Arthur devenait plus amer, furieux et désespéré.

– Plus jamais ! Plus jamais ! Vous avez trahi ! Vous en répondrez devant la Haute Cour. À vous de préparer votre défense et la loi vous jugera !

Il repartit, dans un lourd envol de mantel, et la porte, épaisse et barrée d'airain, se referma sur Lancelot.

Se défendre ? Comment l'aurait-il pu, puisque Arthur était la loi de Camelot ? Était-il si mauvais pour mériter la mort ? Il grimaça devant la situation désespérément folle. Toute cette détresse, pour un vieil homme fou de jalousie… Pour un homme jeune plein de sang et d'ardeur amoureuse… Pour un simple baiser… Il devait mourir.

Le front de Lancelot se rafraîchit à la pierre et, le regard perdu entre les barreaux de la maigre fenêtre, il contempla obstinément la pâle course de l'astre solaire dans le ciel.

Guenièvre était assise, silencieuse dans sa chambre, et regardait les flammes de la cheminée qui n'arrivaient pas à réchauffer son corps. Elle portait une robe brune rehaussée d'une broderie d'or pâle. Un vêtement austère mais royal pour la reine déchue qu'elle était. Minute après minute, elle revoyait ce moment où, sachant pourtant son temps compté, elle avait laissé Lancelot s'approcher et l'avait incité à lui donner ce baiser fatal. Rien n'était pire que le silence total qui l'environnait, hormis l'affreuse souffrance d'Arthur, trahi, furieux et pitoyable à la fois. Pourtant, ce n'était qu'un baiser, et Arthur avait tout d'elle, tout ce qu'un homme aurait jamais… Tout, excepté son cœur.

Le bruit d'une clé dans la serrure la sortit de sa méditation. Elle vit des gardes en faction devant sa porte et Agravain entra. L'enthousiasme qui d'ordinaire égayait ses yeux bleus les avait désertés. Ils étaient à présent d'un indigo sombre et voilé. Il inclina la tête vers elle :

– Le Roi vous demande, ma Dame.

Il parlait d'une voix monocorde mais Guenièvre voyait dans quelles dispositions anxieuses il se trouvait. Agravain était l'un des meilleurs combattants de Camelot, mais il n'était ni diplomate ni roué. Il vivait comme un guerrier et répugnait aux affaires du cœur et aux intrigues de cour.

– Enfin !

Guenièvre se leva de sa couche. Peut-être Arthur était-il à présent assez calme pour l'entendre.

– Élise !

Sa demoiselle de compagnie lui tendit un petit miroir où Guenièvre rajusta sa mise. Élise aida

Guenièvre à attacher son surcot et son mantel et à nouer ses cheveux, tandis qu'Agravain, mal à l'aise, se tenait dans l'antichambre.

– Vous me honnissez, n'est-ce pas ?

– Oh non, ma Dame !

– Je sais que vous étiez avec lui, quand… Lorsqu'il me trouva en train de dire adieu à Lancelot mais, quoi que vous pensiez de moi, j'aime Arthur. Il est mon roi et mon époux. J'espère pouvoir rester auprès de lui malgré le mal que je lui ai fait. Messire… je suis prête.

Elle laissa Élise ranger le miroir dans le coffre et releva fièrement son petit menton tremblant vers Agravain.

Il se racla la gorge, embarrassé, et la laissa passer. Élise commença immédiatement à pleurer à chaudes larmes, aussitôt imitée par Pétronille. Guenièvre se sentait au bord des larmes elle-même, mais ne pouvait se laisser aller à ces faiblesses. Elle respira profondément pour retrouver un peu d'assurance, puis la porte se referma sur Arthur et sur elle. Il se tenait au fond de la salle, lui tournant le dos. Il se mit à marcher autour de la pièce, la regardant à peine et de biais.

– J'ai droit à la vérité. Je vous demande de ne pas me mentir, même si cela doit me faire affreuse peine.

– Oui, Sire.

– Vous êtes-vous… Je dois savoir… Vous êtes-vous donnée à lui ?

Le sang reflua des joues de Guenièvre.

– Non, Sire.

Et revivant encore chaque minute dans sa chair la brûlante passion qui l'avait enflammée lors de ce baiser éternel, elle savait que ce n'était qu'à la grâce de Dieu qu'elle devait de ne pas avoir cédé au désir fou qui les possédait.

– L'aimez-vous ?

Guenièvre se pinça les lèvres à les bleuir. La vérité… La vérité, avait-il ordonné.

– Oui.

Sa voix était presque inaudible, mais elle avait dit la vérité qu'il réclamait et il l'avait bien ouïe. Arthur se retourna. La peine lui serrait si mortellement le cœur qu'il ne voulait pas y ajouter la pitié de Guenièvre. Mais il ne pouvait plus reculer et lui montra son visage torturé.

– Pourquoi m'avoir déçu ainsi ?

Les larmes avaient jailli des beaux yeux de Guenièvre et coulaient maintenant sur ses joues.

– Vous, Sire, ne m'avez jamais déçue, sachez-le !

– J'ai vu votre visage pendant que vous le baisiez. S'il y avait eu une dague dans ma main, je vous aurais occis tous deux et me serais tué ensuite !

Guenièvre, affolée, ne savait par quels mots rendre un peu de paix à ce cœur détruit par la passion et la félonie.

Si Arthur avait aujourd'hui cette dague, il s'en servirait sur elle et la retournerait contre lui. Une semaine de réflexion n'avait apaisé ni sa fureur ni son désespoir.

– L'amour a plusieurs visages. Je vous aime différemment, mais pas d'un amour moindre.

Il laissa fuser un soupir profond qui venait du tréfonds de son cœur enchaîné. Il savait bien de quoi elle parlait et ses paroles rencontraient ce que sa voix intime lui disait depuis un moment déjà. Si elle embrassait Lancelot avec tant de passion, quel rôle lui restait-il à jouer ? Celui du mari cocu et complaisant ? Le rôle du père qu'elle avait perdu trop tôt ? Mais elle était bien plus qu'une fille pour lui. Il voulait bien davantage que lui baiser gentiment les joues et la tenir blottie dans ses bras confortables. Il voulait la tenir enlacée comme Lancelot l'avait tenue, et la baiser à déraison, et la voir lui répondre avec une égale passion.

– Lorsqu'une femme aime deux hommes, elle doit choisir entre eux deux.

– Je vous choisis, comme je vous ai toujours choisi.

– Et vous étiez en train de me choisir lorsque je vous ai trouvée le baisant si ardemment ?

– Oui, j'avais choisi ! Il était en train de me dire adieu à tout jamais.

– Et vous ne serez jamais tentée de briser à nouveau les lois sacrées du mariage ?

La bouche d'Arthur se tordait et il lui semblait distiller ses paroles, la bouche emplie de vinaigre.

– Vous voulez me choisir, mais votre cœur le choisit, lui !

– Mais vous avez le meilleur de moi. Ma volonté est plus forte que mon cœur. Pensez-vous que je hisse si haut mon désir qu'il m'aveugle à ce point ? La passion vient et part. Ma volonté restera à tout jamais ancrée dans mon être.

Il scruta son visage, cherchant dans ses yeux la volonté, la fierté et la loyauté qui l'avaient charmé.

– En cela nous nous ressemblons. Et tout ce que j'ai aujourd'hui est votre regard, tout ce que je suis et possède n'est rien aujourd'hui, tout ce que je veux est votre amour.

Guenièvre releva fièrement la tête.

– Vous l'avez.

– Je l'ai ?

– Mon doux Sire l'a…

– Adoncques, regardez-moi comme vous l'avez regardé !

Arthur s'approcha d'elle à la serrer, comme pour la défier et voir si elle mentait. Mais il était trop loyal. Il clamait trop son désir de vérité. Et elle était trop honnête pour lui mentir. Elle s'esquiva et posa les mains sur ses paupières closes.

– Comment avez-vous pu me faire cela ?

– Je le jure, je n'ai rien fait de plus que ce que vous avez surpris.

– Non ! Vous êtes innocente, mais votre baiser ne l'était pas. Vous l'embrassiez ardemment, comme on baise un amant. Vous n'avez rien donné, mais vous l'avez laissé entrer nuitamment dans votre chambre, seul ! Dieu, aidez-moi ! Ayez pitié ou je vais devenir fou !

C'était pire que tout ce que Guenièvre avait imaginé. L'Arthur qu'elle connaissait, bon, solennel, sage et généreux, s'était mué en un homme jaloux, vindicatif, qui perdait toute décence face à l'amour qui l'étreignait et le faisait souffrir. Elle avait eu projet de le questionner sur le sort de Lancelot, mais elle se rendait compte que c'était là pure folie.

– Je ferai tout ce que vous m'ordonnerez, Sire.

Arthur, supplicié, tournait comme un lion dans sa cage.

– Je ne sais que vous ordonner. Je ne sais que ressentir, que penser.

Il s'arrêta un instant devant une tapisserie qui représentait un groupe d'hommes et de femmes de la cour prenant une collation dans un pré auprès d'une sinueuse rivière.

– Je n'ai plus beaucoup de temps.

Il y eut un long silence pendant lequel il tenta de se retrouver, de se recomposer. Son mantel glissa une fois encore de ses épaules lorsqu'il se tourna une dernière fois vers Guenièvre, un sourire amer relevant ses lèvres.

– J'ai tellement lutté, conquis et souffert dans ma vie. Et mon seul rêve fou ne peut être exaucé.

Guenièvre inclina la tête, mortifiée. Blesser ainsi Arthur, le trahir, était la dernière chose à laquelle elle eût pensé en venant à Camelot. Elle se précipita tout à coup vers lui et lui barra la voie de son poing.

– Pardonnez-moi !

Les larmes de honte et de détresse ruisselaient sur ses joues.

– Vous pardonner quoi ? J'ai fait un rêve de vous. Il fut doux, mais tout le monde s'est acharné à me réveiller et me voilà dans la froide vérité du vrai jour.

Guenièvre refoulait ses sanglots.

– Puis-je me retirer dans ma chambre, Sire ?

– Vous avez ma permission. Je suis seulement surpris que vous ayez la grâce de me la demander.

Guenièvre chancelait, se tenant au chambranle de la porte.

– Vous êtes toujours mon mari.

– Agravain, escortez la Reine jusqu'à sa chambre !

– Bien, Sire.

Dès qu'Arthur entendit la porte se refermer, il ferma les yeux et ses poings se relâchèrent. Il paraissait plus mort que vif.

19

Une séance plénière se préparait à la Table Ronde, et tous les chevaliers y étaient conviés. Tous, hormis un, gardé au secret. Agravain regarda ses frères, et lut sur leurs visages le reflet de sa propre préoccupation. Ils avaient la face toute minée et blême, et aucun ne parlait. Les spectres de la félonie et du déshonneur avaient fait place à la vérité, mais les chevaliers étaient entrés en profonde tristesse. Arthur n'était plus lui-même depuis qu'il avait découvert Guenièvre dans les bras de Lancelot. La folie de l'amour trahi, de la jalousie, hantait son cœur et son esprit et le menait à une sombre démence. Au début, il s'était muré dans le silence, refusant de parler à quiconque, puis il avait conversé avec les chevaliers, sans qu'ils parvinssent à le raisonner. Agravain ne pouvait fermer les yeux sur la faute de Lancelot et de Guenièvre, mais il n'avait pas le droit de condamner sans entendre. Il ne pensait pas que le couple d'amants eût voulu commettre de pleine volonté pareille déloyauté. Si le Roi en concevait si mortelle haine, c'est que jamais il n'avait connu pareil embrasement avec la Reine. Lancelot était sur le point de partir. Et Agravain pensait que le Haut-Roi devrait le laisser partir sans autre forme de procès. Avant que la présence miraculeuse et si charnelle de Lancelot ne pénètre la vie et l'âme de la Reine, elle était toute dévouée au Roi.

Le Roi entra et tous se levèrent pour le saluer solennellement. Arthur gagna rapidement sa place, le front barré d'une ride profonde, la bouche amère et l'œil voilé.

– Que Dieu nous aide à trouver la vérité au milieu des mensonges, et qu'Il nous donne la force de la supporter !

Sa voix brisée tombait dans les oreilles des chevaliers comme autant d'éclats de vitrail brisé.

– Amen !

Tous s'assirent après la dernière parole biblique qui ouvrait la séance. Arthur gardait l'œil rivé sur les braises rougeoyantes du feu. Puis son regard se posa tour à tour sur chacun de ses frères, pour enfin s'arrêter sur le siège vacant. La place était celle du diable, de la félonie, de la vilenie !

– L'affaire ne peut attendre et je dois vous en entretenir, pour le bien de tous. J'ai commis une erreur au sujet de Lancelot. Vous m'aviez averti et je ne vous ai pas écoutés. Pour un homme c'est regrettable, mais pour un roi cela réclame justice.

Agravain écoutait avec attention et se demandait ce qui se cachait sous les paroles d'Arthur. Il était pourtant comme n'importe quel homme, soumis aux brûlures de l'amour et de la jalousie. En brandissant l'adultère, il mettait Camelot et Léonesse dans une situation insoutenable. Il fallait parler, comprendre, encore.

– Lancelot reconnaît-il sa culpabilité, Sire ?

– Lancelot dira tout ce qu'il voudra au cours de son procès.

– Son procès, Sire ?

Arthur jeta un regard glacial à Patrice, l'impudent qui avait osé mettre en cause le bien-fondé d'un procès.

– Il y aura procès public, demain, sur la grand-place.

– Un procès en place publique ?

Cette fois, c'était Ké le Sénéchal qui n'en croyait pas ses oreilles.

De tous les chevaliers consternés par cette nouvelle, Agravain était le seul qui avait vu, de ses yeux vu, Guenièvre et Lancelot embrassés, mais jusqu'à cet instant il n'avait pas apprécié à quel point le Roi était mortellement blessé.

– Je pense qu'il serait préférable de traiter cette affaire en privé, Sire.

– Vous pensez que l'honneur de Camelot est une affaire privée ?

Arthur toisait Agravain, la face rouge comme cuir de Cordoue et toute congestionnée.

– Est-ce à moi de me cacher dans un coin, rongé de honte ? Que toute la gent de Camelot sache ce que sont l'honneur et la justice !

Il y eut un terrible silence. Jamais le Roi n'avait perdu son calme, jamais. Jamais il n'avait imposé sa volonté à ses chevaliers-frères.

– L'un d'entre vous a-t-il quelque chose à ajouter ?

Son regard furibond fit le tour de la table, transperçant chaque frère.

– Non ? Bien, je déclare cette séance achevée. Nous nous verrons à nouveau demain, pour le procès.

En silence, les chevaliers s'apprêtèrent à se lever. Agravain se demandait s'il devait de nouveau parler, mais Arthur balaya ses hésitations d'un geste :

– Ne me faites pas l'affront de me dérober votre loyauté !

Agravain n'avait plus qu'à se lever et à quitter la Table Ronde derrière Ké et Patrice, et refermer la lourde porte sur la noire jalousie du Haut-Roi.

Arthur restait seul, la tête dans les mains, et il pleura longuement.

Le matin clair et calme nimbait Camelot d'une tendre pâleur. Le temps encore tiède était idéal pour galoper joyeusement parmi les premières feuilles tourbillonnantes ou pour faire une longue promenade sur les berges sablonneuses du lac et regarder les pêcheurs œuvrer. Mais l'air doux et clément était empoisonné par le procès public de Lancelot et Guenièvre, les félons.

Tout autour de la grand-place, les bancs de justice et les bancs de la gent commune avaient été dressés en abondance pour l'usage d'un témoignage public jamais égalé. Personne ne savait au juste ce que l'on allait voir et entendre, mais les rumeurs couraient dans toute la cité et, au-delà des abords du lac, vers la plus petite cabane de pêcheur. En ce jour maudit, tous avaient quitté leurs occupations pour assister au grand procès. Une vaste estrade de bois s'étendait devant le palais. Là se tenaient les chevaliers de la Table Ronde en grande tenue. Assis sur un trône d'apparat, maussade et la face tirée, Arthur attendait, le cœur en flammes, l'amertume lui tordant la bouche. Il portait sa couronne, un cercle d'or pâle incrusté de gemmes ovales. Les pierres lançaient les feux incarnats de l'escarboucle qui répondaient à la face sanguine du Roi, et les éclats fielleux de l'émeraude étaient à l'image de son foie tout fielleux de jalousie.

À droite se tenait Lancelot, étroitement gardé, mais les mains libres. Il avait la tête haute, digne, et, lorsque Arthur le toisa, il soutint son regard. De l'autre côté, tout aussi bien gardée, était Guenièvre, les traits las mais tout aussi altière que lorsqu'elle était arrivée à Camelot par la grande porte d'honneur. Elle voulait faire face à cet affront public sans faillir et le cœur de Lancelot était avec elle dans cette tâche douloureuse.

Mador avança et déroula un long parchemin. D'une voix sonnante et forte, il lut les charges qui pesaient sur les accusés.

– Guenièvre, Dame de Léonesse, Reine de Camelot, et Lancelot, chevalier du Haut Conseil, sont accusés tous deux de déloyauté, de félonie, d'avoir déshonoré la Table Ronde, le Roi, la Cour et l'idéal de loyauté de Camelot en un adultère consenti de part et d'autre. Pour pareille trahison, la peine encourue est la mort.

Une sourde rumeur, des exclamations folles firent tressauter la foule aussi serrée que brins de laine en tapisserie.

Mador regarda Lancelot.

– Messire Lancelot, avez-vous quelque chose à dire concernant les charges qui pèsent sur vous ?

– Ce que j'ai à dire ne concerne que le Roi.

Mador lança un coup d'œil interrogatif à Arthur. Après un moment où il apparut taillé dans la pierre, le Haut-Roi leva la main.

– Laissez-le parler !

Les gardes laissèrent le prisonnier traverser le court espace qui le séparait du trône où Arthur était tout à la fois suzerain et juge. La haie de chevaliers se rapprocha légèrement des deux hommes pour que leurs mots ne s'égaillent pas dans la foule. Lancelot reçut en plein cœur le regard impitoyable du Haut-Roi, empli d'une froide colère.

– Sire, vous m'avez dit un jour : « Si vous devez servir, servez plus grand que vous-même. » Si ma vie ou ma mort peuvent servir Camelot, faites-en usage comme bon vous semble. Vous avez le pouvoir de vie et de mort, usez-en bien !

Le fol conquérant du Gantelet retournait les paroles d'Arthur.

L'outrage était grand et Arthur serrait à les briser les bras de son trône.

– Avez-vous autre chose à me dire ?

– Non, Sire.

– Aussi, laissons le procès suivre son cours.

Lancelot retourna à sa place sans quitter Arthur du regard, et il lui sembla que, d'accusateur, le Roi devenait accusé.

– Messire Lancelot, avez-vous quelque chose à ajouter aux charges retenues contre vous ?

– Je n'ai rien à ajouter.

Les couleurs disparurent des joues d'Arthur. Lancelot le toisait toujours, le jaugeant de son regard calme et brûlant.

– Messire Lancelot est innocent ! Je sais qu'il l'est !

Pierre, l'écuyer royal, n'en pouvait plus. Il fallait qu'il parle, qu'il presse son frère Thomas, garde royal, d'écouter ce qu'il avait à dire. La populace attendait impatiemment que la Reine lutte pour sa vie ou sa liberté. Il prit un morceau de pain et une flasque de vin qu'il porta à son frère, attablé devant une table à tréteaux.

– Thomas, il n'y a pas de fumée sans feu, je le sais bien, mais dans ce cas Arthur n'a plus qu'à arrêter chaque homme de Camelot. Ne va pas me dire qu'elle n'est pas merveilleuse ?

– Oui-da, mais je ne suis jamais allé dans sa chambre pour l'embrasser, moi ! Et qu'est-ce que tu veux aller dire à la cour ? Hein ? Peut-être qu'Arthur a eu la berlue ? Et qu'est-ce que ces deux-là ont fait toute une nuit seuls dans une épaisse forêt, hein ?

Pierre réprima l'envie mordante qu'il avait de coller son poing sur le nez de son frère.

– Lancelot allait partir, je le jure. Il avait préparé Jupiter pour ne jamais revenir. Il ne me viendrait pas à l'idée de penser que le Roi est fou, mais en ce moment, je crois qu'il perd bel et bien la raison !

– Il fait ce qu'il peut pour regagner son honneur. Crois-tu qu'il y ait quelque chose de plus grand et de plus important pour un vieux loup solitaire comme lui que de gagner l'amour d'une jeune et jolie dame ?

– Mais Lancelot ne l'a pas déshonorée, je le sais, j'en suis certain ! Il était avec moi, sellant Jupiter pour ne jamais revenir !

– Alors, vas-y, monte sur l'estrade et jure devant le Roi que ton Lancelot n'a pas trahi !

– Je le ferai, mais vous êtes tous comme toi, vous ne voulez pas le croire !

L'âpre discussion des deux frères prit fin soudainement avec l'arrivée d'un bataillon de cavaliers. Ils demandaient passage. Thomas approcha sa tête de la meurtrière et les observa. Pierre, collé contre le flanc de son frère, se dressait de curiosité sur la pointe des pieds. Les cavaliers portaient les couleurs de Léonesse et arrivaient en grande alarme.

Pierre n'en pouvait plus. Que Dieu protège Léonesse d'une nouvelle attaque de Méléagant !

– Qu'est-ce qui se passe ?

– Comment veux-tu que je le sache ?

Le chef des cavaliers hurlait :

– Ouvrez la porte ! Ouvrez la porte ! Nous venons de Léonesse et nous devons témoigner au procès !

– Le procès est déjà commencé.

– Alors, ouvrez vite ! L'honneur de la Reine dépend de notre témoignage !

– Bien ! Bien !

Thomas descendit les dernières marches et examina le chef de l'escorte et l'équipage qui se présentaient. Derrière le lourd convoi, il reconnut les deux vieux conseillers de Guenièvre.

– Ouvrez !

La porte barrée d'airain fut libérée et l'escouade de Léonesse entra puissamment, suivie du lourd équipage.

– Si vous voulez témoigner, pressez-vous !

Ce fut le dernier mot que prononça le grand frère de Pierre, écuyer du Roi. Une arbalète étincela sous la cape aux couleurs de Léonesse, et un carreau se ficha dans la poitrine de Thomas qui en fut sur-le-champ occis. Il tomba sans pousser un cri. L'arrière du chariot s'ouvrit et six hommes portant un lourd tronc de chêne en sortirent en ordre, leurs armures noires couvertes des couleurs de Léonesse déloyalement portées. Les hommes donnèrent quelques rudes poussées et la grande porte centrale céda. Les défenses de Camelot étaient anéanties. Dans l'arrière-salle, prête pour une collation, une table avait été dressée. Pierre, les dents s'entrechoquant de peur, se glissa sous l'épaisse nappe de lin qui la recouvrait. Il entendit des pas monter et une voix puissante :

– Il n'y a personne ici. Montons vers les remparts…

Les pas s'éloignèrent en une course folle. Pierre n'osait pas bouger d'un pouce. Il avait vu son frère transpercé et savait que, si on le trouvait, il périrait aussi certainement que lui.

La surprise était si grande que les sentinelles n'avaient pas remarqué l'attaque ni donné l'alarme. Déjà la troupe de marauds s'avançait à l'abri des remparts, à l'intérieur de Camelot. La garde était en ce jour de procès réduite à quelques postes de loin en loin, tant était grand le désir de voir la Reine et son amant se défendre. Jamais inquiété, l'ennemi longeait le pont-levis, sans peur et en grande hâte, comme des félins prêts à bondir sur un troupeau à l'abreuvoir. À sa tête se trouvait Méléagant en personne, trop heureux d'en découdre avec Arthur en son si chrétien royaume, le jour où sa félonne reine se justifiait d'une condamnation d'adultère. Pauvre Arthur ! Les bannières de Camelot flottaient dans le vent déjà fort des prémices de l'automne. Le Prince de Gorre fit couper les orfrois et en coupa lui-même un avec grand plaisir. Et lorsque toutes les couleurs de la cité eurent chu à terre, toutes molles, un sourire sauvage lui releva les lèvres. Un nouvel homme naissait qui avait tué les prétentions d'un vieux loup solitaire.

Se pressant sur la grand-place, la foule, totalement ignorante du danger, écoutait Mador s'adresser au Roi.

– Le souhait du Haut-Roi est-il que la Reine soit questionnée par cette cour ? Le Haut-Roi accepte-t-il que la justice suive son cours ?

Un tremblant silence se répandit aux quatre coins de la cour. Tous les regards, hormis celui d'Arthur, se tournèrent vers Guenièvre. Les couleurs quittèrent tout à fait son visage déjà pâle, mais elle gardait la tête haute face au peuple dont le suzerain l'accusait de tant de félonie.

Le silence fut brisé par le bruit des chausses de la troupe et le trot des destriers. Toute la populace tourna en même temps le cou vers l'entrée de la grand-place. Sur l'estrade, Agravain se leva et son cœur se figea. Il vit une horde encore mal définie approcher comme un essaim de frelons. Sa main si vaillante dans les combats se porta au pommeau de sa lame. Mador, toujours très soucieux du protocole, continuait de poser les questions préliminaires, puis, se tournant vers la Reine :

– Ma Dame, contestez-vous les charges retenues contre Votre Majesté ?

Elle ne put répondre, car elle aussi venait d'apercevoir les soldats qui s'avançaient vers les quatre coins de la place. Le drame de son amour honteusement jugé en public s'était transformé en une vaste souricière sur laquelle les chats avides allaient s'abattre.

Mador allait ouvrir la bouche, mais son esprit fut soudain ailleurs, sur les toits d'où provenait un bruit intense.

– Où sont les gardes ?

Patrice regarda la maigre poignée de soldats qui ne pouvaient, de par leur nombre restreint, d'aucune façon venir en aide à si grande populace désarmée et transie de peur. Le cordon de sécurité autour de Guenièvre et de Lancelot se resserra, tant les gardes croyaient encore en une mesure de diversion pour permettre au couple d'amants de s'évader de Camelot.

Incrédule, Agravain hurlait :

– Qui va là ? Qui est sur les toits ?

Mador abandonna son parchemin et le remplaça par solide épée.

– Qui nous attaque ? Qui va là ? Est-ce une ruse pour que le procès n'ait pas lieu ?

Messire Patrice hochait la tête, ne croyant pas qu'ils aient pu tomber en pareil piège.

– Ils sont venus par la porte, tout simplement. Dieu ! comment avons-nous pu être si fols ? Je ne...

Les derniers mots de Patrice furent coupés par une grande sonnerie d'olifant. Arthur sauta sur ses pieds et regarda d'où provenait le son, les yeux ébahis. Se pouvait-il qu'il fût attaqué, en son sein, de l'intérieur ? Son cœur lui disait que la chose était impossible mais ses yeux voyaient le contraire. Par une ruelle interdite, une armée dense et noire gagnait le centre de la cité et à sa tête venait, royal, Méléagant, monté sur un étalon noir, ses yeux brillant de cynisme et de triomphale vengeance. Terrassée par la peur, ivre de confusion, la gent de Camelot observait ses prédateurs approcher. Personne ne pouvait douter de l'issue de cette prise d'otages. Le peuple ne disposait plus de son armée, de ses fiers barons, de ses chevaliers et le Roi lui-même restait interdit devant son trône.

Méléagant, surplombant victorieusement la gent terrifiée par ses barons, gourde et saisie d'horreur, leva haut son épée et d'une voix de caverne hurla son nom sur la cité : « MÉ-LÉ-A-GANT ! » Le cri ricocha en écho sur la grand-place, tel le cri d'un rapace ayant trouvé enfin bonne proie. Et sur chaque créneau, sur chaque toit, un noir maraud tout en armes lui répondait, hurlant son nom à l'infini.

« Que Dieu nous sauve ! » Agravain s'en fut vers le Roi mander ses ordres. Lancelot observait l'avancée de l'armée de Gorre. Chaque maraud avait placé un trait prêt à jaillir dans son arbalète et plusieurs armes étaient pointées droit sur Arthur. Il n'y avait pas d'échappatoire possible. Derrière la rangée d'arbalétriers, une autre rangée de soldats les guidait en portant des torches. C'était le plein jour, et il ne se concevait pas qu'ils eussent besoin de faire de la lumière. Il était évident qu'ils voulaient brûler Camelot.

Méléagant fit de nouveau entendre sa voix. Elle était plus puissante et hachée que celle de Mador, ô combien ! et toute voilée et aggravée par la fumée des villages qu'ils avaient réduits en cendre.

– Que personne ne bouge ou le Roi est mort !

Un horrible silence s'abattit sur la place. Arthur comptait les marauds, jaugeait leur position. Il voyait la terreur sur les traits des gens de Camelot regroupés, à la merci du Satan de Gorre qui pointait ses arbalètes et les flammes des enfers sur son peuple, et il ne pouvait rien faire pour eux. Il avait de son propre chef fait rassembler une ville entière pour qu'elle lui rende justice et comprenne comme il avait été trahi de la personne qu'il aimait le plus au monde. Et, sans le désir violent de punir qui le consumait, sa vision de la situation eût été claire. Jamais Méléagant n'aurait pu passer le pont-levis.

– Puisse Dieu me pardonner un jour...

Il avait chuchoté dans sa barbe, mais Lancelot avait entendu.

Méléagant embrassa toute la populace et les murs d'un regard jaloux et s'adressa à la foule :

– Mes hommes contrôlent les portes de la cité et chaque voie menant à cette place. Sur chaque toit, j'ai placé des soldats qui tiennent dans leurs mains des torches allumées. Je n'ai qu'à lever la main et votre ville n'est plus que cendres ! Désormais, la loi, c'est moi !

Arthur se leva lentement de son trône, puis, ayant adressé le signal de ne pas faire un geste à ses barons, il s'adressa à Méléagant :

– Mon peuple ne porte pas d'armes, mes barons et moi-même sommes désarmés. Aussi, je me rends à vous.

– Non !

Guenièvre avait hurlé et, si Arthur l'avait bien entendue, il n'avait pas fait un geste vers elle.

Méléagant partit d'un rire gras et de nouveau s'adressa à la foule et à ses hommes :

– Vous l'avez vu ? Vous avez vu le grand Arthur de Camelot ? Mais regardez-le bien ! Un homme marchant derrière un rêve ! Mais le rêve est terminé ! Faites place à la réalité !

Le prince des marauds pointa sa lame aux quatre coins de la place où ses soldats étaient postés.

– Croyez-vous vraiment que Camelot soit le pays de la fraternité ? Je vais vous dire la vérité, Arthur. Camelot est le pays de la richesse et des privilèges, protégé par une armée professionnelle bien entraînée. Et il n'y a pas à avoir honte de cela ! Le fort vainc le faible. C'est ainsi que votre Dieu a créé le monde, aussi, pourquoi osez-vous le recréer à votre façon ?

Arthur regardait fixement le félon monter sur son étalon noir. Les mots bouillonnaient dans sa tête sous le flot de son énergie et les phrases lui vinrent sans difficulté :

– Nous sommes tous nés riches et pleins de compassion et si Dieu nous rend puissants, c'est uniquement pour venir en aide aux plus faibles, pas pour les asservir.

– Dieu m'a fait puissant pour que je vive comme bon me semble et selon les lois que je me crée !

Méléagant se retourna et pointa son épée vers un de ses marauds :

– Toi ! Arthur dit que tu es né pour servir les autres hommes !

L'épée se dirigea vers un autre maraud, puis un autre, un autre encore…

– Et toi ! Et toi ! Et toi aussi ! Servez les autres, dit-il !

Puis Méléagant s'adressa à la foule :

– Dites-moi, quand vivez-vous comme bon vous semble ? Qu'est-ce que la liberté pour vous ? La liberté du rêve tyrannique d'Arthur ? La liberté des lois tyranniques d'Arthur ?

Le Prince de Gorre pointa son épée vers les chevaliers de la Table Ronde :

– Et la liberté dictée par le Dieu tyrannique d'Arthur ?

Arthur regardait Méléagant et voyait en réponse son peuple transi d'effroi. Plus le temps passait, plus il était sûr des intentions de Méléagant. Il savait depuis quelque temps que le Prince de Gorre désirait Camelot et que la jalousie le rongeait. Et ce qu'il voulait, il le prenait. Et lorsqu'il l'avait, il le détruisait.

Une vague de remords écrasa la poitrine d'Arthur. Peut-être comprenait-il tout à coup Méléagant parce que sa propre âme était ivre de jalousie. Arthur regarda vers Lancelot. Cet homme n'aurait jamais dû se tenir là pour un procès ridicule et dire l'indicible pour sauver sa vie.

Il avait tout du roi tout-puissant instruisant un procès scélérat en bafouant les lois.

– Mon Dieu…

Une nouvelle fois le souffle de la prière vint aux lèvres d'Arthur. Fallait-il qu'il fût aveuglé par l'amour et la rage pour que seule l'invasion de ces démons lui ouvre les yeux ! Arthur toisa Méléagant.

Le Prince de Gorre inspira profondément et attendit que l'angoisse de la foule fût à son paroxysme.

– … Aussi j'attends de vous serment d'allégeance. Vous obéissiez servilement à Arthur. Maintenant, c'est à moi que vous devez obéir !

Le prince des marauds descendit de cheval et se dirigea vers l'estrade. La foule retenait son souffle. Un enfant hurla et sa mère l'écrasa contre son sein pour le faire taire.

Méléagant et Arthur se toisaient. Aucun n'avait peur de l'autre. Les yeux de Méléagant étaient coléreux, ceux d'Arthur calmes et résignés. Derrière eux, la haie de chevaliers transis d'angoisse respirait à peine. Méléagant regarda brièvement Lancelot, puis Guenièvre, se demandant ce qu'il ferait d'eux dès qu'il en aurait l'occasion. Puis, reportant son attention sur Arthur, il traça de la pointe de sa chausse une ligne dans la poussière.

– Ton jour est achevé, Arthur. Je veux que ton peuple te voie agenouillé devant moi, et cela lui montrera que toutes les anciennes lois sont abolies et que seule ma vérité règne désormais...

Méléagant donna un signal à ses marauds postés sur les toits et dans le beffroi, pendant que les autres soldats ajustaient les traits de leurs arbalètes en direction du Haut-Roi.

– La cloche va résonner trois fois. Au troisième coup, je veux te voir agenouillé à mes pieds, Arthur, ou tu mourras !

Impassible, Arthur regardait Méléagant. Il n'avait pas à se poser la question. Il savait que même s'il s'agenouillait, Méléagant le tuerait. Un roi captif pouvait toujours susciter un mouvement de rébellion et des tentatives souvent fructueuses de pays frères pour le libérer. Et tant que vivrait Arthur, jamais Méléagant ne serait le véritable suzerain de Camelot.

L'énorme cloche de bronze du beffroi fut actionnée et lança sa première note. Arthur fixait son peuple, en gravant les visages dans sa mémoire. Les vieux, les enfants. Ces jeunes femmes et hommes qui étaient encore des enfants lorsqu'il était monté sur le trône, et qui avaient maintenant eux-mêmes de beaux enfançons terrorisés par l'avenir que leur offraient les noirs marauds. L'avenir perdu de tout un peuple lui glaçait le sang plus que la mort.

Méléagant leur parlait de liberté, mais avec lui ils n'auraient plus que la liberté de mourir.

La cloche résonna une seconde fois ; Méléagant faisait battre son épée à ses flancs.

– Trop fier pour t'agenouiller devant moi, Arthur ? Ou bien penses-tu que tu serviras mieux ton peuple une fois mort ?

– Ma vie n'a jamais eu de prix. Tout ce que j'ai fait, je l'ai fait pour le bien-être de Camelot et de sa gent.

La cloche résonna une troisième fois, une note longue, intense et désespérée, comme si le temps avait décidé de s'éterniser pour faire reculer la mort du Haut-Roi. Il entendit dans sa tête les notes joyeuses des carillons de son mariage et, une dernière fois, il regarda Guenièvre par-dessus son épaule pour faire ses adieux à l'amour, et ses yeux étaient brillants de larmes. Arthur lui sourit, toute rancœur envolée, et osa devant tous dire les mots de l'amour et du pardon :

– Je vous aime. Je vous aimerai toujours.

Puis, se tournant vers la foule :

– N'oubliez pas ce que je vais vous dire. Cela est mon dernier acte de roi. Vous ne devez pas avoir peur. Toutes choses changent en ce bas monde. Je suis Arthur de Camelot, et je vous commande maintenant…

Il s'arrêta un instant, descendit de l'estrade et s'approcha de Méléagant. Puis soudain, étendant les bras, et comme la voix de Dieu dans le désert des Hébreux, il tonna :

– Levez-vous et battez-vous ! Ne vous rendez jamais ! Battez-vous pour votre vie, pour votre liberté, comme jamais vous ne vous êtes battus !

L'expression triomphante de Méléagant se transforma en un masque comique d'incrédulité et de fureur. Le peuple se souleva comme un raz de marée, se battant, montant sur les toits ; les soldats reprenaient de l'assurance. Les marauds tirèrent tous ensemble, basculés par la foule. Une volée de flèches partit vers Arthur qui ouvrit les bras, comme un crucifié.

– Non ! Mon Dieu, non !

Guenièvre se précipita vers Arthur malgré la pluie de traits d'arbalète.

– Ô mon Dieu, ne mourez pas ! Un chirurgien ! Vite, un chirurgien pour le Roi !

Abasourdi par la violence de la révolte, Méléagant regardait tour à tour le corps ensanglanté du Roi et la foule en furie. Il demanda, empli de perplexité :

– Pourquoi résistes-tu ? Tu peux sauver ta ville. Pourquoi vouloir tout perdre, alors qu'il te suffirait de t'incliner devant moi ?

Les combats s'intensifiaient.

– Sois maudit, Arthur !

Méléagant avisa les hommes encore perchés sur les toits.

– Brûlez la ville !

L'été avait été long et chaud, et le bois des maisons était sec. Les langues de feu partirent vite, léchant les murs et embrasant les balcons. Les gardes du palais s'étaient regroupés autour d'Arthur gisant à terre et soutenu par Guenièvre comme le Christ par sa mère. Un chirurgien était parvenu à se faufiler et soignait tant bien que mal le Haut-Roi qui perdait son sang en abondance. Les larmes ruisselaient sur le visage de Guenièvre et baignaient la face du vieux Roi.

– Détruisez tout !

Méléagant, furieux était entré dans la bataille, son épée virevoltant comme la faux de dame la Mort.

Les chevaliers de la Table Ronde avaient empoigné leurs lames et luttaient comme ils pouvaient, tentant surtout de trouver Méléagant et de l'occire. Lancelot s'était tout naturellement glissé dans la bataille, car là était sa place, à tout jamais, avec le bien contre le mal. Un maraud passa près de lui, son épée dégouttant de sang. Lancelot reconnut Ralf, le capitaine des marauds. Il voulut rejoindre Arthur et Guenièvre pour les protéger, mais il se reprit. Sa place était au combat, au milieu de la foule. Dès qu'il descendit de l'estrade, il engagea la lutte avec un maraud sans même avoir une dague émoussée en main. Il sait si bien esquiver, bondir, qu'il le désarme, l'occit et, maintenant armé, fait périr à sa gauche un autre maraud furieux. Lancelot était un vrai démon. La détresse, les heures de cachot à tourner en rond, la joute impossible avec le Roi avaient aiguisé ses nerfs qui donnaient leur pleine mesure dans le juste combat final. Avançant, avançant encore, il bataillait sans pourtant perdre de vue la figure du Capitaine Ralf. Le vil chef des armées félonnes allait au pas autour de la place, donnant ses ordres. Lancelot sauta, courut et lui barra la route. Ralf lança son arme contre lui. Lancelot la sentit frémir près de sa chair et tout son sang se figea dans son corps. Déjà il relevait sa lame pour frapper encore et encore. Lancelot esquivait, le forçait à trop se baisser. Le cheval, affolé, abaissa son col et secoua la tête. Lancelot feinta, feinta encore, lança des parades circulaires, et enfin, après une attaque au fer, tordit le poignet du maraud et envoya épée et capitaine à terre. Lancelot monta immédiatement sur le fier destrier de Ralf. Déjà le capitaine qui avait conduit ses troupes pour dévaster la région était encerclé par la foule furieuse qui le massacrait. Le seul, l'unique but de Lancelot, était de trouver Méléagant et de l'occire, envoyant son âme perfide et ivre de domination aux Enfers à tout jamais.

Les chevaliers menés par Agravain luttaient contre les marauds en faction autour de la place pour soulager la foule. La ligne ennemie n'était pas close et Lancelot s'engagea dans la brèche.

Comme mû par un sixième sens, Méléagant se retourna juste à temps pour voir le destrier de Ralf et Lancelot qui le montait.

La bataille s'arrêta tandis que, pétrifiés, tous regardaient les deux hommes qui se défiaient. Puis Méléagant fendit l'air de son épée, en un geste qui était plus de moquerie que d'attaque. Lancelot comprit que c'était là ruse pour déconcentrer l'adversaire et lui répondit dans la même veine. Enfin vint le temps de la joute à mort. Les deux chevaliers de la treizième place, tous deux félons au dire d'Arthur, mais chacun ayant choisi une bien différente place, se firent face. Les chevaux s'entre-vinrent front à front et les chevaliers se heurtèrent poitrine contre poitrine. Méléagant tirait haut son épée et savait aussi bien que Lancelot jouer de ruse, de contre, d'assaut perfide. Et sa force était plus puissante que celle du preux mais modeste chevalier par la taille. Pour la première fois de sa vie d'errance, Lancelot trouvait dans le Prince de Gorre un jouteur de sa trempe. Les hommes se frappaient durement, du sang rougissait l'étrivière. Lancelot, blessé au bras, saignait abondamment. Méléagant pressait son ennemi, et Lancelot gauchissait, puis reprenait l'avantage, forçant le noir félon à frapper dans le vide. Soudain, Méléagant fit reculer son destrier et prit un air stupide. Lancelot crut qu'il allait battre en retraite, mais c'était encore ruse et félonie. Une troupe de marauds se rabattaient sur le flanc gauche, colmataient la brèche de leurs destriers et se disposaient à le faire périr. Lancelot se baissa, esquiva puis glissa à bas de son destrier. Il courait très près de celui de Méléagant pour se protéger, le faire choir de son étalon et éviter de se faire piétiner. Méléagant tourna sur sa selle pour riposter, sa bouche grande ouverte en un rire satanique. Lancelot ne pouvait pas s'en sortir, fol qu'il était ! ce rire, cependant, se transforma soudain en cri d'alarme lorsqu'il commença de glisser irrésistiblement de sa selle dont les courroies venaient d'être tranchées par son ennemi. Maintenant de nouveau à égalité, les deux adversaires avaient repris l'assaut, luttant chacun contre les ennemis qui les attaquaient. Leurs épées dégouttaient de sang, ils étaient épuisés mais continuaient de frapper à s'abattre tout plats. Les étoiles flamboyantes de l'extrême fatigue dansaient devant les yeux de Lancelot, mais il fallait gagner, mort ou vif ! Lancelot devait à présent remonter sur l'estrade pour frapper encore et encore Méléagant. Le maraud, profitant de ce que Lancelot lançait un regard de côté pour se dégager d'un autre attaquant, leva son épée et fit à celui-ci une estafilade longue qui rougit le flanc de Lancelot. Chez un autre homme pareille blessure eût signifié la fin, mais pour Lancelot le sang appelait le sang. En perdant sa substance vitale il reprenait des forces face au félon, à l'ennemi qui s'était acharné depuis tant d'années sur tout ce qu'il aimait. Méléagant exultait, sentant favorable l'issue du combat toute proche. Lancelot chancela et Méléagant crut que tout était dit, mais le chevalier se releva d'un bond. Et, alors que le Prince de Gorre s'apprêtait à lui porter le coup fatal, Lancelot transperça la poitrine de son adversaire en hurlant sauvagement :

– Dieu aime les vainqueurs !

La lame refusait de sortir et Méléagant se retrouva piqué sur le sol comme un animal maléfique. Le prince des félons n'était cependant pas mort. Il se releva, tentant désespérément d'ôter la lame de sa poitrine, faisant jaillir des bouillons de sang sous l'œil implacable de Lancelot. Mais ôter l'arme était au-dessus de ses forces. Ses jambes se dérobèrent et il s'écroula sur le trône d'Arthur, son regard se perdant dans les ténèbres de l'éternité.

Lancelot se plaça de l'autre côté du trône et hissa haut l'épée de Méléagant dans le soleil.

– Hommes de Gorre, votre chef est mort. Baissez la garde et rendez-vous !

Sa voix n'atteignit que les hommes de Gorre qui se battaient sur l'estrade, mais lorsqu'ils virent de leurs yeux Méléagant tout occis sur le trône d'Arthur, leurs cœurs défaillirent et ils hurlèrent. Le message touchait maintenant les quatre points cardinaux de la place et les marauds se rendirent jusqu'au dernier.

Ce combat était une pitié. La victoire était venue, mais trop tard, après tant d'outrages, de vilenie et de déloyauté…

20

Lancelot enfila les corridors du palais, vers la Table Ronde. Sur la grand-place, la clameur s'était tue. Il n'entendait plus au loin que la voix tonitruante d'Agravain qui reprenait le contrôle de la situation. Il voulait venir en aide aux chevaliers pour réorganiser la ville, mais il y avait quelque chose qu'il devait faire avant tout.

Il poussa la porte de la chambre et découvrit Guenièvre soutenant la belle tête d'Arthur dans ses bras comme une mère berce son enfant. Son visage était ruisselant de larmes. Lancelot hésita, ne sachant s'il devait avancer ou les laisser à cette poignante intimité.

Guenièvre, entendant la porte, leva ses beaux yeux gonflés de pleurs et le vit.

– Il n'y a rien que vous puissiez faire ; ses blessures ont été suturées.

Lancelot vit que d'épaisses bandes de lin blanc avaient été enroulées autour du grand torse d'Arthur, le roi guerrier, mais déjà le sang y sourdait. Tout le monde connaissait bien maintenant la profondeur mortelle des traits d'arbalète des marauds de Gorre. Pourtant Arthur, qui avait perdu tant de sang et subi une longue suture à vif, était encore pleinement conscient. Son visage portait déjà le voile gris de la mort, mais ses regards toujours vifs s'étaient portés vers l'entrée de la pièce où le regardait Lancelot, interdit.

Soutenu par les yeux noirs du Roi, Lancelot avança dans la chambre et s'agenouilla au chevet d'Arthur.

– Sire, je viens vous apporter de bonnes nouvelles. Méléagant est mort et sa troupe s'est rendue. Quant au feu, les dernières flammes sont en train d'être étouffées alors que je vous parle.

Guenièvre tenait tendrement et passionnément une des mains du roi. Lancelot naturellement se saisit de la seconde.

Arthur, le corps tremblant de fièvre, le souffle haletant, voulut parler :

– Je le savais...

Il y eut un silence pathétique alors que les forces vives du Roi s'en allaient, puis revenaient. Il soupira :

– Lancelot...

– Sire ?

– Mon épée... Mon épée est-elle à mon côté ?

Lancelot toucha la poignée magnifiquement ouvragée de l'arme.

– Oui, Sire...

– Elle est maintenant sous votre garde.

Lancelot regarda Guenièvre, puis Arthur. Un honneur extrême venait de lui être conféré, et aussi une immense responsabilité. Mais il n'avait pas à hésiter, Arthur étant déjà sur le char de la mort.

Sans penser à rien, en un geste d'engagement total, Lancelot se dessaisit de son arme et plaça l'épée d'Arthur à son côté. Le fantôme d'un sourire glissa sur les lèvres d'Arthur.

– Mon dernier et si fidèle chevalier…

Sa voix n'était plus désormais qu'un soupir, un souffle qui se raréfiait, obsédant.

– Vous êtes l'avenir… l'avenir de Camelot…

Il se rehaussa tout à coup, puis retomba lourdement sur sa couche. Guenièvre poussa un cri. Effrayée, pensant qu'il était déjà mort, elle le prit dans ses bras et le garda serré contre son sein, oubliant le sang qui se répandait sur elle. Elle embrassait follement sa face, sa barbe, ses lèvres.

Arthur rouvrit les yeux et ses derniers regards virent le visage rayonnant de sa reine et ses yeux pleins d'amour.

– Mon soleil !

La voix d'Arthur était soudain forte et profonde.

– Je le sens maintenant… mon amour…

Ce dernier mot s'acheva en murmure et la tête du Roi retomba sur les genoux de Guenièvre. Désormais Arthur reposait en paix. Guenièvre l'étreignit, en larmes.

Lancelot se releva. Il regardait l'épée qu'Arthur lui avait laissée en garde. Il la tenait en ses mains. Il n'y avait pas de plus grand honneur… Il la remit dans son fourreau, lentement, avec déférence.

Le soir tombait et les étoiles si nombreuses scintillaient dans le ciel où des écharpes de fumée passaient encore lorsque Guenièvre se releva. Elle était agenouillée dans la cathédrale auprès du corps du Roi depuis trois heures. Elle voulait sortir et marcher seule dans la nuit, mais auparavant ses devoirs l'appelaient auprès des blessés. L'hôpital était accoté au monastère qui flanquait un des côtés de la cathédrale. L'odeur de brûlé empuantissait toute la ville, mais elle était intacte et ses habitants étaient presque tous saufs. Lorsqu'elle parvint au monastère, l'officine des moines offrit à ses narines les effluves des herbes médicinales – lavande et camomille, bergamote et lys de la Madone... Respirant les simples qui brûlaient, étaient distillés ou ébouillantés, Guenièvre se trouva tout à fait ragaillardie.

Dans la salle, chirurgiens, apothicaires et panseurs s'activaient en tous sens auprès de la gent blessée de Camelot, des soldats et barons de Camelot et aussi des marauds. Ils étaient tous enfants de Dieu et avaient droit à Son éternelle miséricorde. Guenièvre inclina la tête avec déférence devant Messire Anselme qui dirigeait l'hôtel Dieu. Il arpentait les travées, réconfortant, donnant un conseil à un chirurgien, relevant un malade, accueillant un nouveau blessé.

Guenièvre approchait de la salle où de gros piliers de pierre soutenaient quelques draps de lin séparant la salle des blessés et des agonisants des tables d'opération. Sur l'une d'elles était couché Lancelot, un chirurgien penché sur sa poitrine. Ensuite un moine viendrait oindre sa plaie d'un baume et la maintenir solidement close par un bandage serré. Guenièvre alla vers lui, les yeux pleins d'inquiétude.

– Votre blessure...

Lancelot tenta de sourire.

– Ce n'est pas grave. Frère Jean pourra vous dire que ce n'est qu'une égratignure. Je vais survivre à ce coup d'épée, je le crois...

Le moine panseur acquiesça au dire de Lancelot, remettant dans son panier les bandages et liniments pour le prochain blessé, mais précisa :

– Vous avez eu beaucoup de chance, Messire. À un pouce près, votre ennemi vous avait tout à fait vaincu.

Le moine passa près de Guenièvre et s'en alla à la table voisine s'occuper des côtes cassées d'un soldat.

Guenièvre et Lancelot se regardaient intensément, gardant leurs corps à distance respectueuse. Après les charges d'adultère qui avaient pesé sur eux, et Arthur pas encore en terre, l'heure était à la plus grande des décences. Lancelot attrapa la cotte propre qu'il avait apportée à l'infirmerie et l'enfila sans demander la moindre aide à Guenièvre.

Elle ne voulait pas regarder le corps de Lancelot et avait baissé les yeux, faisant tourner et tourner encore son anneau de mariage à son annulaire. Puis elle respira profondément et fixa Lancelot droit dans les yeux.

– Je sais qu'Arthur vous a confié son épée, mais il ne vous a pas prié de rester à Camelot. Je comprendrais si vous vouliez partir…

Fort troublé, Lancelot détourna la tête.

– C'est en effet une grande responsabilité… mais je ne veux point la fuir. Vous et moi, nous avons survécu aux enfers. Notre destin nous guide ensemble vers la sagesse de ce royaume.

Les larmes perlèrent aux beaux yeux brun-vert de Guenièvre :

– Vous pensez comme lui ! Ô Dieu, il me manque déjà si fort !

– Il me manque aussi…

Lancelot résistait au désir fou de la prendre dans ses bras, de lui dire que tout était juste et que plus rien ne lui arriverait de mal, désormais.

– Sa vie s'en est allée. La plus belle chose que nous puissions faire est de la vivre pour lui, de continuer son rêve…

Elle hocha la tête, pantelante et soupirante. Le Roi était mort, mais elle était toujours Reine. Lancelot ne la touchait pas, mais ses regards étaient de tendres et pudiques caresses.

Puis vint le peuple de Camelot, par centaines, accompagnant le Roi en son dernier voyage. Le ciel était nimbé d'une brume légère mais le soleil dardait parfois de longs rais d'or vers l'onde vive du lac.

Sur le rivage, un radeau fait de jeune bois tendre accueillit la dépouille d'Arthur drapée dans un somptueux linceul de soie indigo. La garde royale dans sa livrée bleu et or entoura le Roi sur le rivage. Sur le radeau même, se tenaient les membres du Haut Conseil de la Table Ronde, les yeux embués de larmes.

Guenièvre, sombre et digne dans une longue robe de velours violette, restait agenouillée auprès de son époux. De l'autre côté était Lancelot, portant l'épée royale au côté, gardant pieusement le corps d'Arthur protégé par l'étoffe mortuaire.

– Il est temps…

Il avait parlé doucement à Guenièvre. Oui, il était temps. Se penchant une dernière fois sur le beau visage serein d'Arthur, elle baisa son front. Le bas de sa robe était tout trempé, mais elle ne sentait pas la morsure de l'onde froide.

Lancelot leva la royale épée et trancha l'épais cordage qui retenait la barque mortuaire. Le courant de plus en plus impétueux emporta Arthur au fil de son royaume, en son dernier voyage jusqu'à la mer.

Un cordon d'archers sous les ordres d'Agravain tira haut dans le ciel des flèches enflammées qui fusèrent vers le soleil et retombèrent en avant de la barque mortuaire du Roi de Camelot. L'air exhalait un parfum d'encens.

Lancelot leva l'épée au-dessus de l'onde qui emportait à tout jamais Arthur. Un par un, les chevaliers levèrent à leur tour leur lame. Le soleil à ce moment fit étinceler le faisceau croisé des épées des preux de la Table Ronde. Et ils crurent entendre, dans le fracas des armes et la douceur des pieuses fêtes de la cour, la voix d'Arthur tonner dans le vent :

« Camelot vivra toujours ! »

Cinéma et TV

Livre après livre, film après film, J'ai lu édifie l'étonnante bibliothèque du cinéma et de la TV.

Les titres sont présentés par ordre alphabétique.

Abyss
CARD Orson Scott 2657/4
L'accompagnatrice
BERBEROVA Nina 3362/4
Adieu ma concubine
LEE Lilian 3633/4
Alice au pays des merveilles
CARROLL Lewis 3486/2
Alien
FOSTER Alan Dean 1115/3
AlienS
FOSTER Alan Dean 2105/4
Alien 3
FOSTER Alan Dean 3294/4
L'ami Maupassant
de MAUPASSANT Guy 2047/2
Les amies de ma femme
ADLER Philippe 2439/3
Les amitiés particulières
PEYREFITTE Roger 17/4
Angie
WING Avra 3829/3
L'année de l'éveil
JULIET Charles 2866/3
L'autre
CHEDID Andrée 2730/3
Backdraft
MITCHELL Kirk 2996/4
Beignets de tomates vertes
FLAGG Fannie 3315/7
Bel-Ami
de MAUPASSANT Guy 3366/3
La belle Romaine
MORAVIA Alberto 1712/5
Blade Runner
DICK Philip K. 1768/3
Beverly Hills
GILDEN Mel 3637/4, 3638/4 3716/4, 3860/4 & 3861/4 3958 & 3959 (juillet 95)
SMITH K.T. 3717/4
Bleu comme l'enfer
DJIAN Philippe 1971/4
Body
ARNSTON Harrison 3479/5
Bonjour la galère !
ADLER Philippe 1868/1
La brute
des CARS Guy 47/3
Carrie
KING Stephen 835/3
Charlemagne ou la jeunesse du monde
JULLIAN Marcel 3854/3
Charlie
KING Stephen 2089/5
La Chartreuse de Parme
STENDHAL 2755/5
Le Château des Oliviers
HÉBRARD Frédérique 3677/7
Chiens perdus sans collier
CESBRON Gilbert 6/2
Christine
KING Stephen 1866/4
La Ciociara
MORAVIA Alberto 1656/4
Le club de la chance
TAN Amy 3589/4
Les cœurs brûlés
JAUBERT & SILBERT 3992/4
Conan le barbare
HOWARD Robert E. 1449/3 (avec Sprague de Camp)
Conan le destructeur
HOWARD Robert E. 1689/2 (avec R.Jordan)
Le crime de Mathilde
des CARS Guy 2375/4
Croc-Blanc
LONDON Jack 2887/3
Cujo
KING Stephen 1590/4
Cyrano de Bergerac
ROSTAND Edmond 3137/3
Dans la ligne de mire
COLLINS Max Alban 3626/5
Danse avec les loups
BLAKE Michael 2958/4
Délivrance
DICKEYJames 531/3
La demoiselle d'Avignon
HEBRARD Frédérique 2620/4
Demolition Man
OSBORNE Richard 3628/4
Le dernier des Mohicans
COOPER Fenimore J. 2990/5
2001-l'odyssée de l'espace
CLARKE Arthur C. 349/2
Le diable au corps
RADIGUET Raymond 2969/1
Elisa
FERNANDEZ-RÉCATALA 3980/4
Entre Ciel et Terre
SINGER Michaël 3630/4
L'Espagnol
CLAVEL Bernard 309/4
E.T. L'extra-terrestre
SPIELBERG Steven 1378/3
E.T. La planète verte
SPIELBERG Steven 1980/3
Etat second
YGLESIAS Rafael 3629/6
L'été en pente douce
PELOT Pierre 3249/3
Farinelli
CORBIAU Andrée 3955/3
Des fleurs pour Algernon
KEYES Daniel 427/3
Forrest Gump
Winston Groom 3816/4
Le Fugitif
DILLARD J.-M. 3585/4
Frankenstein
SHELLEY Mary 3567/3
Germinal
ZOLA Emile 901/3
Geronimo
CONLEY Robert J. 3714/3
Le grand chemin
HUBERT Jean-Loup 3425/3
L'homme sans visage
HOLLAND Isabelle 3518/3
Hook
BROOKS Terry 3298/4
Horizons lointains
MASSIE Sonja 3356/6
L'impure
des CARS Guy 173/4
Isaura
GUIMARAES Bernardo 2200/2
J'étais empereur de Chine
PU-YI 2327/6
Le jardin secret
BURNETT F. H.3655/4
JF partagerait appartement
LUTZ John 3335/4

Cinéma et TV

JFK
GARRISON Jim 3267/5 Inédit
Jonathan Livingston
le goéland
BACH Richard 1562/1 Illustré
Le Journal
GRAM Dewey 3822/5
Joy
LAUREY Joy 1467/2
Joy (Le retour de)
LAUREY Joy 3388/3
Junior
FLEISCHER Leonore 3876/3
Kramer contre Kramer
CORMAN Avery 1044/3
King of the hill
HOTCHNER A.E. 3582/4
La lectrice
JEAN Raymond 2510/1
La liste de Schindler
KENEALLY Thomas 2316/6
Little Big Man
BERGER Thomas 3281/8
Love story
SEGAL Erich 412/1
La machine
BELLETTO René 3080/6
Madame Bovary
FLAUBERT Gustave 103/3
Le Magicien d'Oz
BAUM Frank 1652/1
Maman j'ai encore raté
l'avion
SINGER A. L. 3387/2
Le mari de
l'Ambassadeur
HEBRARD Frédérique 3099/6
Melrose Place
Faut pas flipper
JAMES Dean 3882/4
Max Glick
TORGOV Morley 3855/3
Michigan Mélodie
(Un mariage à la carte)
MONSIGNY Jacqueline 1289/2
1492
La conquête du paradis
THURSTON Robert 3403/3
Milliardaire malgré lui
SUNSHINE Linda 3831/4

Misery
KING Stephen 3112/6
Moi, Antoine de Tounens,
roi de Patagonie
RASPAIL Jean 2595/4
9 semaines 1/2
McNEILL Elizabeth 2259/2
Les nuits fauves
COLLARD Cyril 2993/3
Les oiseaux se cachent
pour mourir
McCULLOUGH Colleen 1021/4
& 1022/4
Oliver's story
SEGAL Erich 1059/2
Orphée
COCTEAU Jean 2172/1
Le palanquin des larmes
CHOW CHING LIE 859/4
Pavillons lointains
KAYE M.M. 1307/4 & 1308/4
Peter Pan
BARRIE James M. 3174/2
Peur Bleue
KING Stephen 1999/3
Présumé innocent
TUROW Scott 2787/7
Priez pour nous
DUROY Lionel 3138/4
Le Prince des marées
CONROY Pat 2641/5 & 2642/5
Pulsions
DePALMA Brian 1198/3
Les quatre filles
du Dr March
ALCOTT Louisa M. 3877/3
La reine Margot
DUMAS Alexandre 3279/3
Rends la monnaie, papa !
FAUCHER Elizabeth 3746/3
Richard au pays des livres
magiques
STRASSER Todd 3875/4
Robocop
NAHA Ed 2310/3
Le rouge et le noir
STENDHAL 1927/4
Running Man
KING Stephen 2694/3
Sauvez Willy
HOROWITZ Jordan 3627/4

La servante écarlate
ATWOOD Margaret 2781/5
Shining
KING Stephen 1197/5
Simetierre
KING Stephen 2266/6
Le sixième jour
CHEDID Andrée 2529/3
Stargate
DEVLIN Dean 3870/6
Star Trek
RODDENBERRY Gene 1071/3
Le temps de l'innocence
WHARTON Edith 3393/5
La tête en l'air
AGACINSKI Sophie 3046/5
The Player
TOLKEN Michael 3483/3
The Shadow
LUCENO James 3830/4
Tous les fleuves vont
à la mer
PLAIN Belva 1479/5 & 1480/5
37°2 le matin
DJIAN Philippe 1951/4
Les Trois Mousquetaires
DUMAS Alexandre 3461/7
Un mari, c'est un mari
HEBRARD Frédérique 823/2
La vengeance
aux deux visages
MILES Rosalind
2723/6 & 2724/6
Un Indien dans la ville
Le NABOUR Eric 3979/3
Une équipe
hors du commun
GILBERT Sarah 3355/3
Une nounou pas comme
les autres
COUCHAN Catherine 4014/3
Une vie
de MAUPASSANT Guy 1952/2
Vingt mille lieues sous les
mers
VERNE Jules 3654/5
Le voyage du père
CLAVEL Bernard 300/1
Le voyage fantastique
ASIMOV Isaac 1635/3

POLAR

Policiers classiques, romans noirs, thrillers, suspense... dans la collection Polar, tous les genres du roman criminel, des grands classiques aux auteurs contemporains. Sans oublier les adaptations du cinéma.

Suspense garanti.

AMBROSE David
L'homme qui se prenait pour lui-même
3928/5 Inédit

ARNSTON Harrison
Body
3479/5

BAXT George
Du sang dans les années folles
2952/4

BAYER William
Une tête pour une autre
2085/5

BLOCH R. & NORTON A.
L'héritage du Dr Jekyll
3329/4 Inédit

BOILEAU-NARCEJAC
Les victimes
1429/2
Irrésistible Manou ! Pierrre en tombe instantanément amoureux, sans rien connaître d'elle. Elle va l'entraîner dans une effroyable comédie.
Maldonne
1598/2

BROWN Frederic
La nuit du Jabberwock
625/2

BUCHAN John
Les 39 marches
1862/2

BUCKLEY Christopher
Contrepoison
3852/5

CHANDLER Raymond
Playback
2370/2

COLLINS Max Alban
Dans la ligne de mire
3626/5

CONSTANTINE K.C.
L'homme qui aimait les tomates tardives
3383/4

DePALMA Brian
Pulsions
1198/3

DILLARD J.-M.
Le fugitif
3585/4

FIECHTER Jean-Jacques
Tiré à part
3912/2
Jaloux du succès d'un écrivain, un éditeur monte une machination diabolique pour le faire accuser de plagiat. Un chef d'œuvre de finesse et de cruauté, qui valut à Jean-Jacques Fiechter le Grand prix de la littérature policière en 1993.

GALLAGHER Stephen
Du fond des eaux
3050/6 Inédit
Cauchemar avec ange
3671/7

GARBO Norman
L'Apôtre
2921/7

GARDNER Erle Stanley
Perry Mason
- La jeune fille boudeuse
1459/3
- Le canari boiteux
1632/3
- La danseuse à l'éventail
1688/3
Le 16 septembre, John Callender s'installe à l'hôtel Richmel, chambre 511. Le lendemain, le garçon d'étage découvre son client assassiné.
- L'avocat du diable
2073/3

GARTON Ray
Piège pour femmes
3223/5 Inédit
Un soir, Gerry découvre une femme dans son garage. Nue sous son manteau de fourrure, un couteau sanglant à la main. Gerry peut dire adieu à sa vie tranquille...

GRADY James
Steeltown
3164/6

HALL James W.
Trafic en plein jour
3734/5
Bleu Floride
3952/5

HENRY D. & HORROCK N.
Neige rouge sang
3568/5

KENRICK Tony
Shanghai Surprise
2106/2 Inédit
Les néons de Hong-kong
2706/5 Inédit

LASAYGUES Frédéric
Back to la zone
3241/3 Inédit

LINDSEY David L.
Mercy
3123/7

POLAR

LUTZ John
JF partagerait appartement
3335/4
A Manhattan, où les loyers sont si chers, Allie passe une petite annonce pour trouver une colocataire. Mais Hedra est-elle un bon choix ?

McBAIN Ed
Vêpres rouges
3894/5

MAC GERR Pat
Bonnes à tuer
527/3

MAXIM John R.
Les tueurs Bannerman
3273/8
Il suffit d'un rien pour réveiller un ex-agent de la CIA qui dort. Surtout si son beau-père trempe dans un trafic de cocaïne !

NICOLAS Philippe
Le printemps d'Alex Zadkine
3096/5

PARKER Jefferson
Little Saigon
2861/6
Pacific Tempo
3261/6 Inédit
L'été de la peur
3712/6 Inédit

PEARSON Ridley
Le sang de l'albatros
2782/5 Inédit
Agents du FBI ou de la CIA, ils sont aussi meurtriers, espions ou trafiquants d'armes. Un roman hallucinant, où l'homme est dominé par un mécanisme qu'il croyait dominer.

Descente en flammes
3599/6

QUEEN Ellery
La ville maudite
1445/3
Il était une vieille femme
1489/2
Le mystère égyptien
1514/3
Et le huitième jour
1560/3
Alors qu'il traverse le désert californien, Ellery Queen tombe sur une étrange secte, qui vit à l'écart de la civilisation. Mais un meurtrier s'est infiltré dans cette paisible communauté.

La Décade prodigieuse
1646/2
Le mystérieux Monsieur X
1918/2
Sherlock Holmes contre Jack l'Eventreur
2607/2
Face à face
2779/2
Le mystère espagnol
3494/4

ROBERTS John Maddox
SPQR
3530/4

SADOUL Jacques
Carol Evans
- L'héritage Greenwood
1529/3
- La chute de la Maison Spencer
1614/3
- L'inconnue de Las Vegas
1753/3
- Doctor Jazz
3008/3
Enquêtant à La Nouvelle-Orléans sur un trafic de drogue, Carol Evans, agent de la CIA, rencontre une jeune Chinoise peu recommandable. Une série noire où le jazz est à l'honneur.

- Yerba Buena
3292/4 Inédit
- A Christmas Carol
3691/4 Inédit
Aux prises avec un serial-killer pendant les fêtes de Noël, à New York, Carol Evans tombe sur une étrange combine immobilière, doublée d'une sombre affaire de drogue.

Trois morts au soleil
2323/2
Le mort et l'astrologue
2797/3

SANDFORD John
Le jeu du chien-loup
3802/7
A Minneapolis sévit un tueur maniaque, dont les crimes sont soigneusement mis en scène. On l'a surnommé le chien-loup...

SAUTER Eric
Vols planés
3873/4 Inédit
Poupée brisée
3976/6 Inédit

SCHALLINGHER Sophie
L'amour venin
3148/5

SIMON Len
Etats dissociés
3785/6

STRIEBER Whitley
Billy
3820/6
Billy a douze ans, les cheveux blonds et le regard malicieux. Pour Barton Royal, c'est un enfant parfait. Et Barton aime les enfants : c'est pour cela qu'il enlève Billy, pour que l'horreur commence...

TANNENBAUM Robert
Coupable incertitude
3622/6 Inédit

4030

R.I.D. Composition 91400-Gometz-la-Ville
Achevé d'imprimer en Europe (France)
par Brodard et Taupin à La Flèche (Sarthe)
le 18 juillet 1995. 1123M-5
Dépôt légal juillet 1995. ISBN 2-277-24030-3
Éditions J'ai lu
27, rue Cassette, 75006 Paris
Diffusion France et étranger : Flammarion